中央高校基本科研业务费专项基金（RW2014-10）

乔治·爱略特小说里的进化论思想

罗 灿 ◎ 著

Evolutionary Thoughts in George Eliot's Novels

知识产权出版社
全国百佳图书出版单位
—北京—

图书在版编目（CIP）数据

乔治·爱略特小说里的进化论思想 / 罗灿著 . —北京：知识产权出版社，2020.5
ISBN 978-7-5130-6801-7

Ⅰ. ①乔⋯　Ⅱ. ①罗⋯　Ⅲ. ①爱略特（Eliot, George 1819 – 1880）—小说研究　Ⅳ. ①I561.074

中国版本图书馆 CIP 数据核字（2020）第 036170 号

责任编辑：陈晶晶　　　　　　　　责任校对：谷　洋
封面设计：李志伟　　　　　　　　责任印制：孙婷婷

乔治·爱略特小说里的进化论思想

罗　灿　著

出版发行	知识产权出版社 有限责任公司	网　　址	http://www.ipph.cn
社　　址	北京市海淀区气象路 50 号院	邮　　编	100081
责编电话	010 – 82000860 转 8391	责编邮箱	shiny-chjj@163.com
发行电话	010 – 82000860 转 8101/8102	发行传真	010 – 82000893/82005070/82000270
印　　刷	北京虎彩文化传播有限公司	经　　销	各大网上书店、新华书店及相关专业书店
开　　本	720mm×1000mm　1/16	印　　张	12.5
版　　次	2020 年 5 月第 1 版	印　　次	2020 年 5 月第 1 次印刷
字　　数	195 千字	定　　价	59.00 元

ISBN 978-7-5130-6801-7

出版权专有　侵权必究
如有印装质量问题，本社负责调换。

前　言

　　文学与科学的关联近年来得到了文学评论界相当的重视。科学是社会文化的产物，而描写、记录科学思想、科学实验和科学结论的科学文献作为一种文本，与文学文本相互关照、相互渗透，也都参与到了社会文化的构建中，因此研究文学作品里的科学元素，又或者研究科学文献里的文学元素，都是文学研究的应有之义。

　　维多利亚时代天文、地理、生物、生理、医学、物理等的发展奠定了今天这些学科的主要基础，使人们了解了更多的宇宙奥秘，同时改善了人们的物质生活，帮助人们更好地了解自己和认识世界，也改变了人们的世界观和对生活、对社会的看法。科学发现和文学作品都刊登在发行量巨大的杂志和报刊上，还有赫胥黎等作家致力于进行科普工作，以期破除迷信，启发民智。在这样的大背景下，敏感的文学家们不可能对迅速发展的自然科学一无所知，没有任何思考。事实上，他们当中的很多人不但与科学家交往，而且亲身参与科学实验，撰写科学文献。乔治·爱略特就是这样一位作家。在她的书信和日记中我们发现，她熟识不少科学家，时时研读最新的科学文献，并对这些研究发表了自己的见解。

　　本书选取了维多利亚时代生物科学的标志性发展——进化论——作为切入点，研究爱略特对进化论思想的认识，分析进化论如何渗入她的小说中，并影响其人物塑造、故事情节，乃至作家的道德思考和对西方文化的思考。

　　第一章从最宽泛的科学与文学的关系切入，介绍维多利亚时代科学研究和普及的基本特点，追溯爱略特与科学的深厚渊源，并简要梳理进化理论的要点和原理以及进化论对维多利亚时代的深远影响等。第二章主要从达尔文理论中"变化"的观点入手，分析《亚当·贝德》《弗洛斯河上的磨坊》《织工马南》《激进派菲尼克斯·霍尔特》，讨论爱略特逐步改变的变化观和其对过快变化的担忧。第三章明确达尔文的进化模式并不含有社会达尔文主义者斯宾塞等人笃信的"进步",爱略特在小说中不但多次对进化是否带来了文明的"进步"提出了质疑,还对可能出现的"退化"和与"进步"相伴的问题和麻烦表示了担忧。第四章主要涉及爱略特对"自然选择"机制所带来的社会影响的反思。"自然选择"理论强调"机会"和"竞争"在生物进化中的决定性作用,似乎为人类利己主义的自私行为提供了某种理论依据。爱略特充分意识到了进化论可能带来的道德危机,在多部作品中都对利己主义提出了严厉的批评。第五章从音乐的角度切入,研究爱略特的文学表现和达尔文性选择理论在音乐方面的互文关系。爱略特同意达尔文式性选择的基本观点,但是她并不赞成人类的爱情和婚姻仅仅建立在生物本能之上。她笔下的主人公往往能够超越本能,从音乐中悟到人生的真谛,做出利他的选择。

作为文学家的爱略特对进化论的接受和反思是多方面的。她一方面深受进化论影响,另一方面也对进化论里涉及个人发展和社会道德的许多问题进行了深入的思考。包括进化论在内的许多科学理论在她道德理想的形成过程中起到了不可或缺的作用,同时也渗入到了小说的结构、主题、情节和人物塑造中,是爱略特研究不能忽视的重要视角。

本书是在博士论文基础上修改而成,距离论文完成已经过去了五年。出于种种原因,在书稿的修订中,笔者没有收录近些年在维多利亚文学与科学方面研究的新成果,这不能不说是一种遗憾。希望笔者的拙著能够抛砖引玉,引起更多的学者同人对文学与科学的兴趣,进行更深入和广阔的研究。

罗　灿
2017 年 4 月

目 录

引论 …………………………………………………………………… 1

第一章 维多利亚文学与进化论 ……………………………………… 13
    第一节 生物进化论简介 ………………………………………… 15
    第二节 维多利亚人对进化论的接受和应用 …………………… 20
    第三节 科学理论对爱略特写作的重要影响 …………………… 24

第二章 爱略特小说中的变化观 ……………………………………… 33
    第一节 变化的观念 ……………………………………………… 34
    第二节 《亚当·贝德》中的静态世界 ………………………… 39
    第三节 《弗洛斯河上的磨坊》的均变模式 …………………… 46
    第四节 《织工马南》的均变世界 ……………………………… 55
    第五节 加速变化的问题 ………………………………………… 62

第三章 爱略特对"进步史观"的思考 ……………………………… 73
    第一节 进化论与"进步史观"的关系 ………………………… 75
    第二节 《弗洛斯河上的磨坊》里"进步"的尴尬与代价 …… 81
    第三节 《激进派菲尼克斯·霍尔特》里的个人"进步"与社会
           "进步" …………………………………………………… 90
    第四节 《米德尔马契》对"进步"的质疑 …………………… 100

第四章 "自然选择"观照下爱略特的道德观 ……………………… 109
    第一节 "自然选择"理论对道德的冲击 ……………………… 110
    第二节 《仇与情》中的机会主义者蒂托 ……………………… 115
    第三节 《米德尔马契》对"联系"的强调 …………………… 126
    第四节 《丹尼尔·德龙达》对英国文明的批评 ……………… 136

第五章 爱略特对"性选择"理论的超越 ················· 146
　第一节 维多利亚时代的音乐进化理论 ················· 147
　第二节 《弗洛斯河上的磨坊》里麦琪的困境与抉择 ········· 152
　第三节 《米德尔马契》中的两种音乐 ················· 160
　第四节 《丹尼尔·德龙达》里格温德琳的领悟 ············ 168
结语 ·· 176
参考文献 ·· 181
后记 ·· 193

引 论

乔治·爱略特（George Eliot, 1819—1880）是英国维多利亚时代最重要的文学家之一。迫于经济压力，她在37岁开始创作小说，凭借《亚当·贝德》("Adam Bede", 1859)和《弗洛斯河上的磨坊》("The Mill on the Floss", 1860)很快就成为极受欢迎的作家。她的笔触生动细腻，对人性的观察细致入微，富有哲理，并且有着深沉的道德关怀，所有这些都为她赢得了读者的喜爱和评论家的赞誉。爱略特最早的评论者之一达拉斯把《亚当·贝德》称为"第一流的小说"，认为作者借此就可"跻身艺术大师之列"。(Dallas, 1996: I, 77)《旁观者》("The Spectator")上的匿名评论认为，能够真正进入儿童内心世界的作家为数不多，对汤姆和麦琪童年的描绘证明，爱略特在这方面的天分是最高的。(Anon., 1996b: I, 113)詹姆斯（Henry James）评论了爱略特的多篇小说，尽管他从自己的理论角度提出了批评意见，但始终对女作家表达了由衷的景仰，在她身上发现了一种无法解释的"强烈的美"。(Edel, 1956: 35)虽然爱略特的声望在死后有所下降，但自从利维斯（F. R. Leavis）在《伟大的传统》("The Great Tradition", 1948)一书中将她列入小说大家重点讨论后，爱略特作为"伟大的传统"中经典作家的地位就确立起来了，而且一直是英语文学批评的热点。20世纪70年代后期以来，评论者将爱略特的生活和创作与维多利亚时代的各种文化现象联系起来，研究爱略特与女性主义、帝国主义、哲学以及音乐等的关联，出版了不少饶有兴味的著作。其中很有代表性的作品，如惠特米耶（Hugh Witemeyer）的《乔治·爱略特与视觉艺术》("George Eliot and the Visual Arts", 1979)，韦尔什（Alexander Welsh）的《乔治·爱略特与讹诈》("George Eliot and Blackmail", 1985)，格雷（Beryl Gray）的《乔治·爱略特与音乐》("George Eliot and

Music", 1989）等，都为研究爱略特提供了新颖的视角。在这类跨学科研究之中，爱略特与19世纪科学思潮之间的关系问题是其中的显学，并取得了令人瞩目的成就。

事实上，维多利亚时代的评论家早就注意到了爱略特小说中的科学元素，并对此褒贬不一。赫顿对《米德尔马契》（"Middlemarch", 1871）中充斥着科学术语和行话的"唬人风格"（high-scientific style）提出了批评（Hutton, 1996a：Ⅰ, 277），认为文中有太多"炫耀科学，特别是生理学知识"的内容。（Hutton, 1996b：Ⅰ, 280）他对爱略特在《丹尼尔·德龙达》（"Daniel Deronda", 1876）中用"动态的"（dynamic）一词来描述格温德琳的美貌也表示了不满，认为"太过科学化"了。（Hutton, 1996c：Ⅰ, 363）塞恩斯伯里也持相似观点，从《丹尼尔·德龙达》中找出了很多他不以为然的科学词汇，如"激起感情的记忆"（emotive memory）、"像癌的罪恶"（cancerous vice）等。一方面他承认很多此类表达"足够恰当"，那些受过良好教育的人可以理解，但另一方面他又认为，诸如此类的心理学专业词汇出现在小说中是"放错了地方"。（Saintsbury, 1996：Ⅰ, 367-368）

同为维多利亚时代的批评家，科尔文却将科学元素视为爱略特小说不可或缺的一部分。他认为爱略特的作品"充满了时代感"，她的"观察、想象、同情、机智和幽默……都浸透了现代思想，每一个词都十分到位地表达了时代的意识"。科尔文指出，如果说科学思想注定要统治世界，那么爱略特的做法就是完全恰当的，她在用科学术语描绘市井生活方面堪称同时代文学家的典范。（Colvin, 1996：Ⅰ, 314-315）在1876年的另一篇文章中，科尔文盛赞爱略特能够深刻理解科学精神和科学理论，使它们成为其艺术的"道德基础和理智基础"。（Colvin, 1994：13）詹姆斯也试图为爱略特"采用科学的解释"进行辩护。（James, 1996c：Ⅰ, 524）他借西奥多拉之口评论《丹尼尔·德龙达》说："她（爱略特）是个伟大的文学天才，……怎么能太过科学化了呢？她不过是浸透了她所生活的时代的最高文化罢了。"（詹姆斯，2009：342）

在早期批评中，对爱略特最有力的辩护莫过于美国女作家沃顿在19—20世纪之交的评论。沃顿发现，很多评论家认为爱略特太过"科学化"的思维方式影响了她的文学想象力和写作风格。有人搬出达尔文作为例子：因为达尔文后来宣称他对莎士比亚失去了兴趣，这也就等于说，科学思维与文学想象之间是相互干扰和彼此排斥的。沃顿对此不以为然，认为即使是达尔文有过这种说法，我们也应当把他的话放到特定语境中去理解，不能因此简单地得出科学研究对文学想象力有负面作用的结论。她还认为，对生活中的现象可以有不同的研究方式，科学家固定的研究目标和有限的调查研究与有文化的普通人对科学鸟瞰似的认识是完全不同的。沃顿将爱略特与其同时代的文学家相比较，得出的结论是，爱略特不过是众多有文化的普通人之一，她与其他人，例如丁尼生等作家的区别只是掌握科学的"程度"不同，并没有本质的差异。而丁尼生曾说科学扩展了他的文学想象力。更重要的是，沃顿在评论中肯定了科学研究与文学创作的相似之处，声称"没有人能否认进化思想的诗歌价值"，"几乎所有著名的科学假设"与文学比喻一样，"都具有充满想象力的大胆与美感"。科学史上的每一次进步都有想象力的参与，使用的是"演绎而不是归纳的方法"。最后，沃顿以歌德、弥尔顿等人为例，指出他们同样把科学融入文学作品中。她质疑爱略特之所以受到诟病，不是因为她有意识地在小说中使用了科学术语和思想，而是因为她是女性，因此受到了不公正的待遇。(Wharton, 1996: 53-54) 作为颇有成就的女作家，沃顿这段女性主义色彩浓厚的评论有力地反驳了评论界长期以来对爱略特的偏见和歧视，肯定了爱略特的勇气和洞察力。

早期的评论家虽然对爱略特小说中的科学元素或褒或贬，但并没有深入探讨。帕里斯 (Bernard J. Paris) 的《生活中的试验》("Experiments in Life", 1965) 是这方面的第一次系统性尝试。帕里斯试图从当时的文化氛围出发考察爱略特的思想，研究这些思想与爱略特的小说之间的关系，分析她对人的本性、价值观以及命运的看法。帕里斯对科学的解读，尤其是对实证主义的解读，对于我们讨论爱略特对科学的理解和运用具有很高的参考价值。在帕里斯研究的启发下，很多评论家都发现了科学在爱略特小说中的独特地位。"爱略特因为一度被认为有迂腐的'学究气'而受到贬抑，但所有这些新近的研究都改弦易辙，高度评价了爱略特渊博的学识，并对这位维多利亚时代伟大的先贤大力赞扬。"(Blake, 2001: 215)

在《米德尔马契》中，爱略特塑造了医术高明并有着先进思想的利德盖特医生，这使这部小说的科学元素尤其引人注目。休姆将《米德尔马契》称为"科幻小说"（science-fiction，因休姆论文讨论的是小说里的科学知识，故笔者认为应译为"科学小说"），从语言、意象和小说结构出发分析小说如何体现了作家对生理学和心理学的熟稔，分析利德盖特与卡苏朋等角色的特点，并重点提到了刘易斯和斯宾塞等多名科学家的理论。（Hulme, 1968：36–45）斯科特主要讨论了爱略特在小说中对实证主义的接受和质疑。孔德曾预言商人和科学家在未来会紧密结合，尤其是银行家和医学家的联合是未来的趋势和希望。斯科特认为利德盖特和布尔斯特罗德的形象与这种学说有一定关系，但爱略特显然并不看好他们的合作。与孔德不同，爱略特对未来持有"更保守，也许更悲观的"观点。（Scott, 1972：64）同样是研究利德盖特的重要性，麦卡锡论证了利德盖特的医生形象在英国文学上的新意。麦卡锡指出，利德盖特之前的医生在小说中或是处于边缘地位，或是其行医生涯不是重点。而在《米德尔马契》中，利德盖特的职业和抱负却是小说的重点之一。爱略特将他与维萨里、比夏、布鲁萨等伟大科学家，以及医学改革家韦克利等人联系了起来，麦卡锡认为这种处理大有深意，反映了19世纪的重要特征，也即"科学的原则是普遍可行的"（McCarthy, 1970：808）。另外，麦卡锡也讨论了刘易斯的生理学与心理学研究对爱略特的重要影响，认为在她的作品中出现利德盖特这样的人物并非偶然，而是作家对科学的兴趣，以及科学研究最新发展不可避免的产物。

1975年，格林伯格在《血管丛与神经节：〈米德尔马契〉中的科学典故》（"Plexuses and Ganglia: Scientific Allusion in *Middlemarch*"）一文中详尽分析了小说中提到的科学家詹纳、维萨里和盖仑等人的成就与利德盖特的研究之间的联系，认为他们都从"结构"出发进行研究，了解他们的工作能帮助我们理解组成《米德尔马契》结构的"重要构造"和"千百个小过程"。（Greenberg, 1975：52）评论爱略特对结构的重视的论文还包括坦博林的《〈米德尔马契〉、现实主义与临床医学的诞生》（"*Middlemarch*, Realism and the Birth of the Clinic"）。坦博林运用了福柯《临床医学的诞生》中科学哲学的发展理论，重点论述了比夏对利德盖特极其重要的影响，以及作家对相互依存（interdependence）与相互联系（interconnection）的强调。（Tambling, 1990：939–960）

利德盖特所支持并实践的医疗体系改革也受到了评论者的关注。福斯特认为，医疗体系改革是整部小说不可或缺的一部分，与小说中的政治体制改革一样重要。这种医学改革既包括在医疗实践中用更科学的方法进行诊断和处理，也包括改革整个医疗体系，对医生重新进行分类和定位。从这一点出发，福斯特分析了利德盖特与其他医生矛盾的根源，以及他事业失败的真正原因，并认为掌权的保守势力联合起来反对利德盖特，这恰好证明他倡导的医疗改革十分必要。（Furst，1993：361）

在爱略特与科学的众多研究中，爱略特作品中的进化论思想是近年研究的热点之一。进化论在19世纪的科学和文化思潮中占据着重要位置，它不仅奠定了当今生物学的基础，也深刻影响了人们对世界的看法。即使在今天看来，进化论的有些观点也仍然是未经科学证实的猜想，但这并不妨碍它在20世纪80年代再次掀起人们对之进行讨论的热潮，乃至出现了"达尔文产业"。对达尔文主义及更广泛意义上的进化论思想在文学领域的研究是这股热潮中的一个方面。

1974年，K. M. 牛顿的论文《乔治·爱略特、乔治·亨利·刘易斯和达尔文主义》（"George Eliot, George Henry Lewes and Darwinism"）明确将爱略特研究与达尔文理论结合起来。牛顿驳斥了一些认为达尔文对爱略特几乎没有影响的观点。（Newton，1974：278-293）佩卡姆曾断言："没有迹象表明《物种起源》曾经让丁尼生……纽曼或者乔治·爱略特感到不安。"（Peckham，1959：28）著名评论家哈维也认为，"如果《物种起源》对她（爱略特）的创作想象力有什么影响的话，也不可能比重演论（recapitulation）的影响更大——不过是让她对一些具体的意象有了清晰明了的认识而已。"（Harvey，1970：157）牛顿则认为，爱略特和刘易斯虽然有所保留，但基本接受了达尔文理论的观点。他具体分析了《激进派菲尼克斯·霍尔特》（"Felix Holt, the Radical"，1866）和《丹尼尔·德龙达》中带有进化论色彩的人物形象，认为爱略特对"自然选择"带有抵触情绪，这一理论促使她更严厉地批判极端的利己主义。（Newton，1974：278-293）

科斯莱特在《"科学运动"与维多利亚文学》（"The 'Scientific Movement' and Victorian Literature"，1982）一书中将进化论作为她所要讨论的"科学运动"的代表进行了分析。科斯莱特没有具体谈到进化论的定义和内涵，但她认为，进化论为"讨论维多利亚科学自然主义的道德和美学含义"提供了"好的聚焦点"。(Cosslett, 1982: 11)科斯莱特在书中分析了丁尼生、爱略特、梅瑞狄斯和哈代的作品，认为"渐变论"(Gradualism)是爱略特小说的主要原则和基调。科斯莱特认为，爱略特人物的命运主要不是由突发事件，而是由一些日常点滴小事的累积所造成的。科斯莱特还重点论述了科学想象力的特点和重要性，并借此分析了利德盖特、罗莎蒙德与卡苏朋等人的问题所在。科斯莱特只评论了《米德尔马契》，虽然她的分析较有见地，但篇幅过短，尤其因为她只是把进化论当作维多利亚时代科学思潮的代表比较笼统地谈及，并没有明确进化论具体有哪些内涵，因此对爱略特小说与进化论之间的关系只是笼而统之地提及，并没有展开论述，不能不说是个遗憾。

在有关爱略特与进化论的批评中，剑桥大学教授比尔的《达尔文的情节》("Darwin's Plots")是一部具有划时代意义的作品。该书自1983年问世以来即被奉为经典，分别于2000年和2009年修改再版，其中2009年第三版是达尔文诞辰200周年、《物种起源》出版150周年的纪念版，可见该著作不仅是文学研究的经典，而且也是达尔文研究的经典之作。当代著名文学评论家莱文在该书第二版前言中写道，达尔文"是个作家"，对"现代文学的语言和意识"都产生了重要影响。在他看来，《达尔文的情节》是把达尔文作为作家的研究中"唯一不可或缺的"一本书(Levine, 2000: xi)。与其他达尔文研究不同，比尔的研究从达尔文的语言入手，细致地分析了达尔文的语言如何体现了思想的张力，讨论了其思想的多义性和开放性。比尔将达尔文的著作当作文学作品来解读，并非要否定达尔文理论的科学价值，而是强调了其文化含义。达尔文的语言带有浓厚的时代气息，要理解达尔文的科学理论，莱文指出，我们就"必须意识到语言做了什么贡献，它如何唤起了抵抗，又如何使屈从成为必要"(Levine, 2000: xxi)。这种研究除了告诉我们达尔文理论的内容，还揭示出达尔文是如何进行写作的，以及他的作品是如何被读者解读的，对我们理解达尔文理论的文化影响非常有帮助。在对爱略特的分析中，比尔谈到了达尔文对爱略特可能的影响，以及二人对结构、对想象力的重视，尤其是分析了达尔文理论对有机物之间"不可分割的密切关系网"的强调在

《米德尔马契》中的表现。(Beer, 2000: 156) 比尔指出，一些词汇和古老的话题，如求爱、婚姻、女性的美貌、男性的统治及继承权问题等，都在达尔文的《人类的由来及性选择》("The Descent of Man and Selection in Relation to Sex", 1871) 发表之后有了新的含义。爱略特在《丹尼尔·德龙达》中就这些问题进行了探索，并表达了与达尔文的"性选择"理论不同的观点。

沙特尔沃思的《乔治·爱略特与19世纪科学》("George Eliot and Nineteenth-Century Science", 1984) 从科学入手比较全面、完整地分析了爱略特的所有小说。该书按出版的先后顺序对爱略特的小说逐一进行了剖析，考察作家在不同时期对科学理论的接受和反思。尽管名为《乔治·爱略特与19世纪科学》，该书并没有涉及许多科学理论，而是以有机论为中心，相当多地谈到了19世纪的生理学理论。沙特尔沃思的目的是要"去探索19世纪有机论中的重要社会问题和政治问题，也要去论述乔治·爱略特如何通过运用科学理论，在自己的叙述中对有机社会隐喻（the organic social metaphor）所关注的种种问题提出了解决之道"（Shuttleworth, 1984: xiv）。沙特尔沃思认为，早期的爱略特与博物学家类似，更多地把自己定位成一个观察者，其笔下《亚当·贝德》里的世界基本呈静态，对社会现状也基本持肯定态度；而后期随着对孔德和刘易斯的理论的接受，爱略特越来越多地站在试验者的角度来应对各种复杂的、富有挑战性的问题，甚至在《丹尼尔·德龙达》中对西方文明的出路抛出了激进的假设。沙特尔沃思主要从有机论的角度涉及进化论的某些方面，尤其在分析《亚当·贝德》与《弗洛斯河上的磨坊》的两章中涉及不少进化论问题，对本文的启发非常大。沙特尔沃思认为，在《亚当·贝德》中爱略特认可一个"不变的等级社会的理想"，而在《弗洛斯河上的磨坊》（《物种起源》面世后爱略特发表的第一部小说）里作家显然运用了达尔文理论中有关变化、生存斗争和适应等概念来审视社会变迁。(Shuttleworth, 1984: 50) 沙特尔沃思认为，从整体上讲，《弗洛斯河上的磨坊》是一个赖尔式均变论（达尔文理论最重要的出发点）的寓言，但小说结尾突如其来的毁灭性洪水却意味着，在爱略特看来，"说到底灾变论是正确的"（Shuttleworth, 1984: 63）。沙特尔沃思的这一论断在11年后受到了史密斯的挑战。在《事实与感觉》("Fact and Feeling", 1994) 一书中，史密斯认为，《弗洛斯河上的磨坊》是一部"深刻的均变论"作品,"有意识地颠覆了灾变地质理论和自然神学"。(Smith,1994:9)史密斯认为,洪水并不是如前人所分析的那样很不自然地突然出现在小说结尾,而是在不少章节中都有铺垫,应该被纳入均变的整体模式之中。

在《乔治·爱略特与赫伯特·斯宾塞》("George Eliot and Herbert Spencer",1991)中,帕克斯顿探讨了维多利亚科学特别是进化论观照下的女性问题。该书追溯了爱略特与斯宾塞的交往,按照时间顺序考察爱略特对斯宾塞在不同时期提出的不同理论的反应。帕克斯顿强调指出,今天的评论者需要明白,"进化理论对当时的女性知识分子提出了巨大的挑战",尤其是对像爱略特这样认为维多利亚科学"能够促进对世界更精确理解"的女作家而言,进化思想更是具有举足轻重的意义。(Paxton,1991:5)帕克斯顿认为,爱略特虽然接受了斯宾塞进化理论的基本原则,但随着后期斯宾塞理论越来越明显地表现出歧视女性的特征,爱略特在性别、生殖和母性等问题上均进行了带有女性主义色彩的反抗。例如在母性问题上,斯宾塞认为母性完全是生物进化的结果,爱略特却认为母性是一种从文化中获得的思想感情,并不是盲目的生物本能,母性也是女性潜在的文化和道德影响力的表现之一。值得注意的是,近年来评论家们纷纷将爱略特的女性主义思想放在维多利亚科学的框架内考察,《维多利亚小说中的女性音乐家,1860—1900》("Women Musicians in Victorian Fiction,1860—1900",2001)《天使之音,颠覆之歌》(Angelic Airs, Subversive Songs,2002)都不约而同地涉及了进化论对音乐的研究,并结合爱略特小说中的相关人物与情节进行了分析。《调情者的悲剧》("The Flirt's Tragedy",2002)也从"性选择"理论出发,探索调情这一现象的生物学根源,讨论了爱略特的女性主义思想。

这些研究表明,评论界已经比较充分地意识到了进化论在意识形态中所起的作用,以及它与爱略特写作生涯的密切联系。这些研究或将进化论放在19世纪科学思潮里进行审视,或从进化论的某个关键点出发,或研究爱略特与进化论者的交流与互动,也用当代文学理论在一定程度上解构了进化论,并结合文本对爱略特的小说进行了卓有成效的分析。这些努力拓宽了进化论研究和爱略特研究的领域,也为我们审视整个维多利亚时代的文学提供了新思路。但这些研究有如下两个主要不足。第一，除了比尔对达尔文理论进行了比较细致的分析之外（她也主要从语言而不是理论内涵出发），几乎所有的其他评论都没有对他们所涉及的进化理论本身到底包含哪些内容做过比较明确的概括，而只是简单地将进化论当作现成的、众所周知的理论来使用。然而进化理论可以分为不同的流派，诸多流派有时连理论出发点都大相径庭，不对这些思想进行基本梳理往往会导致理论上的模糊不清，建立在这种理论框架之上的文本阅读先天不足。第二，这些研究多集中在一两部作品上，没有从全局上把握爱略特的小说，不能从整体上揭示爱略特为什么以及如何对进化论思想进行了接受和反思，进化论对她的写作到底产生了什么重要影响。

国内对爱略特的研究近三十年发展比较快，很多学者从女性主义、精神分析、叙事学、新历史主义、原型批评、伦理学、结构主义、决定论、文学符号学、消费主义和互文性等多方面对爱略特的小说进行了评说。但是这些研究有比较明显的重复性，对爱略特的宗教道德观、女性主义思想、人本宗教等方面讨论较多，几乎没有涉及爱略特与科学之间的关系的研究。殷企平教授从"进步"话语的角度研究了《亚当·贝德》《激进派菲尼克斯·霍尔特》和《米德尔马契》中爱略特对社会发展的方式和速度的思考，具有很高的参考价值。不过笔者认为，达尔文为"进步"观念"摇旗呐喊"（殷企平，2009：4）的观点值得商榷。深入研究达尔文的进化论表明，他的进化模式其实是对"进步"提出了质疑，而这种质疑也同样表现在爱略特的小说中。

维多利亚时代是剧烈变革的时代，长期以来统治人们思想的基督教受到了前所未有的冲击。这一时期的福音教派运动、牛津运动等都试图用不同的方式唤起人们对宗教的热情，然而这一切都无法阻止维多利亚人逐渐丧失对宗教的信仰，并且在道德层面上对宗教产生怀疑。以达尔文为例，这位科学家生长在开明的家庭，挚爱的父亲、兄弟和很多亲朋好友都并不笃信基督教。按照基督教的解释，这些不信教的人都应该永久地被惩罚。对此，达尔文评论说："这是个该死的教义。"（Gilmour，1996：90）尽管达尔文的科学研究影响了他的世界观，然而他抛弃基督教信仰的直接原因据说是因为爱女的夭亡。眼看女儿的病情一天天恶化，作为父亲的达尔文无法理解为什么上帝要带走这个纯洁可爱的孩子，更无法想象这个孩子在死后还要受惩罚。这种思想使

达尔文不再相信上帝的仁慈，并最终放弃了对上帝的信仰。（Moore, 1989: 218-220）

宗教的式微在很大程度上使人们更加急切地去寻找替代品来为动荡的生活提供某种合理的解释，勾画未来的蓝图。很多人从快速发展的科学中寻找到了希望。回顾19世纪，韦伯写道：

> 谁会否认科学家是当时英国最重要的知识分子？否认是他们以具有国际声望的天才的姿态站出来？否认他们是当时自信的激进分子？否认是他们击溃了神学家，使神秘主义者不知所措，把他们的理论强加在哲学家身上，把他们的发明强加在资本家身上，把他们的发现强加在医生身上？（Webb, 1926: 136-137）

韦伯的说法当然在一定程度上夸大了科学和科学家的影响，也把当时人们对科学的复杂态度过于简单化了，但她无疑抓住了时代特征。我们有理由相信维多利亚时代英国的自信部分来自于科技领先。当时的人们对科学抱有极大的希望和信心，原因之一可能在于科学话语虽然内化了意识形态却可以同时给人以客观公正的印象，因此在文化中享有其他话语所不能享有的特权。莱文认为，"至少从牛顿开始，（科学）已经变成了最权威的话语。多数人可能会对它望而生畏，也最有可能接受它的断言"（Levine, 1988: 222）。

19世纪的科学深刻地改变了人们的生活方式和看待世界的方法。在这样的形势下，将自然科学理论运用到人类社会的研究中似乎成了维多利亚人的普遍做法。这种做法也许存在逻辑上的问题，但它客观上促进了科学理论的普及，也促使科学理论与维多利亚文化的其他表现形式产生交集，形成了各种形式的互文关系。维多利亚时代的科学给文学家提供了一个观察世界、了解社会、解释人生的重要视角。在众多的文学家当中，爱略特不是唯一将科学思想有意识地运用到文学创作中的作家。狄更斯、迪斯累利、金斯利（Charles Kinsley）和哈代等都在作品中对科学给人类带来的影响进行了反思，但是爱略特无疑是其中最突出的一位，"冠绝众人"（Chapple, 1986: 12）。爱略特独特的人生经历和她对科学与生俱来的兴趣决定了她的写作中渗透了当

引 论

时各种新的科学思想。伊格尔顿曾评论说,

> 爱略特对艺术、音乐、历史、语言、神学、心理学、社会学和自然科学等都十分精通。在文学创作中,她把这些知识都变成了创作素材:这是她最重要的艺术成就之一。在她充满魔力的文字中,科学学识被转化成了意象、情感、叙事,以及富于想象力的场景。用雪莱睿智的话来说,爱略特能够通过想象去解释人们所熟知的东西。(Eagleton, 2005: 166)

本论文将从进化论思想入手,分析其中的一些理论关键点如何在爱略特的小说中得到体现,更重要的是讨论作家对这些理论的接受和反思,这些理论如何为作家所用,成为小说有机的组成部分,为她最关心的道德问题服务。

论文第一章从最宽泛的科学与文学的关系切入,介绍维多利亚时代科学研究和普及的基本特点,追溯爱略特与科学的深厚渊源。这一章还将对进化理论做简单梳理,简要介绍进化理论的历史,其最主要的分支——达尔文理论和拉马克理论——的理论出发点和主要观点,以及进化论对维多利亚时代的深远影响等。与文本分析密切相关的理论点将放在各章中具体介绍和讨论。

第二章首先介绍达尔文理论最主要的基础之一——均变论,分析其与灾变论所代表的不同变化模式,讨论爱略特小说中的变化观。在《亚当·贝德》中,小说的情节呈现循环的、相对静止的模式,而在《弗洛斯河上的磨坊》里,世界以一种缓慢累积的方式发展,就连突然暴发的洪水也被纳入进了均变论模式之中。这两部小说之后的其他小说都以进化论的这种均变模式为主要基调,爱略特在《激进派菲尼克斯·霍尔特》里还对过快发展表示了担忧。

第三章讨论进化理论与"进步"观念的关系。在斯宾塞等人基于拉马克进化论的社会理论中,进化必然意味着"进步",然而达尔文的进化模式却提示进化不过是对环境的适应,"进步"并非发展的必然趋势。在《弗洛斯河上的磨坊》中,爱略特多次对进化是否带来了文明的"进步"提出了质疑。在《激进派菲尼克斯·霍尔特》和《米德尔马契》中,爱略特进一步通过塑造"退化"的地主阶级和描绘躁动的英国市镇和政治改革的混乱局面表明,变化未必带来"进步",即使获得了某种"进步",与之相伴的也有不少麻烦和问题。

　　第四章主要涉及爱略特对"自然选择"机制所带来的社会影响的反思。达尔文从未否认社会道德在人类社会发展中的重要作用。相反,他的理论十分强调生物之间的联系和依存关系。然而在客观上,"自然选择"理论强调"机会"和"竞争"在生物进化中的决定性作用,似乎为人类利己主义的自私行为提供了某种理论依据。爱略特充分意识到了进化论可能带来的道德危机,在多部作品中都对利己主义提出了严厉的批评。本章主要分析《情与仇》("Romola")《米德尔马契》和《丹尼尔·德龙达》中爱略特对利己主义的批判和对联系的强调。

　　第五章从音乐的角度切入,研究爱略特的文学表现和达尔文性选择理论在音乐方面的互文关系。达尔文认为音乐起源于求偶过程,悦耳的声音是动物吸引异性的工具,能够帮助它们获得繁衍的机会。在爱略特的小说中不乏音乐场景,其中多数都与求爱和婚姻相关。爱略特同意达尔文式性选择的基本观点,但是她并不赞成人类的婚姻仅仅建立在生物本能之上。她笔下的主人公往往能够超越本能,从音乐中悟到人生的真谛,做出利他的选择。

　　作为文学家的爱略特对进化论的接受和反思是多方面的。她一方面深受进化论影响,另一方面也对进化论里涉及个人发展和社会道德的许多问题进行了深入的思考。包括进化论在内的许多科学理论在她道德理想的形成过程中起到了不可或缺的作用,同时也渗入了小说的结构、主题、情节和人物塑造中,是爱略特研究不能忽视的重要视角。

第一章　维多利亚文学与进化论

在自己最为雄心勃勃的著作的开篇，刘易斯写道："科学正在渗透到每一个地方，慢慢改变着人们对世界和对人类命运的看法。"（Lewes，1874—1879：Ⅰ，1）刘易斯强调的不仅仅是科学带来的物质生活的变化，更重要的是科学对人们的思维方式和认识世界的看法具有深远的影响。科学从诞生之日起就不是完全客观的研究，它的产生与发展，包括科学假设的提出，都与社会经济文化有着不可分割的联系。"文学与科学都是文化的产物，一起表达和塑造了其文化母体。"（Hayles，1987：120）乔治·莱文认为科学与文学以平等但不同的方式参与到文化当中，它们"支持、揭示和检验对方"（Levine，1988：223）。这种说法对维多利亚时代似乎尤其适用。

在维多利亚时代，科学研究与实验不仅是某个领域专家的事业，而且是全民的消遣和爱好。英国民众，不论是科学家还是普通人，都相信科学的无限潜能，并且兴致勃勃地进行各种专业的或业余的研究。如果没有时间阅读达尔文或者赖尔（Richard Lyell）的鸿篇巨制，阅读赫胥黎（T. H. Huxley）等科普作家的介绍，同样可以了解最新的科技成果。这些科普文章俯拾皆是，与最新的文学作品一起刊登在报纸、杂志上，彼此相映成趣，甚至相互竞争读者群。一些科学专门著作因为语言通俗易懂，即使普通读者读起来也饶有兴味，因此也流行一时，成为畅销书。钱伯斯的《造物的自然史遗迹》，达尔文的《物种起源》等都多次再版，极受公众的欢迎。科斯莱特发现，阅读生物学家赫胥黎、物理学家廷德尔（John Tyndall）、数学家克利福德（W. K. Clifford）等人的作品会使人意识到，"科学无时无刻都与我们的行为和对美的感知相联系，也与情感相接触"（Cosslett，1982：2）。需要强调的是，赫胥黎、廷德尔等人看重的不是科学的"实用好处"，而是科学理论对人的思想的影响。赫胥黎对那些把科学只当作"提高生活舒适度的机器"的人表示了反感。他认为，科学无疑会带来物质生活的实际好处，但更重要的是，在提高物质生活的同时，科学在人们"对宇宙和对自身的看法上"引起了"一场革命"，"深刻改变了他们的思维方法和是非的观念"。（Huxley, 1893—1894：Ⅰ, 30 - 31）赫胥黎相信"自然科学真正和永久的重要性"在于它产生的"伟大思想"和"道德伦理精神"。（Huxley, 1893—1894：Ⅰ, 41）显然，科学与维多利亚文学所关注的重点是一致的。

总的说来，这一时期的文学与科学都试图用理性的模式取代宗教的模式，引导大众认识世界。它们从不同的领域参与文化与意识形态的构建，在维多利亚人看来存在着不可分割的联系。穆勒曾说："只有把自然科学的方法进行合理地扩展和泛化后运用到道德科学上，才能对道德科学的落后状态加以改善。"（Robson, 1963—1991：Ⅷ, 833）在人们普遍对宗教感到怀疑，宗教已经不再能满足人们对世界的探索、对人性的探索的时代，科学和科学家的这种道德感与思想家、文学家不谋而合。

在众多的科学理论中，进化论尤其为文学家、思想家所重视。在谈到文学家所关切的科学话题时，查普尔列举了以下几条：对起源、生长和变化的关注；对我们与动植物的关系的新认识；对生存竞争、进步和灭绝的重视；不断增长的改变环境的决心；不断寻觅化解或超越对立状态的种种力量与动态规律（dynamic laws）之间根本的统一性。（Chapple, 1986：4）这几点可以说都与进化论相关。进化论广为流传和接受（尽管接受的方式和程度差异很大）的原因当然比较复杂，但是有两点不能忽略。一是进化论的学科特点。"生物学显然比物理和化学等精密科学更与人类经验紧密相关。因此对于所有的作家来说具有特殊的重要性。"（Leatherdale, 1983：5 - 6）二是这一理论适时地契合了当时许多其他盛行的理论。科斯莱特将达尔文称作维多利亚时代科学的"中心人物"，认为他的进化理论"完美地与已经风行的自然主义和种系渐变说相契合"。（Cosslett, 1982：11）科斯莱特总结了进化理论的几点重要影响：迫使人们"接受不愉快的真实，抛弃'迷信'的慰藉"；呈现了一个"统领一切，无所不包的规律的幻象"；使人们意识到人与自然的"亲缘关系"；充分领会自然界有机物之间的"内在联系和合作"关系；以及对科学

第一章 维多利亚文学与进化论

想象力的赞赏。(Cosslett, 1982: 13) 这些影响可以说涵盖了维多利亚时代人们最关心的许多话题,也是文学家们在文学作品中不断探讨的问题。

第一节 生物进化论简介

要理解进化思想对维多利亚文学的重要意义,我们首先要对生物进化论及其在人类社会中的应用有基本的认识。生物进化论并不是维多利亚时代的发明,其思想萌芽可以说在古希腊时期就出现了。详述进化理论的形成历史不是本文的任务。本节主要介绍拉马克(Jean-Baptist Lamarck)和达尔文(Charles Darwin)的理论,它们代表了进化理论在19世纪最重要的两个发展方向。需要指出的是,虽然达尔文的进化论在今天被奉为"正统",拉马克的理论已经被证明是不科学的,我们不能因此就简单地将拉马克的学说归为站不住脚的理论或者仅仅是达尔文理论的先驱。用今天的标准去衡量19世纪的理论往往是有失偏颇的。尽管我们可以不接受拉马克理论的绝大多数论点,但不能因此不重视它们,因为它们在19世纪实实在在地产生了很大影响。尤其是当我们注意到,达尔文进化论最主要的理论点"自然选择"受到了抵制,然而进化论却广为接受时,我们更应当认真审视那些与达尔文理论不同的进化论,研究它们如何与达尔文理论一起构成了19世纪的进化论思想。本书所要讨论的进化论不仅包括达尔文的思想,而且也包括拉马克的思想以及社会达尔文主义。

在达尔文之前,进化论的代表人物是法国科学家拉马克。拉马克最初的研究对象是植物,因其《全法植物志》而闻名于世,后转而研究动物,是无脊椎动物学的创始人。他在1809年出版了《动物学哲学》("Philosophie Zoologique"),系统地阐述了他的进化学说。这是第一部试图全面综合地阐述生物进化原理的著作。与他同时代的伊拉斯谟·达尔文(Erasmus Darwin,查尔斯·达尔文的祖父)虽然也提出了相似的设想,但并没有形成真正的理论。拉马克和伊拉斯谟·达尔文都认为物种是可变的,目前可见的所有生物都是从更早期、更原始的生命形式逐渐演变而来的。

拉马克发现，生物在不断适应环境的过程中发生变化，并且这种变化是可以遗传的。他在《动物学哲学》中提出了两个法则：用进废退和获得性遗传，并认为这两者既是变异产生的原因，又是适应形成的过程。他提出物种是可以变化的，认为环境能够对生物机体产生直接影响，某些经常地、持续地使用的器官会逐渐变得发达，而不经常使用的器官则逐渐退化。假以时日，物种经过这样不断地加强和完善适应性状，便能逐渐变成新种。他相信生物的需要可以决定生物如何变化。这当然不是说生物可以单纯依靠意志力就获得变化，而是指"需要"决定了生物如何使用自己的器官，从而导致器官向不同方向发展。也就是说，拉马克认为生物可以通过"努力"而后天获得某些性状。拉马克学说的另一要点是生物后天获得的性状可以遗传，使它们的后代获得相似的特征。拉马克最著名的例子是长颈鹿的进化。按照他的理论，长颈鹿在吃高处树叶的过程中脖子会逐渐变长，并能将这种长脖子的特征遗传下去。

拉马克学说中的"获得性遗传"缺乏科学依据，认为生物的意志和欲望在进化中发挥作用的观点也难以令人信服。当时另一个重要科学家居维叶（Georges Cuvier）对拉马克的理论很不以为然。居维叶在法国科学界享有崇高的地位，由于他的排挤，拉马克最终在穷困潦倒中死去。拉马克学说的理论出发点和达尔文学说有很大的差异，但是却提供了很多符合当时需要的假设。尽管拉马克学说存在致命的缺陷，但它却是社会达尔文主义的主要来源，并且在19世纪后期重新被进化论者所研究，形成"新拉马克主义"，用以对抗达尔文学说中的"自然选择"理论。

进化论的普及还要归功于一部并无太大科学价值但却极为畅销的科普书《造物的自然史遗迹》（"Vestiges of the Natural History of Creation", 1844），作者是苏格兰作家、出版商和业余科学家钱伯斯（Robert Chambers）。这部作品的诞生和成功本身就体现了当时科学研究的特色。正如上文所提到的，科学研究在维多利亚时代不是科学家的专利，而是全民的爱好。业余科学家出版畅销科学书籍并不算很稀奇的事情。这部书糅合了地理发现、自然史和有关道德的种种学说。钱伯斯的理论出发点是认为自然界的任何物种都不断进步，都在向更高阶段发展。整部作品把科学、神学和道德说教混杂在一起，虽有进化论的思想，但是缺乏有力的科学论证，且带有浓厚的拉马克学说的味道，与达尔文—华莱士的理论不可同日而语，几乎没有什么科学价值，但是这本书却为进化论的普及做出了很大贡献。据说它的读者超过 10 万人，涵盖了社会各个阶层，这在当时是很惊人的成就。上至维多利亚女王，下至普通的手工业者都是钱伯斯的读者。丁尼生、卡莱尔、达尔文和华莱士（Alfred Russel Wallace）等人也都读过这部著作。这本书为进化论思想在维多利亚时代的英国生根发芽做出了杰出的贡献，是"影响维多利亚公众对进化论的态度的决定性因素"。（Bowler，2009：135）达尔文不同意钱伯斯观点，但他也认为，这部作品既引起了大众对进化理论的兴趣，同时也消除了人们的偏见，从而为人们接受与之类似的观点准备了土壤。（Roppen，1956：16）而正是由于钱伯斯的这部著作遭到了学界的恶评，达尔文才格外谨慎地继续研究，推迟发布自己的理论，希望能获得更多的证据来支持自己的观点，避免重蹈钱伯斯的覆辙。

伴随着生物学和地质学的新发现，人们开始广泛地认为，生物并不是如《圣经》所记载的，每一种都是单独创造的，而是存在某种按照特定规律运转的生物体系。钱伯斯和他的支持者们更进一步地使物种变化的观念深入人心。这些都为达尔文学说的产生和接受铺平了道路，但是似乎在达尔文和华莱士之前，很少有人真正研究过物种变化的机制。钱伯斯的论述依然在神学的框架内打转，物种变化仍然被认为是某种神圣计划的展开，无法为人所真正了解。达尔文的《物种起源》改变了这一状态。

1809 年查尔斯·达尔文出生在一个富裕的医生家庭，他因不愿学医而进入剑桥大学，并开始表现出对科学的兴趣。1831 年，他跟随"小猎犬号"以绅士伴侣和博物学家的身份进行了长达五年的环球科学旅行，收集了大量资料和数据，为他后来的理论奠定了决定性的基础。在旅行中，达尔文阅读了赖尔的均变论著作（将在本书第二章详述），发现这一理论和自己实地考察的结果十分吻合。赖尔认为安第斯山脉不是一次灾难形成的，而是多次地震的结果，并且地震还在持续不断地改变当地的地貌。达尔文对南美洲地貌的观察也证实了这一理论。达尔文带回了加拉帕戈斯群岛上鸟雀的标本，鸟类学家古尔德（J. Gould）经过仔细的研究和对比，确认有些原来被认为属于同一物种内的不同变种或亚种的标本实际上应该属于完全不同的物种。达尔文敏锐地由此领悟到物种是可变的，一个物种完全可以通过渐变的方式演变成另一个新物种。达尔文还从自己收集的生物化石中得出结论，南美洲的生物自成体系，以持续的方式发展，这让他对生物进化是否存在既定方向，必然指向人类的出现产生了怀疑。他逐渐意识到物种是"生命树"上的不同分支，各自在适应地理环境的过程中以不同的方式进化，人类不过是这些分支中的一支，并不是生物进化的目的。他还意识到了神创论的理论难题，例如这种学说无法解释物种的地理分布问题。还有，神创论认为神创造的物种完美地适应环境，但是达尔文发现在有些"中间地带"同时存在两个物种，如普通美洲鸵和无翅美洲鸵。如果说这两种鸵都分别适应它们的主要栖息地的话，那么它们对"中间地带"的适应就不可能是完美的。并且，如何解释两种鸵在共同栖息地的此消彼长呢？这些事实都迫使达尔文想到，自然界不是完美平衡的，而是一个充满斗争的世界。（Bowler, 2009: 149 - 153）但是这一切还不足以使达尔文形成他的理论核心——"自然选择"，直到他阅读了马尔萨斯的《人口论》，从中悟出了"竞争"的重要作用。在《人口论》中，马尔萨斯认为人口的增长会快于生存资源的增长速度，导致不可避免的生存竞争。达尔文在《回忆录》中写道："1838年10月……为了消遣，我偶尔翻阅了马尔萨斯的《人口论》。……我头脑里马上形成了这样一个想法：在这种生存斗争条件下，有利变异必然趋于保存，而不利变异应该趋于消亡，其结果必然导致新物种的形成。于是，我终于形成了一个能用来指导我工作的理论。"（舒德干等，2005: 5）任何种群的个体之间都存在细微差异，如果其中一些差异恰好适应生物生存的环境，那么那些拥有这种差异的个体就获得了更多生存和繁衍的机会，它们的特征也就在物种中被稳定地保留了下来。生存竞争是生物进化的动力，这种竞争可能是种群内部或种群之间争夺食物的竞争，也可能是为了生存而进行的其他形式的努力。例如在贫瘠干旱的沙漠中生存着为数不多的植物，它们以各种方式适应环境以获得更多的水和养料，但是它们之间并不一定要彼此竞争。达尔文不是一个悲观主义者。相反，他看到在生存竞争，乃至死亡之中，生物将越来越趋向于完美地适应环境。在丧失

第一章　维多利亚文学与进化论

了对基督教上帝的信仰之后，达尔文转而热烈地赞美自然。❶

达尔文一直在为自己的鸿篇巨制收集和整理资料，然而1858年华莱士的论文促使他将自己计划中的著作缩短，并在1859年12月24日出版了《物种起源》（"Origin of Species"）（共印刷了1250册，当日即告售罄）。这是科学史上划时代的一天。达尔文文笔流畅，语言通俗易懂，这使《物种起源》迅速成为畅销书，引起了巨大轰动。达尔文和华莱士没有发明进化论，但却提供了进化的科学机制——"自然选择"，将进化论从猜想变成了真正的科学。这之前的进化思想无法提供科学依据，使科学界信服目前可见的物种是从更原始的物种变化而来的，也没能排除神或者类似神的力量在终极意义上主导着进化的过程和方向。达尔文的理论提出，生物体之间存在差异，这些差异可以被继承。在一个生存资料有限的世界中，有些生物体会因为某些差异而得利。在"自然选择"主导的世界里，上帝的存在是多余的。达尔文进化论表明，生物进化是永不停止的过程，物种会发生变化，其动力是生物自身随机、偶然的微小变异，因此进化并不意味着向某个既定方向发展。如果将所有的有机物按照一定关系描绘成一株枝繁叶茂的植物，那么植物的每一根枝条都是有机物在不可预测的迁徙过程中适应环境的结果。

尽管在《物种起源》中达尔文小心翼翼地不把他的理论运用到人类社会的研究上去，但这种应用似乎是不可避免的。他的理论将人类与自然联系起来，把那些曾经只用来研究岩石和星星的理论原理应用到人类研究上，"永久地重塑了西方思想"。（Levine, 1988：1）他的理论暗示人类与其他生命体有着相似的发展过程，他的研究将人放到与自然界其他生物平等的层面上进行审视，从唯物主义的角度解释人类的行为。达尔文的世界没有存在于自然之上的"设计者"，而是充满了各种由"偶然"所决定的变化。这是一个丰富的世界，万物都以或近或远的某种方式相联系。在这张相互联系的网上，即使是最微小的事情也可能具有重大意义。

---

❶ See Levine G. Darwin Loves You [M]. Princeton & Oxford: Princeton UP, 2006. 莱文的这部著作的主旨就是从达尔文的学说、达尔文的生活等方面说明达尔文对自然倾注了相当的感情，对自然有一种敬畏。自然不以人的意志为转移，也不是神的意志的体现。自然选择看似无情，实则包含万物的生老病死，值得人的敬畏。它不是人的或是神的意志的产物，却包括了人的一切。

第二节　维多利亚人对进化论的接受和应用

18世纪以来，人们一直致力于在数学和物理研究模式的基础上建立社会研究的科学，这表现了自然科学和社会科学在方法论和意识形态问题上的诸多相通之处。维多利亚人延续了这种努力，想要从进化思想中得出人类社会发展的规律。然而进化论本身就是一直在发展并充满了争议的理论，它被深深地嵌入了维多利亚文化和社会之中，与人们对政治、经济、社会和宗教问题的探讨不可分割。进化论的研究方法和内容都不可能做到完全客观、与意识形态无关，进化论同样也受到其他非科学领域的影响，它不可能为种种社会问题提供一套简单的解释，人们对它的接受也是多形式、多角度的。

作为一门科学，生物进化论首先需要得到科学界的承认。正如上节指出，普及"进化"概念的功劳应该归属于钱伯斯的《造物的自然史遗迹》。1844—1860年，这部书至少出版了11版，售出大约24000册。（Ellegard, 1958：1）不过在吸引大众的同时，钱伯斯的"进化论"并没有得到科学界的认可。这部著作在理论上无足称道，关键细节含糊不清，缺乏分析和例证，作者在解释进化的原因时没能跳出神学的圈子，进化依然是神的意旨的体现。显然这种业余的研究是无法使科学界信服的。相比起来，科学家们更愿意承认拉马克理论有一定的科学性。不过在19世纪上半叶，拉马克理论并没有在英国科学界产生较大的影响。这一方面是居维叶在学术上压制拉马克的结果，另一方面，也是至关重要的方面，拉马克理论同样遇到了理论难题——它无法令人信服地解释进化的机制，这使得进化论虽然没有被完全驳倒，却被排除在真正的科学之外。而达尔文最大的功绩，在很多人看来，就是提出了"自然选择"理论，从而使物种变化的研究成为真正的科学。

确立进化论地位的过程非常艰难。首先，进化论的确缺乏足够的证据支持，因为无论有多少新发现，化石始终都无法拼凑出一幅完整的进化图景，进化存在"缺失的环节"。这使崇尚实证的英国人对进化论抱有怀疑态度。更重要的是，达尔文的进化论所包含的社会意义使他的著作在科学界和宗教界都引起了轩然大波。事实上，当时很多有成就的科学家同时也是神学家，达尔文离经叛道的理论是不可能被轻易接受的。达尔文在剑桥的导师、地质学家塞奇威克（Adam Sedgwick）怀着沉重的心情致信给自己的学生："我读了你的书，更多地感到痛苦而不是快乐。有些部分我甚为赞赏……其他的部分令我痛心疾首，因为我认为它们完全错误，其危害令人忧伤。"著名科学家欧文（Richard Owen）在《爱丁堡评论》上猛烈地抨击达尔文，认为《物种起源》是"对科学的滥用"，会使英国陷入法国大革命时期的混乱。（米尔斯，2010：78）1860年，在牛津大学座无虚席的博物馆图书室里，赫胥黎与牛津主教就进化论进行了一场著名的辩论。主教恶毒地嘲笑、讥讽达尔文与赫胥黎，而赫胥黎则宣称，他不以有猿猴祖先为耻，真正令他感到羞耻的是对科学不懂装懂，用宗教偏见误导大众的人。（达尔文，2011：206-209）

生物进化论就在这样的论争中逐渐为科学界所接受，为大众所熟知。到了19世纪70年代，达尔文已经可以自信地宣称，进化观点已经被普遍地采纳。（达尔文，2009：3）不过虽然是"自然选择"理论最终确立了进化论的地位，维多利亚人对进化论的接受却在很大程度上与这个理论无关。普通人不大可能特别关注生物是如何变化的，他们更关注的是进化论在意识形态领域的影响。早在《物种起源》一书出版之前，人们就对进化理论表现出了相当的兴趣，达尔文的著作更多是起到了催化作用，将相关讨论引向高潮。实际上维多利亚人普遍地接受进化的概念，但并不一定接受"自然选择"机制。人们对《物种起源》"引用多而阅读少，理解就更少了"。（Bratchell, 1981：71）他们接受进化论并不是因为信服达尔文对进化机制的阐释，很多人简单地把达尔文理论称为"猴子理论"，只想在这场旷日持久的争论中搞明白一件事情：人到底是猴子变的还是上帝特别创造的。有些人从进化理论中得出结论，社会进步就如同生物体从简单形态进化到复杂形态，是必然趋势，同时也有人注意到，进化可能会意味着"退步"，这似乎也可以作为人类社会发展的一个隐喻。进化论将人类置于进化的最高级阶段，极大地增强了人们征服自然的信心，然而不能忽视的是，进化论同样将人类从神坛上拉了下来，使人们认识到，同世间万物一样，人类不过是进化的一个分支而已，人与动物也许并不存在根本的区别。这提示人类应该用新的眼光看待世界，与自然和谐相处。但这种解读同时也带来了新的忧虑：既然进化是一个永不停息的过程，那么在未来的某一天，人类是否会被新的物种淘汰，失去对世界的掌控？激进主义者从"自然选择"中看到社会竞争的必要性，保守主义者同样认为达尔文理论支持他们的观点。达尔文强调微小变异，缓慢进化，那些"没有用"的器官需要漫长的时间才可能消失。社会进化难道不应该遵循同样的规律吗？进化论引起的各种问题困扰着维多利亚人，使他们对种族、性别、性乃至社会道德都产生了许多交织在一起的困惑和不安。有人指出，达尔文的思想会颠覆宗教观念和道德观念，如果接受他的观点就会使整个社会支离破碎。(Bratchell, 1981: 74) 与达尔文的进化论相比，拉马克的进化论更具有道德吸引力，它能让人们接受进化论而不接受自然选择。很多维多利亚人用拉马克学说来解释人类社会生活，认为每个人对人类的知识和意识都有所贡献，而且会把他的贡献传给下一代；人们所学到的、所创造出来的东西并没有付之东流，而是构成了人类进步链条上的环节。达尔文理论的提出没有使拉马克理论被抛弃，反而掀起了拉马克研究的高潮，在19世纪末形成了"新拉马克主义"。对进化论的多种解释与进化论的理论特点有一定关系。进化论在本质上是一种未经充分论证的假设，是一部关于地球的"虚构"的历史。(Beer, 2000: 6) 进化论虽然是一门"科学"，但却无法真正充分地被实验所证实，因此无论是理论本身，还是对理论的表述，都无法避免地与文学作品有相当多的相似之处，也无可避免地被受众按照自己的背景和需要进行多重不同的阐释。

　　维多利亚时代在工业快速发展的同时似乎急需某种理论来解释一切，而进化论不仅开创了生物学的新纪元，而且也挑战了宗教的权威，改变了人们长期以来形成的对人性和自然的看法，因此被广泛地运用到社会研究中。达尔文在《物种起源》中刻意避开了人类进化的问题，真正将进化论扩展到万事万物的是著名学者、乔治·爱略特的密友斯宾塞（Herbert Spencer）。他的进化论较多受到拉马克的影响，在《物种起源》出版之前就创造出了"适者生存"等词汇。达尔文的理论问世后，斯宾塞很快就将其纳入了自己的理论体系，创立了社会达尔文主义。斯宾塞知识渊博，涉猎很广，他雄心勃勃地试图建立一个包罗万象的综合知识体系，建构一种普遍的进化理论。在今天

第一章 维多利亚文学与进化论

看来，他的学说并没有太大价值，但它在19世纪却促使进化论深入人心。斯宾塞认为，进化就是从同质性向异质性的进化，从无差别到有差别的进化，这种进化同时也是人不断适应社会的进化，因此也是从分离到统一的进化。社会达尔文主义将人类社会视为如同生物一样的有机体，认为其发展也遵循生物界的规律，强调生存竞争，这在一定程度上为自由放任资本主义提供了合理的解释。当时有评论家认为，达尔文的理论就是"自由放任经济在动物界和植物界的延伸"。（Irvine, 1966: 98）马克思曾经想要将《资本论》献给达尔文。虽然达尔文婉拒了这一荣誉，但马克思产生这种想法本身就足以证明达尔文理论对19世纪政治经济学的重要意义。

拉马克学说、达尔文学说和社会达尔文主义的传播和影响使这一时期的作家想要完全无视进化论是不可能的。丁尼生在剑桥接触到了拉马克等人的进化论著作，他在《悼念》（"In Memoriam", 1850）里称，自然有着"血淋淋的牙齿和利爪"，这种对自然的看法显然带有进化论的意味。诗人巴特勒（Samuel Butler）反对达尔文的核心理论，但却专门著文对拉马克的进化论表示赞同。在金斯利的《水孩子》（"The Water-Babies", 1863）里，主人公落水后发现自己退化成了最原始的生物，继而逐渐进化为高级生物。没有对进化思想的了解，很难想象作家能构思出这样的情节。任何对进化论有一定了解的读者都会发现，哈代的作品非常强烈地表现出进化论的思想。哈代曾经承认自己是"《物种起源》最早的拥护者之一"（Hardy, 1928: 198）。他还在晚年列出了对自己影响最大的思想家，其中包括达尔文、赫胥黎和斯宾塞。（Weber, 1965: 246 - 247）在《德伯家的苔丝》里，苔丝的家族本是贵族，但已经没落到连家族的姓氏都弄不清了。与之形成鲜明对比的是，镇子上的工商业暴发户却用金钱买到了苔丝家的姓氏，堂而皇之地标榜自己的贵族地位。苔丝是自然的女儿，因此她不可避免地在这个新旧交替的社会转型时期备受煎熬，最后被资本主义社会所扼杀。她所代表的农民阶层和古老生活方式，包括农业社会的道德观都被新兴资产阶级、资产阶级生活方式及道德观所淘汰。哈代的多部作品都弥散着类似的悲观的决定论，他本人则"几乎是进化论悲观主义者的经典例子"（Irvine, 1959: 625）。

受到进化论影响的维多利亚作家当然远不止以上列出的几位。在史文朋、梅瑞狄斯、萨克雷、狄更斯、迪斯累利、吉卜林、萧伯纳、王尔德等许多作家的作品中，都不乏对进化论的影射。在康拉德的小说里，进化论的色彩也非常明显。这些作家都实实在在地感受到了进化论对一个时代的巨大冲击，并且试图用自己的文学创作参与到这场涉及面极广的文化对话中。

第三节　科学理论对爱略特写作的重要影响

在受到进化论影响的作家里，乔治·爱略特非常引人注目。爱略特与科学有很深渊源，早年即孜孜不倦地阅读科学文献，在考文垂她与布雷（Charles Bray）等人的交往使她有机会接触到最新的科学研究。例如布雷对颅相学的兴趣对爱略特就有一定影响，据说爱略特甚至将自己的头也进行过颅相学研究。颅相学根据头盖骨的形状将大脑进行分区研究，推定人的性格等。这种研究方法促进了生理学和心理学的发展，尽管颅相学很快被证明是伪科学。众所周知，爱略特的作品以细腻描写人物的心理见长，她的伴侣刘易斯对生理学和心理学都颇有研究，这些可能都与他们对颅相学的认识不无关系。不论颅相学后来的地位如何，在当时它是被当作科学进行严肃讨论和研究的。爱略特笔下的霍尔特就曾经被颅相学家研究过，结论是他有"很深的迷信心理"。霍尔特的朋友表示反对，因为他认为霍尔特是个打破传统信仰或习俗的人。对此颅相学家归因于霍尔特"深刻的理想主义，这使得他无法找到完美得足以让他对之膜拜的任何东西"（Eliot, 1997: 60）。霍尔特对颅相学家的高论并不太以为然（随着科学的发展，爱略特后期也对颅相学产生了怀疑），不过从整部小说看来，颅相学家的结论的确提示了霍尔特最重要的特征。（Wright, 1982: 34-46）

毫无疑问，孔德的实证主义对爱略特也产生了重要影响。1851年，爱略特阅读了孔德的代表作《实证哲学教程》（"Cours de philosophie positive"）并发表了评论。孔德把人类思想史分为三个阶段，神学阶段，形而上学阶段，最后发展到实证阶段。爱略特在《威斯敏斯特评论》（"Westminster Review"）上撰文说，随着孔德学说的发展，"神学和形而上学的推断都到了它们的尽头。扩展人类知识来源和幸福来源的唯一希望只能在实证科学中发现"（Eliot, 1963a：28）。此时爱略特对孔德的兴趣由于刘易斯的研究而进一步增强。刘易斯被认为是孔德在英国的代言人，当时正在编撰《孔德的科学哲学》，将孔德思想加以综合和浓缩，爱略特也参与其中。孔德主张科学是万能的，精确的观察和实际的经验是科学的唯一手段，由此获得的知识是实证的知识，不仅可用于考察自然界，而且也可用来考察人类社会，其目的则是改进社会。可以说，爱略特对科学的兴趣也在于此。她研究科学是为了利用其理论考察维多利亚时代并展望未来。科学为爱略特提供了认识世界的工具，也为她的道德伦理系统提供了理论支持。在进化论的影响下，孔德的实证主义也带有进化的色彩，强调道德感的进步，认为人类会从原始的利己主义阶段，即将个人需要和个人利益放在首位的阶段，向更高级的利他主义阶段发展，将整个社会的利益置于最重要的地位。爱略特在小说中对利己主义者进行了严厉批评，这种文学性处理和孔德的道德进化说之间形成了有趣的对话关系。

爱略特曾和许多科学家都建立起了亲密的关系，她家周末聚会中的常客不乏当时最著名的科学家克利福德和廷德尔等人。在她的密友中，斯宾塞的影响不能忽略。父亲去世后爱略特定居伦敦，与斯宾塞交往密切。斯宾塞后来在其自传中回忆二人曾常常漫步于泰晤士河边，"讨论许多事情"。（Dolin, 2009：19）爱略特较早就从斯宾塞的学说中熟悉了"发展理论"（Development Theory，当时对各种带有进化色彩理论的一般称谓），甚至偶尔还帮助斯宾塞修改论文的词句。（Haight, 1954—1956：Ⅱ, 145）

当然，对爱略特影响最大的科学家可能莫过于她的伴侣刘易斯。刘易斯是涉猎广泛的科学家，尤其对生理学和心理学较有建树。亨利·詹姆斯认为，爱略特被刘易斯的研究"感染"，刘易斯将她走向科学观察的脚步推得更远。（James, 1996c：Ⅰ, 529）与刘易斯在一起的日子里爱略特的写作生涯被深深地打上了科学的烙印，二人保存在威廉姆斯博士图书馆的书籍里40%都与科学有关。（Baker, 1977：ⅩⅩ）他们还曾在1856年5月一同前往海滨度假，收集海洋生物的标本。根据爱略特的记载，他们费很大劲儿带去的深罐子显然不适合他们的研究，那些生物在罐里显得很不舒服，爱略特不得不时常把胳膊伸进去帮助它们。但是这些有时让人筋疲力尽的科研活动并没有使爱略特厌倦，她和当时很多其他人一样对科学实验乐此不疲，从中得到了极大的乐趣。每一天爱略特都通过看显微镜或去自然界收集标本而获得了"一些小的自然科学方面的经验"（Byatt, Warren, 1990: 220 – 221）。对爱略特来说，与科学的亲密接触使她越来越强烈地追求一种科学的明晰，来"躲避所有的含糊和不精确"，以得到"明确、生动的思想"。（Byatt, Warren, 1990: 228）显然，科学研究及其方法塑造了爱略特。一起阅读科学书籍是刘易斯和爱略特共同的习惯。1859 年，他们一起阅读了《物种起源》。爱略特在 1871 年 7 月的一封信中写道："每天晚上，我给丈夫读一本艰涩的德文科学书。"（McCarthy, 1970: 811）在替刘易斯编撰《生命与思想的问题》的最后两卷时，爱略特不仅汇编整理资料，而且可能修正了刘易斯的某些观点。人们在第四卷《道德感》里发现了爱略特的手迹，她认为人与人之间的联系是人类道德感的发端。第五卷的一节最终付梓的文字与刘易斯的原文不符，其中的修改也被认为是爱略特的手笔。她解释了道德感如何从自我中心的利己主义向利他主义进化。（Wright, 1982: 37）由此我们可以看到，爱略特不仅非常了解数学、物理、生物学和心理学等方面的最新发展，而且能够熟练地从事科学文献的写作。

爱略特虽然不是科学家，但科学在其思想体系的形成过程中起到了重要作用。在爱略特的小说中，科学元素是不可或缺的一部分。它们可能表现在一些与科学直接相关的语言上。例如在《亚当·贝德》的第二章，爱略特幽默地用月球与地球来描述胖胖的、自以为是的卡逊先生：

> 卡逊先生的外貌……从前面看去，主要是两个圆球，两者之间的关系相当于月亮与地球：也就是说，上面这个圆球，根据粗略估计，是下面这个圆球的 1/14，自然仅占一个附庸的卫星地位。不过这两组球体的相似之处只到此为止，因为卡逊先生的脑袋绝不是一个倒霉相的附庸卫星，也不是像密尔顿把月亮颇不中肯地描述为"有斑斑点点的天体"那样……（爱略特，1984: 11）

这段话表明，爱略特显然对天文学有相当的了解。
科学除了影响爱略特的语言外，更重要的是贯穿了她的写作生涯，在不同阶段对她的写作起到了指导思想的作用。爱略特早期忠实于现实主义，在1851年的评论中提倡对自然法则的认真学习和耐心遵守。（Pinney，1963：31）到了1856年，在对罗斯金的《现代画家》第三卷的评论当中，爱略特仍然鲜明地表现出对现实主义的偏爱。她认为罗斯金的贡献就在于坚持现实主义的"这种信条"，即"所有的真理和美要从对自然谦卑、忠实的研习中获得"，而用"从感觉的迷雾中孵化出来的种种模糊的形式来代替确定的、有实质内容的现实"是不可能得到"真理和美"的。（Levine，1980：2）现实主义的兴起本身就是寻求客观真理的科学精神的反映。"维多利亚现实主义是第一个全面被科学方法、步骤和分析性目标所塑造的文学美学，是第一个将被充分认知的科学认识论（a sophisticated awareness of scientific epistemology）作为写作形式基础的文学美学。"（Kurich，2001：219）与浪漫主义者们不同，爱略特等现实主义小说家提倡虚构世界与现实世界的对应，致力于忠实地描绘现实。作家将自己视为科学家，写作在某种程度上变成了"试验"，测试生活"千变万化"的可能。（爱略特，2006：1）1876年《丹尼尔·德龙达》首卷出版之前，爱略特给友人的信中说，小说"不过是生活的一些试验"，"是一种尝试，通过它去看看人类能够拥有什么想法及情感，拥有什么实际存在的动机或者是可能的动机，能够给我们提供一种更加美好的未来，让我们为之奋斗；通过这种尝试去看看，从过往的启示与规则中我们能够获得什么东西，并尽力去把这种更为可靠的东西抓在手里，而不是去抓迁变不居的理论"（Haight，1954—1956：Ⅵ，216-217）。在这里，爱略特强调艺术可以产生的看得见、摸得着的具体结果，就好像一个科学家谈论自己收集的资料数据可能得出的具体结论。

进化论，尤其是达尔文进化论，在很多方面也与爱略特大力提倡的现实主义有很多契合之处。它是大胆的猜测，但却貌似完全客观，看似来源于具体实验的科学。达尔文等科学家殚精竭虑地收集尽量多的资料以证实他们的假设，力图通过客观的观察向公众揭示一个真实的世界，这与现实主义小说要去反映真实的追求一致。进化论强调微小力量的累积效应和因果关系，这也符合爱略特的现实主义。进化论模糊了种与种之间的界限，在达尔文的世界中万物都是联系的，会发生转化，这也与现实主义小说的特点一致。现实主义小说里较少有浪漫主义作品中脸谱化的"好人"或"坏人"。评论者发现，爱略特在小说中致力于揭示人与人之间的关系，除了最后一部小说里的格朗古特算得上是真正恶毒的人物以外，几乎其他所有的角色作家都从不同角度进行了塑造，无法简单地用"好人"或"坏人"来描述。在达尔文理论中没有上帝的位置，世界在没有外力干扰的情况下按照一定的规律发展。现实主义小说也排除了超现实的神话性情节，相当重视人物塑造。（Levine, 1988：14-21）爱略特早期就抛弃了基督教信仰，转而在人性中寻求真正的神圣。她平实细腻的笔触为读者塑造了栩栩如生的各类角色，从他们身上读者能够感受到人性的光辉。

在写作生涯的后期，随着科学思想的发展，爱略特的写作也产生了微妙的变化。19世纪科学发展的趋势之一是将长久以来在英国科学界占据统治地位的培根式研究方法渐渐抛诸脑后。培根所提倡的归纳法已经不能适应科学的发展。人们意识到，科学家的一个重要素质是要具备充分的想象力，提出假设在科学研究当中起着至关重要的作用。进化论成为一门科学就充分地体现了科学假设的重要性。无论我们已经获得了多少科学证据，进化论至今也仍然是一种假说，但是这不妨碍进化论成为一门真正的科学。上文提到，进化论的重要影响之一是对科学想象力的赞赏。爱略特后期显然受到了发展中的科学观的影响，对自己的现实主义信条做了一些修正。她在对但丁的评论中谈到，想象力不是一种错误的外在幻象，而是一种创造力，能够将最细微的经验糅合在一起形成新的整体。想象力不是事实与幻想简单随意的结合，而是在客观对象之中，在每一个偶然事件之中注入历久弥新的记忆与热情的联想，它能给人以启迪和智慧。（Eliot，1879：155）爱略特对想象力非常看重，这一点在对利德盖特科研工作的描述中得到了集中体现。作家重点描述的不是具体的实验和数据，而是能够提出科学假设的"想象力"，"它能穿越外围的黑暗，经过必然相连的曲折幽深的小径，追踪出任何倍的显微镜都看不见的细微活动"。（Eliot，1879：158）这种想象力为利德盖特的研究提供蓝图，确定目标，引导着他的研究方向。"他所热爱的是艰苦的创造，只有它才是一切研究的关键，它先期构想临时的目标，然后逐步纠正，确定准确的关系。"（Eliot，1879：159）在爱略特后期的作品中，感觉和想象力的重要性愈加突出。在《丹尼尔·德龙达》的开头,爱略特直接将科学家与文学家相比,认为他们都必须从虚构的一点出发,"人要是不虚构一个开头就什么也干不了"。真正的起点无法找到,科学家和诗人都只能从"中间"开始进行探索(Eliot, 2003: 3),提出假设在这个过程中至关重要。小说中的莫迪凯就是通过一种神秘的感觉认定德龙达是犹太人,小说从某种意义上来说其实就是在证实这种神秘的感觉。爱略特一方面用细致的观察来绘制许多细节,另一方面又利用想象力去寻找细节背后隐藏的关系,从凌乱的素材片断中去建构一个整体结构。在这个过程中,作家不再只是生活的记录者,而是和科学家一样,成了积极的试验者。爱略特在小说创作中有意识地运用了科学语言和科学方法论、认识论,她对科学的运用也是历经变化,与时俱进。❶

早在《物种起源》发表以前,爱略特就将进化论融入了自己的小说。仅以《珍妮特的忏悔》("Janet's Repentance", 1858)为例,她时而用滑稽诙谐的语气写道:

> 有很多牧师,笼而统之地说不过是长着双手的滑溜的动物,只是带着牧师的白色领饰而已。他们基本上持有英国圣公会的观点,而且偷偷地沉迷于吹长笛。然而就是在现如今摆脱蒙昧的年月,这样的牧师依然会受到家中有粗鄙弟兄的女孩的尊崇。(Eliot, 2007: 203)

时而她又用更讽刺的语气写道:

> 这是个"英国国教低教会派的成员,维恩的信徒"。那位批评家做出了这一高屋建瓴的结论。"他并不是什么了不得的样本(specimen),他的那一物种(species)的解剖结构(anatomy)及习性早就被确立下来了。"(Eliot, 2007: 243)

---

❶ 有关科学的想象力这一点,可参见:罗灿.《米德尔马契中》的科学思想:从利德盖特的科学研究看乔治·爱略特的创作[J]. 外国文学评论, 2010, (4): 97-100.

有时候，她直接将生物学的研究成果运用到小说里：

深刻的博学之士不是告诉我们，……如果最聪慧的男孩长的不是手指头，而是爪子或蹄子，那么他就很可能停留在最低等的形式之上吗？（Eliot, 2007: 245）

《物种起源》出版以后，爱略特很快就和刘易斯一起阅读了这部著作，并在致友人的信中谈到了它：

我们正在读达尔文关于"物种起源"的著作，它缔造了一个时代，并表明在多年的研究之后，他彻底地追随发展信条（the Doctrine of Development）。而且，他还不是追随《造物的自然史遗迹》的作者的那种无名之辈，而是一个长期以来受到尊崇的博物学家。（Haight, 1954—1956: Ⅲ, 227）

爱略特敏锐地意识到了达尔文著作的价值，尽管她错误地将其归入斯宾塞、钱伯斯等人谈论的"发展学说"。在1852年发表的《发展的假设》（"The Development Hypothesis"）里，斯宾塞也谈到物种可变，因此爱略特此时以为达尔文不过是更加严谨而已。她似乎对书中的例证不够而不甚满意，但仍然确信这部书将会在科学界引起震动：

这本书写得不好，令人遗憾地缺乏解说性的例证——他已经收集了大量的资料，但是却把它们留在将来的著作中使用，目前这部作品不过是探路者而已。这将限制这本书的流行程度，使其无法像《造物的自然史遗迹》那样流行，但它会对科学界产生巨大的影响，使人们对一个问题展开全面的、百家争鸣式的讨论，而在此之前，人们在这一问题面前总是畏首畏尾。所以整个世界都在一步步迈向美好的清晰和诚实！

第一章 维多利亚文学与进化论

从爱略特的信中可以得出两点结论。第一，在《物种起源》出版之前，爱略特就对进化的观念毫不陌生，她阅读了钱伯斯的著作，对斯宾塞的发展理论也了然于胸。这意味着爱略特在接受进化论的过程中不可避免地受到了斯宾塞等人的影响，这使她的进化思想带有拉马克学说的影子。当我们研究爱略特与进化论的关联时，应当充分认识到，她对进化论的接受来自各方面复杂的影响。"文学在采纳达尔文思想的时候也改写了达尔文的思想。这种改写涉及理论的选择、修改甚至扭曲，这种改写也因为和许多来自不同源头的理论的混合而变得更复杂了。"（Leatherdale, 1983: 1-2）第二，爱略特对进化论的基本论点表示认同，她认为达尔文的新作可以帮助人类更好地认识自己，但是爱略特显然没有抓住达尔文进化论的理论创新："自然选择"机制。比尔认为这是因为这一理论与作家本人的道德观有较大差异，所以爱略特没有能够马上把握住其中的精髓。（Beer, 2000: 146）

然而接下来，爱略特却说，她对所有的"发展理论"都不甚感兴趣，比起那些"隐藏在发展过程之下的秘密"来说，发展理论只给她留下了"微弱的印象"。（Haight, 1954—1956: Ⅲ, 227）这并不意味着爱略特不重视进化论，而是说明对于爱略特来说，科学研究本身并不是终点。她对科学的关注最后还是落脚在对社会本身的关注上。刘易斯宣称："智力是心灵的仆人，而不是主人。科学是无益和琐屑的追求……除非它促进某些伟大的宗教目标的实现。"（Lewes, 1853: 5-6）爱略特的笔触也不仅仅停留在描绘世间百态上，她的目的还在于开出社会改良的"药方"。帕里斯在《生活里的试验》中指出："人们希望，科学家对事物关系不偏不倚的研究能够帮助他们洞察和服从不可改变的（规律），并朝着可能的目标做出卓有成效的努力。"因此，"爱略特是一名现实主义作家，她用科学家的视角观察人生，致力于以科学为依托来描绘人类和宇宙的图景。在这个科学图景中，人类传统上所拥有的关于自身尊严和目标的感受常常受到了破坏，人因此而变得彷徨无助，心无所依。"（Paris, 1965: 3-4）

爱略特在科学原理的帮助下看世界，目的是要去发现生活中不可违背的规律，在传统信仰遭到质疑的维多利亚时代构建自己的道德伦理体系。道德永远都是爱略特作品中的核心话题，表现出作家对人类命运深切的关怀。她对孔德、斯宾塞和刘易斯等人的科学研究感兴趣的深层次原因之一，就在于这些科学家都认为科学应该能够提供社会道德系统的基础。刘易斯曾解释说，实证主义的目标"在于创立一种科学的哲学，将其作为新的社会信仰的基础"（Lewes，1853：9）。他指出："这个时代最大的愿望就是找到能够浓缩我们的知识，指导我们的研究和塑造我们的生活的信条。这样，行为就真正能够成为信仰的结果。"（Lewis，1874—1879：Ⅰ，2）在一个急需信仰的年代，人们把目光转向了蓬勃发展的科学，希望能从科学研究中找到指导人类社会的普遍规律。爱略特也不例外。

第二章　爱略特小说中的变化观

世界是变化的。这在今天看来是一条真理，然而确立这种观念却花费了相当长的时间。柏拉图和亚里士多德认为，地球是宇宙的中心，也是静止不动的。但是哥白尼和伽利略等人的科学发现却证明地球是运动的。虽然早期的科学家们为这些当时看来亵渎上帝的理论付出了沉重的代价，这股科学革命的洪流却最终在16—17世纪引发了思想革命，物理学和天文学研究的重大成果极大地动摇了神学和经院哲学的统治地位。牛顿的万有引力定律使人们开始将世界看成可以用数学方法计算的机械体，按照这种原理，现代化学和物理理论逐步建立起来。18世纪、19世纪发展起来的地质学和生物学研究实际上也是这种科学研究的一部分。

作为19世纪科学发展的里程碑，生物进化论探索生物变异的规律，这种研究归根结底是关于生物变化机制的理论。因此，如果想要深刻考察进化论思想在爱略特的创作中所起的作用，我们首先有必要去了解生物变化的观念是如何形成的以及达尔文学说的理论来源，这些都有助于我们理解爱略特在进化论影响下逐步形成的变化观。这种变化观对爱略特的创作起到了指导性作用，决定了小说的布局谋篇、情节发展和人物命运，也影响了爱略特的政治观和对社会改革的看法。

达尔文进化论建立在赖尔的地质学均变论基础上，认为物种是以渐变而不是突变的方式发生变化。爱略特的小说总的来说体现了这种变化观。当然，爱略特的这种观念可能来源很多，英国保守的政治思想、有机论等都对她有很深的影响。不过不少评论者注意到，她的第一部小说《亚当·贝德》更多的是强调了一种几乎静止存在的田园风光，而在《物种起源》发表之后，从《弗洛斯河上的磨坊》到她的最后一部小说《丹尼尔·德龙达》，爱略特则似乎刻意突出了渐变的重要性。她不仅不赞成社会以"跃进"的形式发展，也对快速发展表示出了质疑，因为"爱略特关心的不仅是具体细节，还关心变化发生的过程以及如她所见，在这种过程中人们如何与他们的过去不可分割地联系在一起"（McCaw，2000：11）。

第一节　变化的观念

生物变化的观念是在长期的科学探索中逐步确立的。通过对日常生活的观察，人们很容易发现一些动物似乎比另一些动物"高级"，比如猫比蠕虫高级。依此类推，我们似乎可以把所有生物按照从简单低等生物到高级灵长类动物的顺序连成一个环环相扣的链条，最后一环就是人类。"链条说"在古希腊、古罗马时期就已经出现，直到18世纪仍然很流行，很多科学家不断对其进行改进，希望能够用这个模型来解释有机世界。在进化论研究者看来，链条模型比较形象地展示了一种静止不动的世界观。在这根链条上，万物都有自己确定的位置，与紧挨着自己的生物有最近的亲缘关系。这根链条是高度结构化的闭合系统，是上帝的创造，不会出现缺失和断裂现象，否则就无法体现上帝的完美。与进化论不同，这种世界观不允许生物灭绝，也不存在生物体的变化。（Bowler，2009：62-63）18世纪著名科学家博内特（Charles Bonnet）曾断言：生物"精确传递它们所得到的。没有什么变化，没有什么改变"（Bowler，2009：64）。

当然，不管链条模式如何改进，它还是过于僵硬死板，无法解释复杂的生物现象，因此逐渐被新的体系所取代。鲍勒在《进化论史》（"Evolution, the History of an Idea"，2009）里详述了17世纪、18世纪理论的发展过程。瑞典博物学家林奈（Carolus Linnaeus）依照生殖器官对植物进行了分类，从高到低引进纲（class）、目（orders）、属（genera）、种（species）等概念，为近代分类学奠定了基础。这种等级分类依然没有否定上帝的创造，也没有引进物种变化的观念，但是被归入同种或同属的有些植物非常相近，以至于人们不禁联想它们之间是否有联系，猜想某种植物是不是另一种植物变化的

第二章 爱略特小说中的变化观

产物。有些科学家，如布丰（Georges Buffon）甚至大胆猜测林奈系统里的所有植物都来自一个祖先，只是后来散布到了世界的不同区域。不过布丰仍然坚持认为物种是固定的，每一物种都有自己的内在模式，不会改变。（Bowler，2009：77-78）启蒙时代的唯物主义者比布丰更加激进，认为万物是没有特定方向，也没有具体计划的物质运动的结果，而且物质运动永不停歇。这种世界观使物种不再是一个固定的概念。它认为生物是"试验"和"错误"的产物，没有什么能保证物种的特征能够在繁衍过程当中永久地固定下来。这种观点在两方面与达尔文的理论接近，一是它拒绝接受自然界有固定物种的概念，二是它认为物种是没有既定方向的物质运动的产物。（Bowler，2009：81）18世纪末，伊拉斯谟·达尔文提出，在不断接受外部环境挑战的过程中，生物能够发育出新的器官。这也是拉马克的观点，他把这种机制称为"获得特征的继承"（inheritance of acquired characteristics），即需求决定了生物如何使用自己的身体，频繁地使用或长期地闲置某些部位会导致这些部位更进一步地发展或者退化。他提出物种是可变的，物种的稳定性是相对的。拉马克在一定程度上普及了物种变化的观念，然而他认为生物进化的原因是环境条件对生物机体的直接影响，这种说法没有得到多数科学家的赞同。物种是变化的这一观念还需要克服许多理论问题才能够被广泛承认。

地质学的一些发现给"物种变化说"提供了较有说服力的佐证。无论哪种进化理论都需要漫长的时间才可能实现。按照《圣经》的字面解释，地球的历史不过区区四千多年，是不足以实现进化的。越来越多的地质发现表明，地球的历史远比《圣经》记载的要长得多。从18世纪晚期到19世纪初，在各时代的地层中都发现了大量各种形态的生物化石，这些化石与现代生物既相似又不同，表明地球上曾经生存过许多现今不再存在的物种，而人类的出现不过是晚近的事。地质发现还表明，地球表面经历过巨大的变化。例如沉积岩应该在水中形成，那么如今矗立在陆地上的沉积岩就意味着此处曾经被水淹没，要么是海洋消退，要么是陆地上升，才导致了今天的地貌。科学家们开始承认地球的变化，然而地球到底是如何变化的却是一个争论不休的问题，这也涉及物种的产生、变化和灭绝的问题。

当时的理论主要分为"灾变论"（Catastrophism）和"均变论"（Uniformitarianism）两派。根据"灾变论"的观点，地球上的绝大多数变化是突然、迅速和灾难性地发生的。在整个地质发展的过程中，地球会发生各种突如其来的灾害性变化，且有些灾害规模巨大。例如，海洋干涸成陆地，陆地又隆起山脉，反过来陆地也可以下沉为海洋，还有火山爆发、洪水泛滥和气候急剧变化等。这种观点认为，地球在每次大灾难后都会呈现新的面貌。例如当洪水泛滥之时，大地的景象都发生了巨大变化，许多生物遭到灭顶之灾。法国动物学家、比较解剖学和古生物学的奠基人居维叶发现，每一个地层的生物都与其他地层的生物不一样，越是远古的生物与今天的生物相差越大。因此他认为每经过一次巨大的灾害性变化，地球上几乎所有的生物就会灭绝。这些灭绝的生物就沉积在相应的地层中，变成了化石而被保存了下来。不过居维叶并不像拉马克那样承认物种是变化的，而是坚持认为每一个物种在其存在期间并不发生变化，直至在灾难中灭绝。之后上帝按照新的气候和地理环境创造出新的物种，使地球重新焕发生机，所以新旧物种存在差别。地质变化循环往复，这种变化就导致我们在各个地层中看到不同的情况。（Bowler，2009：113）按照这种理论，《圣经》之《旧约》中所说的大洪水就是离我们最近的一次大灾难，《圣经》故事变成了地质学的例证。

英国的"自然神论"主要建立在"灾变论"的基础之上，是达尔文理论主要反驳的对象。对于自然神论者来说，物质世界虽有自己的规律，但却仍是上帝的创造。很多自然神论者都是著名的科学家，如休厄尔（William Whewell）、天文学家赫歇耳（John Herschel）等人。他们强调科学本身的整体性和独立性，但所有的研究最后还是归结到上帝的神迹，认为上帝的存在是可以用理性来证明的。他们把世界看成一台精密的机器，上帝创造了它并任其按自己的规律发展。认识世界就是去认识上帝的力量。佩里（William Paley）把世界比作制作精巧的表，任何见到这块表的人都会承认它是某个智性力量有目的的创造。世界这块"表"的制作是如此精良，其运作是如此之复杂，在佩里看来，认为它是由物质漫无目的的运动形成的观点是不可思议的。自然神论归根结底认为，世界是静止的，自然只能保存结构而不能创造它。如果没有上帝的干预，所有的生物始终会保持自身的特质，不会发生改变。

学者们发现，自然神学与"灾变论"虽然承认地球的变化，有自己的规

第二章 爱略特小说中的变化观

律,但却认为在每一次灾难之后地球会处于相对静止的状态,生物也不会发生变化,直至下一次灾难发生才会突然出现新的物种,因此仍然属于静止的世界观。达尔文进化论在很大程度上是对自然神论的反驳。有意思的是,二者都谈到了"适应"(adaptation),只是揭示的原理正好相反。自然神论的世界按照某种规律好像钟表似的运行下去,是一个没有变化的完美世界。休厄尔曾谈到,如果我们思考这个世界中的各个部分之间的关系,那我们就会有这样一种印象,即它们之间"彼此适应,相互契合,协力合作",总之世间万物各得其所,秩序井然。(Whewell, 1852: 11)

休厄尔承认世界的复杂性和丰富性,但却认为这些始终由秩序控制。各种法则互相适应,也适应它们的客体。休厄尔问道:"为什么一个太阳年是这样的长度而不是更长?或者它就是这个长度,那为什么植物生长周期也恰好这么长?这可能是偶然吗?"(Whewell, 1852: 24-25)自然神论者眼中的"适应"不是指达尔文理论揭示的生物适应环境的变化,而是指上帝在创造这个世界时有意识地让各种自然力量适应生物的需要。因此复杂的世界表现了上帝的智慧,而适应则表现了上帝的仁慈。这种适应是完美的,排除了浪费、错误和不恰当,也没有偶然,而这些在莱文看来却正是达尔文理论重点阐述的问题。达尔文认为适应是自然选择的结果,自然选择不断将有利变异保存和积累起来,促进进一步的适应。适应本身就是一个过程,而不是静止不动的状态。在这个过程中会出现众多中间过渡类型,只有部分能够最终形成新变种和新物种,而到底哪些过渡类型能够适应环境则是由很多偶然因素决定的,也就是说,适应具有多向性。莱文指出,达尔文的世界是变化的世界,只要地球存在,这种变化就不会停止。生物个体会死亡,但进化理论揭示的生物变化会一代代地进行下去。(Levine, 1988: 43-47)

给达尔文带来最大启发的地质理论是查尔斯·赖尔的"均变论"。赖尔被誉为"现代地质学之父",对均变论的形成和确立做出了重要贡献,他三卷本的《地质学原理》("Principles of Geology", 1830—1833)曾风行一时,很快成为当时地理教科书的经典之作。赖尔的研究不像自然神学或"灾变论"那样最后需要求助超自然的力量和灾难来解释地质现象。在《地质学原理》第一卷,赖尔指出他的研究是试图通过引证当下还在起作用的原因去解释地球表面过去所发生过的变化。根据"灾变论",最近的一次灾难是《圣经》里记载的大洪水,因此"灾变论"的理论多半只能在臆测中进行,不像"均变论"能够运用正在发生的地质现象进行更科学、更令人信服的研究。赖尔试图证明地球表面的所有特征都是由难以觉察的、作用时间较长的自然过程形成的。赖尔指出,通常看来是"微弱"的地质作用力,例如大气圈降水、风、河流、潮汐等,在漫长的地质历史中会慢慢地发挥作用,天长日久就能够使地球的面貌发生很大的变化。"均变论"在与灾变论的交锋中很快占据了上风,在长达近一个世纪的时间里成为地质学的信条,奠定了现代地质学的科学基础。(20 世纪 60 年代以后,"灾变论"再次兴起。现在地质学界的共识是:总的来说,"均变论"揭示了一般规律,但大灾难的确可能对地球也产生过决定性影响,赖尔的理论有些过于绝对化了。)赖尔"将今论古"的研究方法和对看似微弱的力量的强调对达尔文的研究产生了重大影响。尽管剑桥的导师警告他不要接受赖尔的观点,但是达尔文在跟随"小猎犬号"航行途中的所见所闻却使他很快就成了赖尔的热烈崇拜者,他相信"赖尔的观点有无尽的优势"。(Barlow, 1989: 129)达尔文回国后与赖尔建立了亲密的友谊,1845 年,他将自己的作品献给赖尔,承认赖尔对自己理论的影响。他还曾在私人信件中说:"我一直感觉好像我的书有一半来自于赖尔的头脑。"他甚至认为,自己是在"用赖尔的眼睛"看世界。(Darwin, 1888: II, 55)

　　赖尔的研究提示达尔文,在漫长的时间框架里,自然作用过程可以以渐变的形式逐步发生。这一原理不但适用于地质学研究,也适用于有机界的演化。在《物种起源》中达尔文从家养动物入手,阐明生物变异具有普遍性,几乎没有生物不发生变异。在人工培育的过程中,人们为了某一特定目的会有意识地选择具有某些特征的动植物进行繁殖,经过数代培育后能够产生与最初的品种有很大差异的新品种。"大量的变异,就是这样极缓慢地不知不觉地积累起来的。"(达尔文,2010: 27)在谈到自然选择时,达尔文以赖尔的"均变论"为例,认为自己的理论基于相似的原理:"自然选择的作用,仅在于把每个有益的微小遗传变异保存和积累起来。近代地质学已经抛弃了那种一次大洪水就能凿出一个大山谷来的观点,同样地,自然选择学说也将排除那种以为新生物类型能连续被创生,或者生物的构造能够突然发生大变异的观点。"（达尔文，2010：62）他引用古老格言"自然界没有飞跃"来强调他的"均变论"，"因为自然选择只能利用微小而连续的变异发生作用，她从来不采取大的突然的跳跃，而是以小而稳的缓慢步骤前进的"。（达尔文，2010：110）

生物变化的观念不是达尔文的发明，他的生物进化"均变论"也来源于地质学，但达尔文却通过雄辩的理论和大量的证据使这些观念深入人心，在很大程度上是这股科学洪流中最有影响力的集大成者。这种科学理论很快超越了地质学和生物学的边界，成为人们思考社会变化的工具，影响了维多利亚人的思想观念。

第二节 《亚当·贝德》中的静态世界

《亚当·贝德》出版于 1859 年，是爱略特的第一部长篇小说，也是她一系列追忆自己早期乡村生活作品的开端。小说面世之初即受到读者的热情追捧，一年内销售了 16000 册，同时也获得了评论界的赞扬。《星期六评论》认为，对于那些品味挑剔的读者，若是一年只选择一部高质量的小说来读的话，《亚当·贝德》应在入选之列。（Anon, 1996a：Ⅰ, 73）在这部小说中，爱略特的笔触回到了半个世纪以前的英国乡村，在那里平静的生活几乎还没有被工业革命的滚滚洪流所触动。不少评论家发现，故事的发生地干草坡仍然是一个等级分明、秩序井然的社会，作家在这部作品中表现出对变化深刻的不信任，甚至抵触变化。罗伯茨说："《亚当·贝德》展现的世界似乎不带有消解并改造自己的种子。它是一个亘古不变的世界……"（Roberts, 1975：63）沙特尔沃思从有机论的角度，结合进化思想，也阐述了这一观点，并详细地分析了爱略特多部作品中的变化观，对本章有很大启发。

从表面上看，作家着意强调了干草坡乃至整个英国生活的变化。小说的故事时间与叙述时间相隔 60 年，叙述者不时提醒读者这个时间跨度，以便读者能更好地理解干草坡"老式的"生活与 60 年后读者生活的不同，体会生活中的变化。故事发生在 1799 年 6 月至 1807 年 6 月的干草坡，它坐落在地形起伏、丰饶富足的洛姆夏地区。此时的英国总的来说还是个农业国，干草坡的乡村生活宁静祥和，地主和佃农相处得比较融洽，地主履行自己的职责，受到佃农的尊敬，佃农也不愁吃穿。为了避免读者产生误解，作家专门对黛娜笃信的卫理公会进行了解释。对于60年后的读者，"卫理公会可能只不过意味着阴暗街巷中缓斜的山墙，滑头滑脑的杂货商，无所事事、骗钱糊口的牧师，充满生词僻语的伪善的讲话"，但是在60年前，卫理公会的布道是在"绿山环绕的盆地上，或是阔叶枫树的浓荫下，一群粗犷的男人和身心疲惫的妇女在吸取一种信念，这一信念是基本的文化，它将他们的思想与过去联系起来……这种意识像夏日对无家可归的穷汉一样美妙可爱"。（爱略特，1984：38）亚当和黛娜也不是那种"阅读评论季刊、到有圆柱门廊的教堂去做礼拜的那种现代化类型"的主人公，"他们是十分老派的教徒"，"相信现世的奇迹，迅速地皈依宗教，也相信梦和幻象的启示；他们抽签或是随意翻开一页《圣经》以寻求神的导引，对于经文则拘泥于字面的解释……"。（爱略特，1984：38-39）宗教在60年间经历了很多变化，卫理公会的全盛时期早已过去，甚至可能会带给《亚当·贝德》的读者不愉快的联想，所以作家特意将卫理公会的今昔进行对比，以免读者看轻黛娜的善举。在第17章谈到牧师的特点时，作者再次提醒读者注意故事发生的时间："60年前——是一个很长的时间了，无怪事物都变了——"（爱略特，1984：186）不单是60年来发生了很多变化，故事中的九年里干草坡也发生了很多变化。亚当从一个穷木匠和雇工变成了贮木场的老板。他在"海蒂事件"中学到了很多东西，娶了真正值得他爱的黛娜，有了自己的孩子。黛娜在婚后不再布道，成了心满意足的妻子和母亲。海蒂在经历了诱惑和杀婴后被放逐，最后死在回家的路上；她的情人亚瑟也悔悟了，在自我放逐之后回到了干草坡，成为田庄真正的主人。

然而，尽管有这些变化，沙特尔沃思却认为干草坡的世界是静止的，始终是一个理性有序的等级世界。她分析了小说里的一些看似无关紧要的细节。例如，故事始于1799年6月18日的工场，结束于1807年的同一个月、同一个地点。贮木场的老板换了，但"黄昏的柔和的光线，落在那有浅黄色墙壁与软和的灰色茅草屋顶的舒适的房子上。这情景与九年前亚当送钥匙来的那个六月的黄昏十分相似"（爱略特，1984：573）。与九年前一样，有一位女士

第二章 爱略特小说中的变化观

在等待亚当的归来,只是等待的人由母亲变成了妻子黛娜。亚当的兄弟赛斯发现黛娜和妈妈很相似:"你像可怜的妈妈以前那样。她总是等着亚当,虽然她老眼昏花了,可是看见他总比别人来得快。"(爱略特,1984:574)黛娜此时已经放弃了布道的使命,从各方面看都成了与亚当的母亲一样的母亲和妻子,把丈夫和家庭看作自己生活的唯一重心。沙特尔沃思认为赛斯的话暗示了黛娜与他们的母亲命运的一致性。她还指出,整部小说在谈论亚瑟归来的谈话中结束,亚当与亚瑟重修旧好,不再有人提起亚瑟的过失,一切都归于平静,干草坡的生活一如既往,与九年前没有质的不同。(Shuttleworth,1984:42,48-49)麦克多纳认为,小说的这种叙述模式"暗含着这样一种世界观,它不是历经一段时光而渐次发生的变化,而是一个明显的断裂,分割了一个亘古不变的老世界和一个变动不安的新世界。往昔与现代社会之间的分野常常体现在各自对时间自身的不同认知之中。在《亚当·贝德》为我们所呈现的世界中,时间自身受日夜轮换和四季变替的自然周期所调控,甚至也为身体的自然周期所调控"(McDonagh,2001:43)。

《亚当·贝德》的这种变化模式与"灾变论"所述的变化模式如出一辙。"灾变论"承认世界是变化的,但是变化不是渐进而是突变的,在两次大灾之间存在稳定的阶段,这一阶段中的事物不会发生真正的改变。观念史大家洛夫乔伊把这种模式定义为"时间化的生命链"(temporalized chain of being)。洛夫乔伊认为,在18世纪,当人们发现简单的"生命链条论"不足以解释变化之后,就逐渐产生一种将生命链放在一定时间段内的做法;也就是说,在特定时间段内存在稳定不变的秩序,变化只出现在两个时间段的交替阶段。(Lovejoy,1942:244)《亚当·贝德》的情节编排在很大程度上体现了这种模式,即小说一方面着意强调了时代的变迁,另一方面又将干草坡的生活置于几乎可以说是永恒不变的循环往复之中。对此,沙特尔沃思总结道:"《亚当·贝德》的叙事连续性(narrative continuity)中暗含着时间上的进展(temporal progression),但小说所呈现的却是一幅相对静止的有关生活的图画,因此对小说的读者而言,这两者之间是互相抵牾的。"(Shuttleworth,1984:26)

我们不妨借用莱文从进化论角度评论《曼斯菲尔德庄园》("Mansfield Park",1814)的观点,来分析《亚当·贝德》所表现出的相似思想。莱文认

· 41 ·

为，在《曼斯菲尔德庄园》里，奥斯汀"自觉地抗拒变化"，这部小说呈现了一个"被理性地设计出来，被理性地管理的世界，它稳定、秩序井然……其中的人与物都各居其位，纹丝不乱。在这个世界中，真实的东西是通过观察来体验到的"。（Levine，1988：56）《亚当·贝德》正是这样一个通过观察外部特征而虚构而成的世界。在小说中爱略特坦言，她的目的是要："尽力避免这一类主观臆断的场面，要把人和事物在我脑子里反映出来的形象，如实地叙述出来。"当然她意识到："这种反映无疑是有缺陷的，轮廓线条有时候受了干扰，形象模糊不清。"然而，她仍然认为她的责任是要"尽量确切地告诉你，那反映的形象是什么样子，正如我在证人席上发了誓，要如实叙述我所见到的情况一样"（爱略特，1984：186）。抱着这样的信条，爱略特的第一部小说《亚当·贝德》更多的是如同镜子反映物品一样，描述了人物和环境的外部特征，而较少像后期作品《米德尔马契》等那样深刻地剖析人物心理的微妙变化。

正如上文提到的，在很长的时间里物种被认为是固定不变的，"生命链条论"自不必说，就连林奈的分类法也是基于物种不变的前提，按照植物的外部特征进行的等级分类，各个等级内部和等级之间不存在转化的可能。例如，属和种之间等级界限分明，属中的某种生物不可能变化发展成新的种，更不用说一些新的种会形成新的属。进化论则认为，分类界限是模糊的，认为种的变化达到一定程度就可以定义为新的种，甚至出现新的属，这种变化在不断进行。因为变化本身就是生物的基本属性之一，对生物进行分类只能是方便研究的权宜之计。莱文认为，受到所处时代的科学思潮的影响，奥斯汀在小说中普遍使用的是林奈的分类法。（Levine，1988：59）《亚当·贝德》事实上也是这样一部小说。爱略特基本上是采用了林奈的分类法将人物进行分类，绝大多数人物从头至尾都没有什么改变。干草坡的村民在小说开始便被归为一类。当他们好奇地等待即将布道的黛娜出现时，作家写道："男人们主要聚集在铁匠店附近，可别以为他们聚集在一堆，村民们从来不挤在一堆的。他们也不说悄悄话儿，他们几乎像牛或是鹿一样不会压着嗓门说话。真正的乡下佬，背对着跟他说话的人，回头从肩膀上抛过去一个问题，仿佛他还要躲开那句答话似的，谈话的兴趣达到高潮时，他还要走开去一两步。"（爱略特，

1984：17）这段描述令沙特尔沃思联想起爱略特发表于《亚当·贝德》之前的文章《德国生活的自然史》("The Natural History of German Life", 1856），文中对德国农民的特征有相似的讨论。爱略特认为"德国农民的一般特征到处都是一样的"。沙特尔沃思注意到爱略特用自己的某些标准来衡量所谓"真正的德国农民"，观察到在某些村庄有"真正的、强壮的农民的习惯和氛围"。她甚至使用了"真正的农民是……"这类规定性语言来描述德国农民。沙特尔沃思认为，爱略特用"自然史"（natural history）一词本身就说明了她与博物学家（naturalist）的相通之处，即他们都使用分类法。《亚当·贝德》在很大程度上体现出爱略特这一时期还没有完全接受变化的观念。（Shuttleworth, 1984：25-31）尽管爱略特略带嘲弄地说那个过路者"是这样一种人，认为造物主有些舞台道具，为了艺术和心理的方便，给他的角色画上'脸谱'，使人不会认错"（爱略特，1984：22），但事实上她自己也给她的角色画上了脸谱。亚瑟的外貌，"你只消回忆一下在国外城市遇到过的，你引以为荣的一位同胞就行了"（爱略特，1984：64）。亚当的母亲莉丝贝斯是"这样的女人"："能宽容忍让但又满腹牢骚，能够克制自己，但又苛求别人，漫漫长日里就是考虑昨天发生了什么事和明天可能发生什么事，不论好事坏事她都要抹眼泪。"（爱略特，1984：44）

亚当可能是整部小说中真正有所改变的人物，除了经济条件的改善外，在性格上他变得更成熟、更宽容，但就连他也属于某种固定的类型。沙特尔沃思发现，亚当的基本特征是由血统决定的："亚当·贝德高大结实，够得上称作是个撒克逊人，但是，在浅色纸帽对照下，乌黑的头发，分外明显，在凸出、灵活的眉毛下闪亮的黑眼睛目光敏锐，这就看得到他身上还有凯尔特人的血统。"（爱略特，1984：2）他给陌生人能留下深刻印象，是个"壮实工人"（爱略特，1984：10）、"魁梧的好小伙子"（爱略特，1984：11），是战胜法国人需要的小伙子。总之他代表了最出色的乡下人，有强壮的身体，我们还会发现他拥有与他的英俊外表相称的高尚品德，"高大、正直、聪明、勇敢"（爱略特，1984：103）。亚当的这一形象在小说开头就固定了下来，其后只是更加完善。当然，亚当不是一般的农民，在工人中不是"普通常见的"，"不是一个普通人"，不过他也不是独一无二的。"我们每一代农民手工艺工人中，到处都培养了像他这样的人，他们有遗传的丰富感情……有遗传的才能。"沙特尔沃思指出，作家反复用了"他们"来指代与亚当一样优秀的人们，肯定他们的成就，而亚当不过是这些人当中的一个，这些人代代相传，他个人的很多特点也是这类人的特点，这些特点会被"遗传"，这些都显示了一种历史的循环往复轨迹。在这种模式中，个人的发展不会带来社会的变化，而是融入了周围的世界中。"他们步步向上"，辛勤劳作，但影响有限，所及范围"不过是他们周围的邻近地区"。他们使雇主更富有，或者指导别人劳动，但自己可能一辈子都没什么大的变化。结果无非是受人尊重，受到雇主器重，在死去的时候让人感到遗憾。（爱略特，1984：226）亚当的成就也不过如此，他个人的发展和所取得的成就，他个人经济地位的提高都巩固了干草坡稳定的社会秩序，而不是动摇了这个秩序。（Shuttleworth，1984：31）

比起其他工人来，亚当的确很出色，甚至可以说他"进化"得要好一些。夜校里的学生费劲地学习拼写，"这几乎就像是三个粗野的动物在恭恭敬敬地学习如何变成人类"（爱略特，1984：249）。亚当却是老师巴特的得意门生，他不但能读会写，而且还精通巴特很看重的算术，亚当是他唯一有毅力、有头脑学好数学的学生。沙特尔沃思发现，木匠亚当的世界观也是用算术来衡量的："虽然人的生活尽在变化，可是物的本性不变；四的平方是十六，杠杆的长度要随着重量增加，不管你悲伤还是快乐，这是不变的。工作的最大好处就是它使你掌握住你自己命运以外的事物。"（爱略特，1984：123）亚当对世界的认识显得有些机械，而且在这里，"工作不是用来改变外部世界的方法，而仅仅是将人与不变的外部世界联系起来的活动"（Shuttleworth，1984：38）。

即使是自己的地位得到提高，亚当对社会阶级的看法也从来没有改变过。亚当虽然能干，但他"对于等级影响是很敏感的，对于比他具有优势的人都格外尊敬"（爱略特，1984：173）。这里说的"具有优势的人"在后文中明确指出是"绅士"，也就是社会地位比他高的人。他对亚瑟怀着"本能的尊敬"，把和他握手视为自己的光荣。他坦然接管亚瑟的林地，但宣称：自己"是顺着唐尼桑恩上尉的心情接受下来的，我尽力不辜负他的期望。我心甘情愿替他做事"，并且对此感到"心满意足"（爱略特，1984：286）。在发现亚瑟欺骗玩弄了海蒂以后，亚当怒不可遏地揍了亚瑟，并宣称俩人关系破裂，

第二章 爱略特小说中的变化观

甚至短暂地对自己的世界观都产生了疑问："我好像一直用了一柄错尺在量东西，现在都得重新测量。"（爱略特，1984：337）然而沙特尔沃思发现亚当在其后的章节中并没有改变：海蒂被放逐后，他轻易地就原谅了亚瑟，和亚瑟握手，同意在欧文牧师手下经营他的田庄。（Shuttleworth，1984：39）八年后，当亚瑟回归时，亚当是亚瑟最先见到的人之一，二人迫不及待地重修旧好，重拾友谊。在亚当眼里，亚瑟"又变了，又没变"（爱略特，1984：575），他的微笑始终和小时候一样。而亚当本人也和从前一样，依然对绅士表示了相当的尊敬，无论这位绅士曾经犯下了什么样的错误。

当然，小说中也存在矛盾和冲突。波塞太太对老乡绅的盘剥欺诈就很不以为然，长篇大论地表达了自己作为佃户的不满，例如房子年久失修，老鼠横行，佃户辛勤劳作也只落得个温饱等。然而波塞太太针对老乡绅的一席话尽管非常犀利，却也没能引起任何后果。他们一家没有被退佃，波塞太太"破格的正义行为"（爱略特，1984：373）与那些有关拿破仑的遥远话题一样，只是成为村民们茶余饭后的谈资，最多不过是更有趣而已。（Shuttleworth，1984：44）村民们普遍对老乡绅不满，但对小乡绅亚瑟却颇有好感，尊重他，热烈拥护他，甚至以他为荣，似乎问题的根源不是阶级矛盾，而是个别刻薄吝啬的地主的问题，只要换个地主就可以皆大欢喜。小说中最大的不安定因素来自海蒂。海蒂不像舅舅一家对几代人生活的土地有一种天然的归属感。她虚荣、轻浮，冷漠自私，喜欢被人夸赞，受到亚瑟青睐后就情不自禁地幻想起自己有朝一日嫁作贵妇之后的浮华生活，幻想通过婚姻改变自己的社会地位。在牛顿看来，海蒂与亚瑟的秘密恋爱最大的问题是"颠覆了社区的秩序与价值观念"（Newton，1981：89），因此海蒂的幻想在小说中丝毫没有实现的可能。的确，亚瑟不应该引诱海蒂，但是小说同时也似乎表明，亚瑟不娶海蒂是天经地义的，亚瑟没有预料到自己的行为会给海蒂带来巨大的打击也很正常。因为在他看来，"他们之间的身份差得愈远，就愈没有害处，因为她就不会自己哄自己了"（爱略特，1984：317）。这可以说是亚瑟的狡辩，但作家并没有对之进行批判，而是默认了这一点，把主要的问题归结于海蒂的虚荣。在故事的结尾，回归的亚瑟理所当然地获得了所有人的同情和原谅，而海蒂却为自己的行为付出了沉重的代价。

黛娜在小说开头时似乎也具有某种颠覆性。她是职业妇女，在工厂做工，拒绝结婚，按照上帝的指引进行布道，这都不是传统妇女的形象。然而沙特尔沃思指出，在故事的结尾黛娜不但和亚当的母亲很相像，也与自己的姨母有了更多的相似之处。黛娜没有大的改变，只是比起七年前更丰满些，而她的姨母波塞太太也是个丰满漂亮的女人。有一天"波塞太太也穿着件黑衫，使她和黛娜似乎更相像了"（爱略特，1984：505）。波塞姨妈的生活就是黛娜的未来生活。黛娜和亚当的两个子女就好像是他们二人的翻版，男孩子有着亚当的黑眼睛，身体强壮，女孩子有着黛娜的浅色头发和灰色眼睛，温柔乖巧。按照爱略特在这部小说中用血统和外貌来定义人物的做法，沙特尔沃思认为读者可以推测，这两个孩子会继承父母的性格和品行，也会过上与他们相似的生活。（Shuttleworth，1984：48-49）

爱略特在小说的最后几章用丰收的晚餐和亚当的婚礼及婚后生活向读者展示，生活对于干草坡的人来说就是"播种"和"收获"的关系（爱略特，1984：572），好像是地里的庄稼每年播种、成熟和收割，周而复始不会发生违背这种自然规律的变化。这显示出，《亚当·贝德》是一个"秩序井然，本质上封闭的系统"（Levine，1988：59）。雇工们辛苦劳作了一年，安然地享受东家招待的美食，用歌唱对东家表示敬意。亚当在自己的工场里劳作了一天后，急于和回家的亚瑟会面。在小说的结尾，干草坡的所有人都各守其位，正如亚当对亚瑟的概括，"变了，又没变"。亚瑟回归，而干草坡唯一的越界者海蒂也死去了。亚瑟和亚当和好如初，整个世界都恢复了秩序。与《曼斯菲尔德庄园》的结尾一样，《亚当·贝德》"肯定了稳定性和秩序感，它容许了个体的改良，但排斥重大的社会变革，并重新确立了一个封闭的系统"（Levine，1988：58）。

第三节 《弗洛斯河上的磨坊》的均变模式

《弗洛斯河上的磨坊》是爱略特在《物种起源》发表后出版的第一部小说，这部小说的酝酿和创作时期也正是赖尔的"均变论"在论争中逐渐取得完胜的时期。海特的研究表明，当爱略特和刘易斯在1859年12月一起阅读《物种起源》时，她正在创作小说的第二部分。（Haight，1968a：319）"《弗洛斯河上的磨坊》表明，她深刻地认同由斯宾塞和达尔文在这些年里所提出的进化理论的诸多基础性论断。"（Paxton，1991：70）达尔文在赖尔的地质学理论基础上发展了自己的生物进化理论，使依靠微小变化在长时间内逐步积累的进化模式最终压倒了其他模式。爱略特不仅阅读了赖尔和达尔文的"均变论"著作，而且也对"灾变论"和自然神学相当熟悉。在小说中，她借斯蒂芬·盖司特之口提到了自然神学派的代表人物巴克兰（William Buckland）及其著作。说起瑞里先生的问题，作家说："连大自然自己也会偶尔把麻烦的寄生虫放在一只动物身上，但是它并没有对那只动物存什么恶意。那又怎么样呢？我们赞美它对于寄生虫的爱护。"（爱略特，2008：22）一只老青蝇即将丧命，因为"大自然已经准备好了汤姆和豌豆"，"这只孱弱的家伙"当然只能等死。（爱略特，2008：78）在第四部第一章的结尾，作家提到大自然"赐给"植物钩状器官，而塔利弗先生的精神不具有"相当的器官装备"，所以只能被风刮走，是不适应环境的典型。（爱略特，2008：253）这些都主要是自然神学的理论。自然神学认为存在"上帝"，他不但创造了世界，而且还煞费苦心地使一切都完美适应，例如寄生虫的安排、天敌的安排、赐给特定器官等，无一不是和谐完美的。达尔文的进化论中没有"上帝"或者"自然"的干预，生物进化是自身变异和适应环境的结果。爱略特对自然神论的态度比较复杂。她谈起瑞里先生和汤姆的问题时，口吻是幽默的，似乎对这种所谓"大自然的安排"感到可笑。但是说到塔利弗先生不适应环境、没有"钩状器官"的时候，又似乎认同了自然神学的理论。

如果说《亚当·贝德》还较少带有进化思想的话，那么在《弗洛斯河上的磨坊》里，进化论出现的频率则是大大增加了。整部小说都充满达尔文色彩，探讨了在汤姆和麦琪的成长过程中"遗传和环境"所起的作用。（Postlethwaite，2001：112）一些进化论的常用术语和常见研究对象都成了小说的一部分，比如闹别扭的汤姆和麦琪被比作低等动物（爱略特，2008：33），将哭泣的麦琪与黑猩猩联系（爱略特，2008：41），将哭泣的浦来特姨母与非洲霍顿人联系（爱略特，2008：50），保勃的大拇指是"人和猴子之间的不同的标本"（爱略特，2008：261）等。说到读者可能期待身有残疾的费利浦拥有过人的美德时，爱略特则直接引用了拉马克式的进化理论："有一种理论说，不平凡的美德是人身缺陷的直接产物，正像在严寒地带里的动物会长出浓密的毛来一样。"她对此提出了怀疑，认为"这种说法也许是有些过分了"。（爱略特，2008：306）不管爱略特是否早已从斯宾塞那里了解到了进化的观念，显然在达尔文的《物种起源》发表后她对进化及其相关内容有了更深的思考，并可能因此使《弗洛斯河上的磨坊》表现出了与《亚当·贝德》不同的变化模式。当然，二者依然存在思想上的延续。《弗洛斯河上的磨坊》从汤姆和麦琪的童年开始叙述，本身就意味着这是一部关于成长和变化的小说，然而叙述却似乎在童年流连不去，童年占了全书1/3以上的篇幅。对于幼小的汤姆和麦琪来说，他们的世界不会发生根本变化，他们永远会相亲相爱：

> 这是他们许多快乐的早晨中的一个。他们一起急匆匆地走，一起坐下来，一点也没有想到他们的生活将会有多大的改变。他们只想到将来会长大，不再到学校里去罢了，将来的日子永远像假日一样；他们会永远住在一块儿，大家亲亲爱爱的。（爱略特，2008：35）

沙特尔沃思认为，后来兄妹俩的关系经历了波折，但仍然呈"循环模式"，在小说的最后得以修复，二人拥抱着被洪水吞没，一如他们幼时手牵手在河畔游荡时的亲密。然而这种亲密关系的修复却是以生命为代价的，这种表面的循环模式实际上是一种"幻象"。（Shuttleworth，1984：65）亚当和黛娜结合，生儿育女，在很大程度上完全复制了上一代的生活，但是世事变迁却使成年的汤姆和麦琪只能在死亡中重温童年的美好。他们不可能回到过去，"童年时代的黄金的门"一旦闭上便永不可能再开启。（爱略特，2008：176）洪水过后的圣奥格镇虽然恢复了往日的节奏，洪水带来的变化却是显而易见的：

> 大自然弥补它的创伤，但是并没有全部弥补。连根拔起的树木不再在土里生根，崩溃的山头留下了痕迹。如果新树生长出来，那

么新的也和老的不同，绿叶覆盖下的山头还留着过去崩裂的痕迹。（爱略特，2008：475）

更重要的是，"对那些曾经看到过往日情景的人们来说，并没有全部弥补"。斯蒂芬、费利浦和露西的生活不可能完全回到过去。海蒂的死只是成为人们谈论的话题，对任何人的生活都不造成影响，但麦琪的死却埋葬了斯蒂芬和费利浦"最大的欢乐和最大的痛苦"。（爱略特，2008：475）

《弗洛斯河上的磨坊》描述的是一个变化的世界，对此塔利弗先生深有体会："要是这世界能跟上帝创造的时候一模一样，那我还是会有办法的，可以和任何人比一比。"（爱略特，2008：16）问题是世界在不断变化，塔利弗先生只好花大价钱让汤姆受教育，使儿子具备应付新情况的能力。在小说的绝大多数部分里，这种变化都比较明显地呈现出达尔文式的，或者说是赖尔式的缓慢变化的模式。作家不厌其烦地描述了汤姆求学时期的许多琐事，最后写道："汤姆学校里的课程，就像磨粉机一样单调地继续着，他的智力通过令人厌倦的、莫名其妙的概念，以慢得像要停下来似的速度继续向前推进。"然而在时间的作用下，这些琐事积累起来却给我们展示了一个长大了的汤姆。父亲破产的时候，"汤姆在金斯劳顿已经念到最后一学期了，从我们看见他从雅各布斯的学校里回来的时候算起，这几年来，他已经有了惊人的改变"。（爱略特，2008：172）他身材高大，不再害羞和笨拙，甚至还长出了胡子。在心智上，汤姆也显得比入学时要成熟得多。那些孩子气的淘气和怯懦已经不复存在，他在面对父亲破产的问题上显得冷静、沉着，一方面决定免去姑父的债务、还清雇工路克的钱，另一方面向迪安姨父求助，找一份工作来挑起养家的重任。

塔利弗先生的破产对家庭来说是灾难性的突发事件，但评论家史密斯指出，破产从小说情节的发展来看其实是顺理成章的，因为塔利弗先生的麻烦日积月累，而性格也是形成他悲剧的原因之一。他骄傲、固执，不明智地抵押了磨坊，随意给朋友们借款或者提供担保，在汤姆的教育上花了大笔的钱，与妻子娘家的亲戚兼投资人吵架，同时官司缠身。这些都注定了他最后的失败。塔利弗先生的破产是故事的转折点，但是这一事件并不是没有先兆地突然到来的。正如迪安太太所说："这是个正在转变的世界，我们今天不知道明天的事。我们应该准备应付一切，要是麻烦来了，记住，麻烦并不是无缘无故来的。"（爱略特，2008：190）塔利弗先生的麻烦是在一次次看似并不会产生什么严重后果的消费、借款、担保和官司中逐步积累起来的，这些单独看并不重要的小事却导致了他的完全失败。(Smith, 1994：135) 作家还借麦琪与费利浦会面的暴露，再次强调了微小力量可能起到的重要作用。父亲破产后，麦琪曾经在红苑里长期和费利浦偷偷会面，她非常害怕他们会被父亲或者汤姆突然撞见。这种担心没有变成现实，然而汤姆最终还是察觉了妹妹的秘密。这是他察言观色的结果，其根据是"那些看来好像是微不足道的巧合和不可思议的心态所产生的细小的、间接的暗示"（爱略特，2008：313）。麦琪听到费利浦的名字时忸怩不安的神态泄露了二人的秘密。塔利弗在汤姆偿清了欠款后想教训威根姆，结果使自己的病情加重，当晚就去世了。但是史密斯认为，他的死亡实际上也不是突然到来的 (Smith, 1994：136)，作家早在塔利弗第一次犯病时就写道："但是死神不是一下子就降临到可怜的塔利弗这儿来的 (death was not to be a leap)，而是在越来越浓的阴影下慢慢地降临的。"（爱略特，2008：206）达尔文在《物种起源》里反复强调，自然不会飞跃 (Nature does not leap)，爱略特在这里也使用了"飞跃"(leap) 一词，似乎在与达尔文遥相呼应，将塔利弗看似突然的死亡依然视为一个缓慢的过程。

正是小说总体表现的这种缓慢渐进的模式让很多批评家对结尾的洪水情节感到不满。在他们看来，洪水的突然降临与整部小说的节奏不符，好像是作家一时冲动的结果。亨利·詹姆斯抱怨小说的结尾使读者"震惊"，小说对结尾"没有铺垫"，读者原以为主人公们即使没有幸福的结局，也至少应该有一个符合常规的结果，而洪水却以一种出乎意料的方式匆匆结束了一切。(James, 1996a：Ⅰ, 473) 雅各布斯将麦琪被洪水淹死视为"牵强扯入的解围事件"(Deus ex Machina)。(Jacobs, 1895：13) 贝克则将洪水称为"俗套的情节剧式编排"。(Baker, 1924—1939：Ⅷ, 247) 但是爱略特为小说所做的第一步准备工作，就是查阅洪水的相关资料。这说明结尾的洪水从一开始就是作家构思小说的一环。(Hinkley, 1946：334) 简单地将洪水视为败笔的观点值得商榷。如果我们仅从结尾来看，洪水的到来的确十分突然，麦琪的故事以

第二章 爱略特小说中的变化观

这种方式来结束出乎一般读者的预料。但是如果我们仔细阅读小说，就会发现洪水其实从来都是圣奥格镇生活的一部分。作者在前面"早已多次暗示过"结尾的洪水，以至于小说"几乎不可能以另外的方式结束"。（Rubin，1956：19）圣奥格镇名字的由来就与洪水有关。在滔滔河水上奥格为圣母摆渡，他和他的船从此获得了福佑，他曾经生活过的小镇以他的名字命名。

你可以看得出来，这个传奇说明了很久以来这儿就常常发生水灾，洪水来了，即使没有伤害到人的生命，可是对毫无办法的家畜来说，还是一个非常大的灾难，洪水冲走了一切较小的生物，就像死神突然来临似的。可是这个市镇还经历过比洪水更大的灾难——内战的兵灾，先是清教徒为了保皇党流血而感谢上帝，后来保皇党又为了清教徒的流血而感谢上帝，这儿也就接连地做了战场。（爱略特，2008：105-106）

圣奥格镇经历过各种天灾人祸，曾经动荡不安，人们安居乐业不过是近年来的事情。圣奥格镇的人是健忘的。

近年来连洪水都不怎么厉害了。圣奥格的人没有好好地想想过去，也没有好好地想想将来。虽然他们有悠久的历史，可是却不去想它，也不注意在街上走动的幽灵。自从几个世纪以前，有人在大水中看见圣奥格驾着他的船，圣母坐在船头上以来，留下了那么多可纪念的事迹，可是这些事迹都像愈来愈低的山顶一样渐渐消失了！"现在"就像是一片平原，在这片平原上，人们不再相信有火山和地震了，以为明天还会和昨天一样，过去震撼大地的那种巨大的力量已经永远长眠不醒了。（爱略特，2008：106-107）

"火山""地震""震撼大地"的"巨大的力量"，这些语言明白无误地指向了"灾变论"，也使读者和评论家们联想起《圣经》里所述的大洪水。沙特尔沃思就使用了"《创世纪》中的大洪水"（diluvial wave）等字眼评论小说。而小说中的汤姆说起洪水时,也将其与《圣经》联系起来。"可是以前有过一次大水,圆塘就是那次大水造成的。我知道有这么一次的,因为父亲说过。牛和羊全淹死了,田里到处飘(漂)满了船。"汤姆接着说,他要造一条船,"上面有木头房子像诺亚的方舟一样"。(爱略特,2008:43-44)

沙特尔沃思认为,"进化发展的均变论思想"无法解释"情节的灾变结构"。(Shuttleworth,1984:53)"结束小说的洪水,像《创世纪》中的大洪水的巨浪一样,打断了先前的连贯性,这可以在一定程度上视为灾变理论的最后胜利。"忘却了洪水、地震和火山的圣奥格镇人都是均变论者,洪水的到来显示了爱略特对"均变论"的怀疑。(Shuttleworth,1984:63)但是史密斯指出,沙特尔沃思似乎犯了一个理论错误:恰恰是那些灾变论者才认为,大灾难发生后世界归于平静。最容易忘却过去的灾难,以为过去、现在和未来不存在连续性的人是灾变论者而不是均变论者。(Smith,1994:148)圣奥格镇的居民愿意相信有巨大破坏力的洪水不会再来,即使种种迹象依然在提醒他们洪水从来都没有远离圣奥格镇。麦琪和汤姆常去"很久以前水灾造成的一个奇妙的池塘"(爱略特,2008:34)玩耍,汤姆还曾"听他父亲谈论那座用木料和石头盖起来的老磨坊。那座磨坊在上几次大水以前还在,后来给大水冲坏了,他祖父就不得不把它拆了,重新盖一座新的"(爱略特,2008:242)。不必追溯到很久以前,就在"六十年前"的"秋分前后","也因为同样的天气引起水灾,冲走了桥,把这个镇害得十分凄惨"。(爱略特,2008:466)作家还提示说,磨坊易主就会洪水泛滥。洪灾常常给圣奥格镇带来麻烦,过去灾难很大,现在也没有减小的迹象。甚至灾难以后的重建也是相似的。"大自然能弥补它的创伤——用阳光和人力来弥补。五年以后,地面上已经看不到水灾造成的荒凉痕迹"(爱略特,2008:475),圣奥格镇又恢复了往日的繁荣。"叙述者的结论是,不论洪水对个体的生命而言是多么巨大的灾难,它本来就是圣奥格镇历史的一部分。在均变论历史模型之中,这类均变既有地质现象,也有社会性的变化。"(Smith,1994:144)按照史密斯的解读,从一定意义上说,洪水当然是突如其来的,但因此就认为爱略特最终站在了"灾变论"一边的观点值得商榷。长远来看,洪水是圣奥格镇形成和发展的一部分,它没有毁灭镇子,甚至没有让镇上居民的生活有大的改变。同

第二章 爱略特小说中的变化观

其他看似微小的作用力一样，凶猛的洪水也只是在每次泛滥后留下些许痕迹，例如汤姆和麦琪玩耍的池塘。卷走兄妹俩的洪水也留下了不可弥补的创伤，但这些创伤对于圣奥格镇来说，也只是其缓慢变化的一部分而已。

《弗洛斯河上的磨坊》所体现的变化观是缓慢渐进的模式。在这部小说中，爱略特和达尔文一样，认为世界并不是在一次次大灾中跳跃前进的，这决定了她也如达尔文一样非常重视过去、现在与未来的联系。基于"灾变论"的自然神学认为，在每次灾难后，上帝会创造出与之前不同的生物，因此古生物和现代生物之间不存在真正的联系，它们是上帝在不同阶段分别创造的。而进化论则强调生物之间的延续性，认为生物是通过不断变异而进化的，现代生物与古生物乃至未来的生物之间无疑存在亲缘关系，完全抛开过去谈现在或者将来都是不正确的。这种思想深深地扎根于爱略特的思想中，贯穿了她的文学生涯的始终。当然，这并不是说进化论是这种思想的唯一根源，而只是说，进化论思想无疑给我们提供了一个阅读爱略特的视角。爱略特赞赏我们的感情"留恋那些破旧拙劣的东西的习惯"，因为"要是我们一生中的爱恋和神圣的感情没有根深蒂固地留在记忆里，那只有老天爷才知道，我们将追求到什么地步"。（爱略特，2008：138）如果一个人突然与塑造他的生活切断，其结果"是造成一种不稳固或脆弱的身份感，或者是一种精神的缺失感，这些可能会进一步导致异化或绝望"。（Newton, 1981：103）塔利弗先生在失去了磨坊以后再也没有振作起精神，这不光是因为经济上的破产，还因为他无法接受自己不再是磨坊主人的事实，从而失去了人生的定位。成年汤姆变得冷酷无情也与他突然与习以为常的生活切断有关。他在学校里本来过得很快活，和同学们打架、玩乐，对自己的未来很有把握，一门心思要继承父亲的磨坊。没想到父亲却送他去牧师那里学做绅士，那里的生活与学校生活完全不同，令人生畏的老师、复杂的拉丁文法和几何学彻底击垮了汤姆的信心。家庭的破产更让他继承磨坊的希望成了泡影，迫使他在谋生的过程中，"为了达到一定的目的，把回忆都消灭掉，怀着急于战斗的热情失去了对恐惧、甚至对创伤的感觉"（爱略特，2008：286）。这种做法让他在商场上获得了成功，但却失去了理解麦琪的能力。与其他人比起来，麦琪所经历的煎熬更加难以忍受。首先是学校教育被迫中断，书和音乐都离她远去了。另外，父亲变得脾气暴躁，母亲整日愁眉苦脸，哥哥汤姆也不理会她的思想和感觉，这种阴云密布的生活与充满阳光的童年生活形成鲜明对比，使麦琪格外感到悲哀和孤独。

但是与汤姆不同，麦琪始终不能忘怀过去的生活。这种不能忘记过去的思想是她做出重要抉择的深层根据，是她的人格魅力所在。她提出和费利浦不再见面，费利浦焦虑地问："这么说，未来和过去是永远不会连接的了？过去的一页是完全结束了？"麦琪否认了这一点："过去的一页永远不会结束""我不希望未来的一切和过去一刀两断。"（爱略特，2008：408）正是因为想到对费利浦的承诺，与露西的情意，以及露西与斯蒂芬的关系，麦琪才断然拒绝了斯蒂芬的求爱。尽管斯蒂芬与露西、麦琪与费利浦都没有正式订婚，但麦琪无法说服自己这种情侣关系是不存在的，因为"要是过去不足以约束我们，那么还有什么责任可言呢？我们就不需要任何法则，只凭着一时的爱憎就行了"（爱略特，2008：434）。在小说的结尾，虽然汤姆对麦琪态度恶劣，但麦琪依然没有忘记和哥哥的情意，在滔滔洪水中，她奋不顾身地划船去找哥哥，就连汤姆也感受到了"这几乎是神奇的、神佑的奋斗"。他禁不住又用小时候的昵称来称呼麦琪——"麦格西"。（爱略特，2008：473）这个昵称最终将麦琪和汤姆的过去与现在联结起来。麦琪最早的记忆就是和哥哥手拉手站在河边，洪水最终也将麦琪的生命定格在汤姆的拥抱中。正如作家在小说开头所评论的，"对于汤姆和麦琪来说，生活的确有了改变；可是他们相信早年的思想和爱会永远是他们生活的一部分，这一点并没有错"（爱略特，2008：35）。看似突如其来的洪水没有改变圣奥格镇的生活，而且它实际上起到了修复兄妹关系的作用。"洪水用精妙繁复的方式肯定了均变论。"（Smith, 1994：121）

斯蒂芬曾经对麦琪提起过的巴克兰是19世纪早期著名的自然神学家。巴克兰等人试图用科学来解释《圣经》，认为地球上曾经各种灾害不断，上帝利用这些灾难为人类创造了生存的条件。在远古时期，"一个不宜人类居住的星球"，也就是地球，"经过了一系列改变和剧烈的活动"后，已经进入"稳定的平静期，变成了合适愉快的人类居住地"。（Buckland, 1836：Ⅰ, 49-50）从爱略特的书信里人们发现，爱略特青年时代曾经怀着愉快的心情阅读了巴克兰的著作,这与她当时笃信科学但还不能抛弃基督教宗教信仰有关。(Smith,1994:124-125)但到了19世纪50年代,爱略特对这种刻意要将科学与神学相结合,缺乏逻辑与实证,常常显得牵强附会的研究已经表示了不赞成。(Smith,1994:127)在驳斥神学家卡明斯(John Cummings)的评论中,爱略特认为,卡明斯用的都是"想象当中的假设",思想混乱,语言前后矛盾,丝毫没有说服力。(Eliot,1963c:176-177)同时期刘易斯也发表了一系列赞成"均变论"的文章,并列举水滴石穿、缓慢形成的珊瑚礁等例子,去论证"均变论"的合理性。在《亚当·贝德》里,干草坡村民的生活与大自然的节奏一致,所有的变化最后都被消化、被吸收,被纳入了不变的生活模式之中,这更多地代表了爱略特早期的思想。而在《弗洛斯河上的磨坊》里,圣奥格镇居民的生活却无法停留在原地。不管童年如何被延长,汤姆和麦琪都还是要长大,他们所面对的也不是一成不变的乡村生活,而是充满了商业竞争的城镇生活。他们的父亲在竞争中败下阵来,永久地改变了兄妹俩的生活。爱略特在突出"变化"的同时,也对变化的模式进行了思考。通过对突发事件提前进行铺垫,强调微小力量累积形成的重大后果,她表现出对进化论"均变"模式的认同。史密斯认为,爱略特通过斯蒂芬之口提出巴克兰的灾变论,是在暗示读者:无论此类地质学理论听起来多么有说服力,但与斯蒂芬求爱时提到的"自然法则"一样,应当被抛弃。(Smith,1994:143)

第四节 《织工马南》的均变世界

马南的故事发生在19世纪初的拉维罗村,这是一个"古代回音萦绕未散,而新时代的声音尚未侵袭的乡村"。拉维罗村宁静和谐的氛围和干草坡村有几分相似。"它就在我们喜欢称之为'快活的英格兰'的那块富饶的中央平原上""它躺在一个舒适的、树木繁茂的洼地里,离开任何一个关栅都大约有一小时的骑程。这地方,从来听不到马车的号角声,也听不到什么舆论。"(爱略特,1995:6)和干草坡一样,这里也有不善经营的地主和他耽于享乐的子孙,以及善良的村民和淳朴的民风。然而读者很快就发现,这并不是另一个亚当·贝德的故事。和干草坡村民循环往复的生活不同，主人公马南的生活充满了变化。这些变化有些虽是突然发生，但发生之前已经有很多蛛丝马迹可寻；有些的确是因为种种巧合而发生的，更多的变化则是以一种微妙的形式逐步发展的。这些事件都被纳入了均变的体系，形成一股能够将过去和现在以及未来联系起来的巨大力量，逐渐改变了马南的后半生。

马南在拉维罗村是一个外地人，他的到来难免会引起村民的议论。15年来，他们对从"北方"来的马南一直怀疑态度，"年复一年，邻居们对马南的印象，除了由新奇变得平常，并没有发生任何变化"。但是作家告诉读者："马南的精神生活却经历了一段历史，有了一种变化，就像每一个天性热情的人一旦遁向或者注定要过孤寂生活时必然要产生这种情况一样。"（爱略特，1995：9）紧接着，作家简单交代了马南的青年时代以及他在灯笼广场的遭遇。马南被最好的朋友陷害，被未婚妻抛弃，不得不背井离乡在拉维罗村安顿下来。对于马南来说，这是一场突如其来的灾难。但是如果我们像解读塔利弗先生的突然破产那样来细读马南的种种遭遇，就会发现作家其实早就做了铺垫。马南生性质朴，容易轻信他人，对朋友威廉的缺点熟视无睹，甚至有点盲目崇拜威廉。事实上威廉自以为是，为人苛刻，作家还提示说，威廉与马南的未婚妻莎拉有私情。在马南昏厥后，威廉劝马南反省自身是否有不可告人的事情，这实际上暗示了威廉内心的肮脏。对这一切马南浑然不觉，因此打击来得非常突然，使他感觉自己的生活一下子被切断了。"他对于人类的信心已经受到了严重的摧残"（爱略特，1995：15），也不再相信上帝的公正，最后决定迁居。灯笼广场是一个工业镇，而马南迁居的拉维罗村却是一个在地貌上与灯笼广场迥异的农业区，在那里马南成了独立的手工业者，不受行业工会的束缚，也没有工友可以往来。拉维罗的生活使马南认为自己可以忘却过去，"因为，在那种生活里，往事的痕迹都已消逝，成了一场梦，而'现在'则因它与记忆一无联系，也成了一场梦"（爱略特，1995：18）。拉维罗幽静、与世隔绝的自然环境让马南觉得，"这里的一切都同那以灯笼广场——一个曾经是他的至高无上的圣地——为中心的生活毫无关联"（爱略特，1995：19）。在拉维罗，马南对一切宗教活动都漠不关心，也不和邻里往来，只埋头织布挣钱。挣钱成了马南活着的唯一目标。来到拉维罗，赛拉斯

第二章 爱略特小说中的变化观

经历了在社会和心理两方面的倒退。(Paxton, 1991: 100) 作家连续用了"蜘蛛""纺织虫"(爱略特, 1995: 20) 和"昆虫"(爱略特, 1995: 21) 来形容马南的生活,表明在这种状态下,马南的生活已经从"人"的生活退化成了"虫"的生活。他只知道机械地满足口腹的基本欲望,机械地投梭织布和挣更多的钱,而且挣钱不是为了花掉,而是为了数钱和看钱的快感。这显然不是正确的生活态度。马南竭尽全力在这样一种生活状态下不去思考有关过去、现在和未来的任何问题,"他不愿意想到过去;周围那些陌生人一点都引不起他的爱和友谊;未来是一片漆黑,因为根本就没有那看不见的爱神来照拂他"。(爱略特, 1995: 20-21)

有评论认为,马南经历了 A-B-A 的变化模式,从一个对人类充满信任和爱的人变成只爱钱的吝啬鬼,又从吝啬鬼重新变回了心中充满爱的人。其中 B 阶段是 A 阶段的"倒错"(perversion)。(Wiesenfarth, 1970: 228) 这种看法有一定道理。但是认为马南在拉维罗村头十几年生活完全与过去相反,这种观点显然忽略了一些重要细节。在解读爱略特的小说时,我们应当意识到,爱略特"致力于呈现如何去恢复往昔,并在往昔与现在之间建立起恰当的联系;她也致力于去理解现在是在往昔之中展现出来,是从往昔之中变化而来的。这样做的目的是要去看清楚每个细小的部分与整体之间的联系,不论每个单独的部分最初看上去是多么地不起眼"。(Lesjak, 1996: 84) 通过两件事情,作家提醒读者,过去是不可能完全忘却的,马南也并没有完全变得吝啬和麻木。尽管马南和村民们没什么来往,邻居萨利的病还是让天性善良的他动了恻隐之心。他"把眼前所见跟往事糅合在一起",想起了母亲曾经经历的病痛与折磨。出于怜悯,他用草药缓解了萨利的病情。"这桩慈善事儿使塞拉斯自打来到拉维罗后,第一次感到他的过去和现在的生活之间有了一种联系,也可以说是他跳出自己原已退化为昆虫似的那种生活的开始。"(爱略特, 1995: 22) 这说明,马南在拉维罗的生活虽然与在灯笼广场时有了很大变化,甚至在他眼里一度与过去了无联系,但这只不过是一种错觉。被诬盗窃是马南生活中的一大变故,但即使是这个对他有毁灭性打击的事故也不可能完全摧毁他性格中慷慨和善良的品质。在日复一日单调的织布生活中,虽然马南慢慢地只把自己的目光投向能给他带来快乐的金币,感情"逐渐枯萎"，但还是发生了一件"显示感情的汁液并没有完全枯竭的小事故"。（爱略特，1995：26）在多年的孤独生活中，他对一只一直陪伴自己的棕色瓦罐产生了深厚的感情。当他不小心打碎了这只瓦罐时，他没有扔掉碎片，而是把碎片重新拼接了起来，用以纪念自己多年的生活。尽管他不再去找草药了，因为"这些草药，也是属于他的生活中早已逝去的过去的东西，犹如一条本来很是宽阔、两岸长满丛草的溪流，现在却变成一条在沙漠间挣扎向前，断断续续，细线似的小沟了"（爱略特，1995：27）。然而，宽阔的情感溪流虽然褪变成了小沟，但它并没有完全消失，这也为马南后来的转变提供了精神基础。作家的描述显示出，尽管马南的精神世界经历了巨大的打击，但是它始终在缓慢地变化着。（Shuttleworth, 1984: 88–90）

马南一厢情愿地希望在织布和数钱中慢慢消磨时光，但变故却接踵而来。马南起先更像一个"灾变论"者，不但相信经历了大变故的自己可以和过去一刀两断，而且与圣奥格镇的居民忘却洪水和战争一样，似乎认为自己的生活再也不会遇到灾难了。他出门没锁门，因为他模模糊糊地想："整整15年来，从来就没有贼来过，贼干吗一定要拣今晚来？"（爱略特，1995：53）但是他的钱恰恰就在这个风雨交加的黑夜被盗了。先是他辛辛苦苦积攒起来的钱失窃，然后是金发小姑娘的到来，这些都给马南的生活带来了新的变化。这些变故的确来得很突然，的确伴随着很多巧合，但是如果我们从整部小说着眼，就会发现如此多的变故恰好说明变化本身就是生活的一部分，只不过是程度不同、作用不同而已。这些变故会这样或那样地改变我们的生活轨迹，却无法完全切断我们与过去之间的联系。包括因为摩丽的突然死亡而得以和心上人南茜结婚的高德夫雷也不可能与过去一刀两断。他在多年以后不得不坦白自己的过错，并承担相应的后果。受人诬陷使马南不再相信人性的善，而钱财被盗和收养爱蓓不但没有再次隔绝他的生活，反而让"他的生命史奇妙地同他的邻居的生活混成一体了"（爱略特，1995：27）。

沙特尔沃思认为，金发女孩爱蓓的到来首先唤起的是马南的回忆。（Shuttleworth, 1984: 87）马南昏花的眼睛起初把爱蓓的金发看成了金子，以为自己的金子失而复得。但是当他认清在炉火前的是一个酣睡的金发小姑娘时，他的第一反应是："这会是他的小妹妹在梦里回到他身边来吗——他自己还是个

第二章 爱略特小说中的变化观

不穿袜子的孩子时,曾经在他妹妹死前抱过她一年光景。是她吗?"从这样的叙述中我们看到,幼年的马南非常爱自己的妹妹,就是在事情过去很多年后,他仍然能记起同样有着满头金发的妹妹的样子。想到妹妹,马南就不由自主地开始回忆家乡灯笼广场的生活。"这时候,赛拉斯既有说不明白的惊讶,又突然涌现了许多回忆。"尽管过去已经既遥远又陌生,"就像是无法恢复的旧友谊",但马南却依旧迷迷糊糊地觉得,"这个小孩多少是个来自那遥远的生活里的信使。她打动了他在拉维罗从来没有被激动过的心——这是旧情的颤动——是因预感到有种主宰他生活的神力而产生的令人惊畏的回忆"。(爱略特,1995:149-150)正因为唤起了马南儿时的回忆,他才决定用母亲和妹妹的名字"爱蓓"来给这个捡来的孩子命名。

　　为了抚养爱蓓,给她一个正常的生活环境,马南开始逐步和邻里建立起了融洽和睦的关系。沙特尔沃思指出,这种关系在他向人诉说自己失窃的不幸遭遇时就已经有了萌芽。(Shuttleworth,1984:90)"尽管马南师傅全神贯注在他的失窃上,但是,他向这些拉维罗邻居畅述自己的不幸,坐在不是他自己的炉边取暖,耳闻目睹到他的这些最有希望的帮助者的面孔和声音,这些新奇的情况,肯定对马南很有影响。"马南在诉说自身遭遇的时候和拉维罗村民真正有了交流,他面对的不是机械的织布机,也不是冷冰冰的金钱,而是愿意倾听、乐于出主意、乐于帮助他的活生生的人。且不管马南在失窃这件事上最后从村民那里实际得到了多大的帮助,至少这次他不是为了生意或生活必需品而与人打交道。这次他有了寻求帮助的欲望,主动走出自己的小屋与人交流,并得到了回应。对此作家写道:"我们的意识不很注意我们内部或者外界的新生事物的萌芽状况,然而,在我们觉察到花蕾的最细小的迹象之前,它已经有了循环不息的汁液。"(爱略特,1995:75)马南勉为其难地坐下来,靠近温暖的炉火,这些很小的举动让他的心理产生了微妙的变化。为了安慰不幸的马南,村民们纷纷用自己的方式提供帮助,送给他食物,鼓励他。而马南在失去了钱以后,对邻居们也不那么不耐烦了。以前他把大家拒之千里,只想守着没有生命的钱过日子,但现在"他一看到邻居们,心中就泛起一种朦胧的期待心情"(爱略特,1995:108)。

　　这种朦胧的期待心情持续了一段时间,直到爱蓓到来后才逐渐变得清晰

· 59 ·

起来。好心的多丽带着孩子阿伦拜访,劝马南去教堂,让阿伦唱赞歌,这些都让马南有些不知所措。但为了让爱蓓过上正常的生活,马南愿意听从多丽的建议,给孩子洗礼,上教堂,自己的感受和想法不再那么重要了。"现在这样一来,随着岁月递增,这孩子已在他和别人的生活之间建立起一道道新的联系。"(爱略特,1995:170)金发爱蓓和金子对马南的意义截然不同。一个是有生命的生物,喜爱阳光,在阳光中不断生长发育,有无限的要求,对什么都感兴趣,喜欢新的东西;另一个永恒不变,没有生命和情感,只能被藏在某个角落里。和金子生活的马南像蜘蛛、织布虫和蚂蚁,明显是人的生活状态的退化。"金子把马南的思想局限在循环不息的圈子里,永远跳不出那个圈子",而抚养爱蓓却使马南重新过上了"人"的生活。爱蓓"是一样有变化、有希望的实实在在的东西,推动他的思想向前,使他的思想远离那种空虚无聊的情绪——把思想引向那日新月异的新事物,随着岁月的推移,爱蓓会逐渐懂得她的父亲赛拉斯是如何疼爱她;有了她,马南就得去寻求与邻居们来往的情趣"。(爱略特,1995:171)心灵的复苏不是一天就能达到的,"这是一种必须日积月累才能得到的影响力"(爱略特,1995:172)。爱蓓一天天长大,有了越来越多的需求,马南必须一一满足,而当他带着爱蓓出门时,也得到了邻里的热情招待。在与人聊天、交流的过程中,马南逐渐从盲目顺从拉维罗的生活方式变成真正融入了拉维罗的生活,自己的感觉也复苏了:"孩子逐渐懂事,他也逐渐想起往事来;他那长久幽闭在又冷又窄的牢笼里的麻木了的心灵也舒展了,而且颤颤巍巍地逐渐完全恢复了知觉。"(爱略特,1995:171-172)

《织工马南》不是《亚当·贝德》式的永恒不变的田园牧歌。小说对拉维罗村平静生活的描述,小说结尾定格在爱蓓和阿伦在乡下简单却隆重的婚礼上,这些都使人联想起亚当和黛娜的生活,显示出作家对逝去的古老生活方式的留恋。在这一点上《织工马南》和《亚当·贝德》是相通的。但是《织工马南》的一个主题就是探索变化的生活。正如在小说第三章作家就点明的:"当生活扩展到各个方面,受到各种不同潮流的影响时,从社会风尚到人们的思想,就有许多不同的外貌,而且这些都始终是变动不息的,彼此相互交错,产生种种不能预计的结果。"(爱略特,1995:28-29)这段话带有浓

第二章 爱略特小说中的变化观

厚的进化论味道。达尔文对加拉帕戈斯群岛上雀科鸣鸟的研究使他大胆猜想这些鸟类都来自同一个祖先，后来由于分布在不同的岛屿上，在各种因素的作用下，鸟类在适应不同的地理环境的过程中形成了不同的物种。爱略特似乎将乡村生活与生物进化进行了类比：乡村生活扩展到很广的范围后会在不同地方呈现迥异的面貌，并且在各种力量的影响下不断发生变化，变化的结果就像生物进化一样不可预测。马南的一生充满波折，最后通过抚养爱蓓而重新融入了人类的生活当中，这种回归不是简单地重复过去的生活，而是对人性的一种更高的感悟。在这个过程中，他也意识到了变化的必然性。马南对爱蓓的婚事并不着急，但是当爱蓓说她不想马上结婚的理由是不想改变生活现状时，马南说："各种事情都会变的，不管我们想不想变；事情总不会就此一直不变的。"（爱略特，1995：203）

不能回避的是，《织工马南》里的确存在不少机缘巧合，马南还患有一种无法解释的晕厥病，常常给他带来意想不到的结果。但据此认为小说存在灾变和均变"两个冲突的历史模式"（Shuttleworth, 1984：83）的观点则值得商榷。一方面，为了推动情节发展，作家设计一些巧合不足为奇；另一方面，爱略特认同"均变论"的基本原理与她承认"巧合"在生活中的作用并不矛盾。如果我们从整部小说着眼，就会发现如此多的巧合和变故恰好说明变化本身就是生活的一部分。正如圣奥格镇多次出现的洪水一样，每次变故都似乎是突发事件，但实际上已经通过情节发展被作家不断地纳入了均变的世界。如果说《弗洛斯河上的磨坊》结尾的大洪水多少让读者感到突兀，使人对爱略特是否接受了"均变论"存在争议的话，那么《织工马南》则显示出了作家在进化论关照下形成的更加成熟的变化观。她娴熟地将马南和其他人物所经历的各种事件编织在一起，呈现了一个让人信服的均变的世界。

爱略特的这种均变的观念在她以后的小说中占据了牢固的位置。比尔就曾评论《米德尔马契》说：

> 米德尔马契镇上的各种事件都是以"均变论"原则来编排的。不论这些事件看上去是多么地像灾变，但实际上还是有其来龙去脉的：最初是细微的运动、剥落，然后是受到挤压、侵蚀，直至河道淤塞。

这些变化都被极其耐心的观察者收入了眼底……（Beer, 2000: 169）

事实上，即使是在反映激烈政治变革的小说《激进派菲尼克斯·霍尔特》中，作家所倡导的仍然是一种尊重历史缓慢变化的社会发展模式。不仅如此，她还对不顾一切地快速推进改革表示了异议。

第五节 加速变化的问题[①]

虽然《织工马南》的结尾落脚在乡间的婚礼上，但在小说的倒数第二章，作家却耐人寻味地安排马南重访家乡灯笼广场。马南的家乡从小镇变成了工业大镇，织工时代已经被机器工业所取代，"家乡三十年来的种种变化，教赛拉斯有点昏乱"（爱略特，1995: 243），他完全认不出当年的家乡，甚至要确认好几次镇子的名字，以确保自己没有走错地方。他发现其他的一切都变了，只有监狱没变，这不能不说是一种讽刺。爱蓓和马南对这个地方的印象很坏，这儿昏暗、难看，有难闻的气味，人们住得很拥挤，脸上血色不好。最后，他们来到一个大工厂门前的空地上，看到"许多男女工人正从厂里潮涌似地出来"去吃午饭。（爱略特，1995: 245）这一切都让马南惊诧，他记忆中的灯笼广场已经被工厂所代替，他曾经虔诚礼拜的教堂也已经被拆除，不要说30年前的陈年旧事，就是这个镇子10年前是什么样子也没人能说清楚。世代聚居的手工业者已经被工厂工人所取代，他们古老的手艺和生活方式已经一去不复返了。即使是在拉维罗村，作家也早就告诉读者，织布的活儿也"一天不如一天"（爱略特，1995: 191），好在马南有爱蓓的陪伴。灯笼广场在地图上永远地消失了，变化的速度和幅度令人担忧。爱略特不是不赞成变革，她是不赞成不顾传统、急功近利，一味只追求速度的变革。爱略特的世界是缓慢渐进的，加速变化往往会带来很多负面问题，欲速则不达。关于这一点，

[①] 本节的部分内容参见：罗灿. 乔治·爱略特小说中的铁路意象 [J]. 外国文学, 2016 (1): 37-44.

第二章 爱略特小说中的变化观

殷企平教授在《推敲"进步"话语》中有不少独到见解,同时其对本节的启发很大。

随着蒸汽机的普遍应用和铁路的延伸,人们的工作效率大大提高了,生活的速度也同时加快了。在相当长的时间里,人类的生活方式几乎没有变化,但这一切在维多利亚时代被彻底颠覆了。"在短短几年间,陆上旅行的速度在新铁路上从时速 12 英里提高到了 50 英里(增幅超过 400%),新型汽船'不管风和浪的情况,以惊人的稳定性'航行 15 节❶。"然而给人带来最深刻印象的还不是机械速度的加快,而是"生活速度"的变化。(Houghton, 1963: 7)"铁路改变了时间和空间概念,过去时间以天为单位,现在以分钟、以秒计算;过去一两百英里是一个遥远的地方,现在则只是近在咫尺。人们突然感到空间和时间都缩小了,于是生活的节奏也就加快……时间概念是一个全新的概念。"(钱乘旦、许洁明,2002: 220)

早在《亚当·贝德》中,爱略特就对追求速度表示了不以为然。黛娜和姨妈礼拜天散步,作家写道:"礼拜天下午从教堂回来,在阳光下走过田野,其他的一切悠闲比起这种漫步来,都显得匆忙——在那古老闲暇的日子里,在运河上昏昏欲睡地滑着的小船,便是最新式的运动奇迹了。"(爱略特,1984: 549)她将今昔进行对比,得出的结论是,蒸汽机制造的所谓闲暇,只是让人们更忙碌而已,连娱乐都变得匆忙起来。

> 在那时候,这种漫步都是这么悠闲的。现在,闲暇没有了,与纺车一起没有了,马驮子、缓缓的大车、在阳光灿烂的下午把货物送上门的小贩,也都没有了。睿智的哲学家也许告诉了你,蒸汽机的伟大功绩就是为人类创造了闲暇。不要相信他们。它只是制造了一个真空,让急迫的思想涌了进来。连闲散都急迫起来——急于要找娱乐:喜欢旅游火车、美术陈列馆、文学期刊和惊险小说,甚至于搞科学理论,往显微镜里窥探。(爱略特,1984: 550)

---

❶ 1 节 = 1 海里/小时。

在机器大工业时代，人们只能急急忙忙地干活，急急忙忙地休息，再也不可能像"闲暇老人"那样，"食欲旺盛，心境宁静，不为什么假学说所苦，不懂事物的由来，只看事物本身，因而心情舒畅"。（爱略特，1984：550）

这种匆忙能让社会更好地发展吗？至少干草坡最赶时间、最急于要干一番事业的少爷亚瑟没能证明这一点。[1] 亚瑟喜欢骑快马，"快得像魔鬼自己在飞奔一样"（爱略特，1984：136）。说起自己的规划，亚瑟也没忘记要骑着快马："要是能让我经营史东尼夏那里的庄园土地——那边的情况很糟糕——兴起改革，骑马到处去视察，那就是我最高兴不过的事了。"（爱略特，1984：181）殷企平教授指出，祖父死后，亚瑟甚至顾不上悲伤，还在奔丧的途中就迫不及待地"忙碌地考虑未来"，他的计划就是要骑着马去"查看他喜爱的排水和圈地计划"，"他还将是新型的耕犁与钻机的资助人，是疏懒的地主的严厉的斥责者"。（爱略特，1984：465-466）亚瑟提到的排水设施的建设、圈地计划和新机器等都是工业文明步步逼近的象征。亚瑟恨不得一蹴而就，用最新科技把经营不善的田庄很快加以改革，从而迅速收到成效。不能否认，这种出发点本身是好的，但是亚瑟在祖父健在时似乎整天只是骑马玩乐，和年轻姑娘调情，丝毫没有经营田庄的经验，很难相信他能如愿，轻易地成为成功的地主。事实上，直到小说结束，我们也没有看到他到底进行了哪些改革，为干草坡带来了哪些新气象。殷教授认为，亚瑟最在意的其实是自己是否得到了村民的欣赏。他希望改革，部分也是为了给自己挣得一个好名声："我愿意认识所有的农民，看到他们友好善意地向我举手示意。"带着这种急功近利的想法，亚瑟以为只要"和气亲切"，就可以随意劝说农户听他指挥，使用新机器，修建排水设施，"按改良的方案耕作"。（爱略特，1984：181）至于当地的地理条件是否适宜他的方案及农户本人的习惯、能力和意愿都不在他考虑之列，他甚至轻蔑地说那些农民都很笨。亚瑟在至亲去世的当口就思考起改革问题，这本身就是一种对速度的讽刺，而他那些没来得及实行的改革方案更是纸上谈兵。他的祖父倒是有一天假装和气地试图诱骗波塞一家

---

[1] 本段关于亚瑟"快"的相关分析参见：殷企平. 推敲"进步"话语——新型小说在19世纪的英国 [M]. 北京：商务印书馆，2009：315-317.

当奶牛专业户，这可以看作是某种经济改革的尝试。可是老乡绅却被伶牙俐齿、精明机智的波塞太太给顶了回去，在当地传为笑谈。

对于发展的脚步在不断加快这一点，《弗洛斯河上的磨坊》里的人物深有体会。最不能适应发展，不会"改弦易辙"的塔利弗先生是个"老派的人"，不明白律师的作用，遇到官司不知如何应对，就只能反复抱怨说："这是一个莫名其妙的世界，如果你把货车赶得太快，你就会闯到一个尴尬的角落里去。"（爱略特，2008：11）他的家道在一次次官司中迅速败落了，而他的连襟迪安先生"在社会上发迹，就跟塔利弗先生在社会上跌落一样快；在迪安太太家里，多德森家的台布和瓷器已经开始降到次要地位了，只可拿来陪衬近几年买来的这一类更漂亮的东西……"（爱略特，2008：189）迪安出身寒微，他与经营磨坊的塔利弗、经营田庄的浦来特和"慢慢刻苦成家"的葛莱格不同，他不再用传统的农业和商业的方式积累财富，而是搭上了迅猛发展的金融贸易快车。在汤姆眼里，迪安姨父就是"在一家大商号里找一个职位，然后很快地往上爬"（爱略特，2008：208）。这也是汤姆的目标，他已经不屑于像葛莱格姨父那样慢慢发家，到一定地步就停滞不前了。葛莱格"这个固定的节省习惯……使他们变成一种'人'，在今天这个赚起钱来很快的、一晃眼就会由穷变富的浪费的年代里，这种'人'也快要消灭了"（爱略特，2008：109）。野心勃勃的汤姆不想变成葛莱格那样在"进化"中快要灭绝的那类人。他在第一次拜托姨父帮忙找工作时"就这样想着好多年以后的事，他怀着坚强的意志和强烈的希望，心情很急切"，希望自己很快就和迪安姨父一样成功。作家不无遗憾地指出，汤姆"没有想到以后的那些年是由缓慢的一天又一天、一个小时又一个小时和一分钟又一分钟组成的"。（爱略特，2008：208）

的确，汤姆靠着勤奋工作和适时投机很快就挣了不少钱，还清了父亲本以为在有生之年很难还清的大笔欠款。迪安姨父深有感触地对汤姆说：

> 现在的世界要比我年轻的时候进步得快得多了。你猜怎么着，少爷，四十年前，我像你那样身强力壮的时候，人人都得在他一生中的黄金时代吃足苦头，才能出人头地。织布机转动得很慢，服装

的式样也没有过时得那么快。我有一套上好的衣服，竟穿了六年。任何东西都比较便宜，少爷——我是指花费方面。你知道，就是发明了蒸汽机以后，才有这种改变的。……蒸汽机使轮速增加一倍，财运的巨轮也加快了一倍。（爱略特，2008：367）

在新的时代下，汤姆年纪轻轻就获得了成功，然而成功也不是没有代价。还清欠款反而加速了父亲的死，这不能不说是一种遗憾。更重要的是，在忙于挣钱的同时，汤姆忽略了麦琪的感受，他甚至不如一个很久没有来往的外人保勃，后者看到麦琪失去书之后的失望之情，还惦记着给麦琪拿些书来，正是这些书里的其中一本影响了麦琪对生活的态度。麦琪意识到，"汤姆不理会她的思想和感觉""不能领会精神上的需要"。（爱略特，2008：263）汤姆在很快成长为能干的生意人的同时，也变成了"不好幻想、毫无怜悯"的哥哥（爱略特，2008：364），粗暴地对待麦琪的情感需求。在麦琪拒绝了斯蒂芬回到镇上以后，汤姆的态度比任何人都更叫麦琪寒心。

"用乔治·爱略特自己的话来说，她是个社会改良论者（a meliorist）。社会的改良之所以是可能的，那是因为社会的各部分会在社会整体之上渐进地产生作用，但这一过程必定会非常缓慢，因为当前的状况深深地植根于过去之中。"（Paris，1965：48）最能说明爱略特针对发展速度的批评的作品是《激进派菲尼克斯·霍尔特》。在小说开篇，作家就发出了对快速变化的感慨。随着火车的奔跑，很多美好的事物都只能留在老人的记忆当中了。因为人们不再乘坐马车旅行，公路两边的很多相关产业都衰落了。路边酒店擦得亮亮的大啤酒杯、漂亮的女招待笑意盈盈的目光、快乐的马夫们妙趣横生的谈话都消失了。人们再也不能听到老式邮车的号角声，也再不会根据树的影子来判断时间了（这种方法显然不适应以分、秒来计量的现代化生活）。这一切变化都发生在短短的35年间，甚至更短的时间里。1841年，乘马车从伦敦到埃克赛特（德文郡首府）需要18个小时，但到了1845年乘火车就只需要6个半小时了。（Beales，1969：114）"速度成了新的决定性因素。"（Lesjak，1996：82）作者对技术带来的这些生活方式的巨大变化表示了一种怀疑。她指出，后代子孙在对速度的追求方面也许会比维多利亚人更进一步，他们会像"子弹"一样弹射出去，都来不及眨眼就已抵达目的地。"子弹"这一比喻本身就在读者的心理上制造了关于速度的不祥联想，令人禁不住怀疑速度本身是否就暗含了对生命的破坏和威胁。当然，除了速度中潜在的危险性之外，作家更要强调的是这种赶路的姿态对生活兴味的破坏。她指出，"老式的"旅行方式会伴有沿途的风景和种种故事，而维多利亚时代的火车旅行则贫乏得只剩下一个空洞的感叹词"哦！"（an exclamatory O！）旅行的速度极大地加快了，但留下的却只是思想上的贫瘠。乘坐老式马车固然要花更多的时间，但"快乐的乘客"在旅行途中却可以收集到有关英国人生活方式的故事，接触到英国村镇上普通的劳动者，了解到各地不同的山川风貌，"这些插曲都足以写一部现代《奥德赛》"。（Eliot, 1997：5）毫无疑问，一部《奥德赛》，一次虽然耗费时间但却充实的旅行更能让人品鉴到生命的意义，这是一次枯燥但却迅捷的火车旅行以及那个空洞的"O"所不能比拟的。马车驶过充满田园风光的传统农业区，进入被煤炭染黑的矿区和工业镇。这里的人们虽然强壮有力却只能在矿坑里爬出爬进，而那些面色苍白的织工们则从早到晚忙着织布，顾不上他们的孩子。马车的车轮还驶过忙碌的城镇，这里商业发达，不过周围乡下的居民除了购买谷物和干酪非常便利以外，并没有得到什么特别的好处。作家在这里将城市和乡下的生活进行了对比，尤其是生活节奏上的对比。在作家笔下，工业镇上的生产和生活忙乱不堪，乌烟瘴气。织布机的梭子在飞，机轮不停地转，大锅炉中燃着熊熊大火，矿井也是忙忙碌碌……所有这一切都聚集在一片狭小的空间上，与周围地广人稀、节奏缓慢的乡村生活形成了强烈的对比。在乡村，"时间凝固了"，一切都笼罩在"一种毫无变化的静止状态"之中。总之，在一个旅人的眼中，"城镇和乡村没有共同的脉搏"。（Eliot, 1997：8-9）这一切表明，英国正处在转型期，农业乡村和工业城镇的生活并存，很多社会问题有待解决。改革的确势在必行，但是改革应该以何种方式、何种速度进行却是另一个问题。作家借马车夫之口道出了她对改革前景的担忧。见多识广的马车夫本来对生活心满意足，但目睹铁路对乡村土地的毁坏，感受到火车对自己职业的威胁，他不禁愤愤然地预言路边小酒店也都要关门大吉。他的眼睛茫然地盯着前方，"好像一个把自己的马车已经赶到宇宙边缘的人，眼看他前面的人跌进地狱"（Eliot, 1997：9-

10)。这无疑是一幅可怕的图景。

《激进派菲尼克斯·霍尔特》"体现了一种对人类社会进程,以及文明建设速度的深切关怀"(殷企平,2009:339)❶。故事的背景放在第一次改革法案前夕,小说中有两个自称"激进派"的人物,一个是贵族子弟哈罗德,另一个是出身贫寒的霍尔特,他们分别用不同的方式参与了政治改革,其观点和做法都形成了鲜明的对比。殷企平教授评论说,哈罗德一登场就风风火火、干劲十足,他的一大特点就是无论是行为、思想还是说话都速度很快。(殷企平,2009:341-342)例如,他见到阔别15年的母亲后只是进行了简单的寒暄,当母亲还在说一些家常的时候,他已经迫不及待地拿起了报纸,一边回答母亲的问话一边很快地浏览报纸,话未说完就"已经快速地读了几乎所有的公告"。哈罗德并非完全没有觉察到母亲情绪不高,但他"忙碌的思想"没法给女性的感受留下空间,"即使他体会到了母亲的感受,他的思想在瞬间的停顿后,还是会沿着惯常的道路疾驰而去"。(Eliot,1997:19)哈罗德用自己惯常的方式把和母亲的谈话压缩到最短,"很快地问了他想得到答案的所有问题",剔除所有"无关紧要的话、解释或重复",连一个晚上的时间也不留给母亲。(Eliot,1997:30)特兰萨姆夫人从儿子的行为中感受到的是"迅速、果断和冷漠"(Eliot,1997:25),这种冷冰冰的感觉冲淡了一个母亲15年的期待,让她陷入一种无法言说的绝望当中。哈罗德对其他人的态度也和对母亲的态度大致相仿。他讨厌律师杰明的为人,在与他谈话的时候更是比平时更快、更无礼,他不断快速地打断杰明的话,让杰明心生不满。(Eliot,1997:34,38)

殷教授(2009:342)还指出,哈罗德语速快,脑子也快。在和里昂先生谈话时,哈罗德"很快接受新语言,而且更快地把别人的一般见解化用为自己特殊的、当前的目的"(Eliot,1997:152)。在得知自己的财产应属于埃丝特之后,他迅速做出抉择,想要用联姻的方式将财产合法地转移到自己手中。他与母亲一刻也没耽搁地拜访了埃丝特,邀请她到庄园小住。期间哈罗德抓

---

❶ 有关哈罗德等人的"快",可参见:殷企平. 推敲"进步"话语——新型小说在19世纪的英国[M]. 北京:商务印书馆,2009:339-347.

第二章 爱略特小说中的变化观

住一切机会要给埃丝特留下好印象。当霍尔特的母亲向乡绅们求助时，哈罗德的态度温和，保证为霍尔特说好话，原因是"快速的思维使哈罗德相信用这种方式他最能获得埃丝特的赞赏"（Eliot, 1997: 348）。

在和母亲讨论党派问题时，哈罗德用"快速、不耐烦的"语气说话，"仿佛这一幕应该越快过去越好"。他根本不屑于和母亲谈论这些，因为女人都是"不改变想法的"，抱着从小就有的观念不放手，而他作为男人则要大刀阔斧地行动。（Eliot, 1997: 36）事实上，哈罗德对家里的一切都不满意。他不喜欢母亲给他收拾的房间，马上要求调换一间。在仆人的使用上，哈罗德也没有丝毫的妥协，坚持要用自己从东方带来的仆人多米尼克主厨。老派的特兰萨姆夫人不太能够容忍一个相貌和行为多少有些古怪的外国人在家里进进出出，因此提出了异议，说老年人不太能适应生活方式的改变。哈罗德的回答干脆利落："那他们就该放弃，看着年轻人干。"（Eliot, 1997: 34）当然，最让哈罗德恼火的还是庄园的经营状况。他满脑子都是变革的想法，迅速剥夺了母亲处置庄园的权利。殷教授（2009: 343）提醒我们，哈罗德治下的庄园以"赛跑的速度"取得了不少改良。（Eliot, 1997: 345）

除了在家里发号施令外，哈罗德最重要的任务就是以激进派的名义投身政治竞选。19世纪30年代，英国的经济危机非常严重，工厂倒闭，失业率增加，工资水平下降，各方矛盾激化到了不得不进行政治改革的地步。改革包括解放天主教，改革地方政府，最重要的议题之一是议会改革。如果说在1816—1820年主要是无产阶级呼吁改革的话，那么在19世纪30年代，中产阶级也有了改革的诉求。工厂主和商人意识到，必须利用人们的不满来争取中产阶级的利益。人们要求扩大县级在议会的代表名额，把腐败选区和口袋选区[1]的议席分配给新兴工业城市或人口较多的城市。这场改革是中产阶级与旧地主争夺政治权利和与之相关的经济利益的斗争，保守的地主阶级虽然不愿意将权力和利益拱手送人，但出于对可能的革命的恐惧，不得不进行妥协，同意

---

[1] 当时有些选区实际上已经被水淹没或鲜有人居住，但仍在议会拥有议席。这些议席往往由某些地主所控制，就好像揣在他们的口袋里一样，因此被称为"口袋选区"（pocket borough）。

改革。为了达到各自的目的，各方都想尽办法拉拢并无投票权的工人阶级，希望利用他们的力量来影响投票者。参选者都纷纷向工人阶级许诺各种好处，使工人相信一旦议会改革成功，他们马上就会获得现实的利益，甚至获得选举权。这就是哈罗德雇用杰明到处鼓吹改革，哄骗工人为自己呐喊、助威的原因。

急于以激进派身份参加政治选举的哈罗德有一个致命的缺陷，那就是他无视历史的重要性。他虽然生在英国，却长在"东方"，在东方迅速地发财（Eliot，1997：88），对英国的传统不屑一顾。他乐于不去牛津大学，因为他没看出周围的事情有什么好，也不尊崇在别人看来好的东西。（Eliot，1997：97）作家通过哈罗德为我们刻画了一个不尊重历史的暴发户的形象。他甚至不知道自己出身的秘密，一意孤行地要打垮杰明（实际上杰明是他的生身父亲），最后使自己身败名裂。爱略特在第十六章的结尾就对哈罗德的未来做了预言。哈罗德对自己的能力深信不疑，认为"他自己的技巧"足以确保"明天的成功"，但不了解"昨天"实际上很大程度上决定了他的成败。（Eliot，1997：158）爱略特不是不赞成改革，但是她认为改革若是由哈罗德这种不了解、不尊重英国历史和现状的人把持着向前快速推进，恐怕难免给国家带来毁灭性的灾难。"作为一名政治领袖，哈罗德的失败表明，如果社会用疾风骤雨般的变化去抛弃过去，那将是不明智的，就正如哈罗德企图变成一个'新人'的做法是不明智的一样。"（Horowitz，1994：132）

爱略特是保守的，在她看来，改革派占了上风，国家的车轮将按照他们拉动的方向前进，但一旦他们的方向是将国家带入深渊，那么其他人就应该拉住这正在快速前进的车轮。（Eliot，1997：45）霍尔特就是这样的人。正如雅各布斯所指出的，"激进派菲尼克斯·霍尔特其实是保守派菲尼克斯·霍尔特；他甚至连托利一民主派也算不上。"（Jacobs，1895：xxi）他虽然也宣称是激进派，实则反对一般激进人士所努力争取的普选权，也正是他在暴乱发生时挺身而出，尽量将暴民引到郊外，将破坏减到最小。霍尔特认为在获得普选权之前还有很多准备工作要做，一蹴而就获得选举权可能使那些没文化、容易轻信的人沦为别有用心的人的工具，不能很好地行使自己的权利，反而带来更多弊端。爱略特的这种观点无疑是有缺陷的，因为赋予工人基本的人权是提高他们素质的必要条件之一。她一厢情愿地希望工人首先提高自己的文化修养,改变酗酒打闹的习惯,然后利用"公众意见"影响国家的决策者。爱略特没有看到,"一般人民不只是暴民而已,在酗酒、受骗、无知之上,他们有更好的本能和习惯"(威廉斯,1991:148)。事实证明,在工人的政治权利得到保证之后,他们的个人素质也得到了很大提高。1832年的一份报告显示,工人争取改革的斗争"影响了道德和举止,提升了工人的品德……在所有改革取得成效的地区,酗酒都减少了"(Craig,1967:70)。为了某个具体目标联合起来斗争的行为对工人阶级产生了决定性的影响,提升了他们的思想觉悟,同时也改善了他们的举止。

但是爱略特这种尊重传统,希望改革能够循序渐进的想法还是很有道理的,在很大程度上能够提醒人们注意改革的动机和节奏。早在1856年她撰写的文章中,爱略特就阐明了自己的政治观点:

> 在历史中成长起来的东西只能在历史进程中消亡,在必然原理缓慢的作用下消亡。社会从过去那里继承了种种外部条件,它们不过是构成社会的人的内部环境的外在表现而已;内部环境和外部条件彼此相连,就正如有机体与其媒质紧密相连一样。因此,只有在双方都获得步调一致的渐进式发展时才会有总体的发展。(Eliot,1963d:287)

《激进派菲尼克斯·霍尔特》创作于19世纪60年代,在第二次改革的风口浪尖,爱略特回望19世纪30年代第一次改革的得与失,深切地感受到,社会不是一朝一夕形成的,改革应该遵循社会发展的规律,而不是试图将一切连根拔起。小说发表后一年,爱略特应出版商之邀以"霍尔特"的名义发表了一篇公开信,进一步明确提出了她对社会改良的看法。这封信里的不少观点都显示出进化论缓慢渐进理论的影响。对于工人阶级取得的阶段性成果,霍尔特并没有表现出过度的欣喜,他对工人阶级能否较好地行使自己的权利持怀疑态度,因为他们当中的绝大多数人都没有受过良好的教育,无知、冲动,且有各种各样的缺点。霍尔特把社会比作人体,各部分相互依存,损害任何部分都会对全局产生影响。他进一步强调,社会制度和阶级是在历史中缓慢地发展出来的。社会建设好比兴修水利,旧的灌溉系统只能逐步地被淘汰，想要一次性取代所有的旧设备只会使整个系统瘫痪。若是整个社会各阶层都将自己的功能正确发挥，社会建设就能够取得进展。要依靠公众的评判来逐步"淘汰"无能的、不合格的官员。这一切需要耐心地等待。"白天不会因为我们在天亮前起床就来得早些。"（Eliot, 1997：408）霍尔特声称，他"期望巨大的变革"，但他"不期望它们匆忙到来"。（Eliot, 1997：411）霍尔特"并不反对变化，只要变化伴随着延续性"（Gallagher, 1985：259）。霍尔特认为只有经过深思熟虑，从实践中吸取经验和教训，才能逐步改良社会。"对问题的解决之道着急不得，因为人构成了群体，只能用缓慢艰辛的教育来帮助他们认识世事，从而去真心地接受规则，并以此行事。"（Eliot, 1997：414）他还用带有浓厚进化论色彩的语言说，"自私、愚蠢和懒惰会坚持试图让社会适应它们的需求"，直到社会最终淘汰它们的那一天。（Eliot, 1997：414-415）这反过来也证明，人类要对自身的这些缺陷格外留意，努力克服。对爱略特来说，社会已经发展到相当复杂的形态，很少有什么问题是可以马上解决的。她反复强调，人们所能做的，应该是继承千百年积淀下来的文化成果，在此基础上进行审慎的改良。只有当"先进的知识为社会上的大多数人所掌握，从而让变革成为不容推诿敷衍之事时"，真正卓有成效的改革才能够得以实现。（Pinney, 1966b：368）正如著名的爱略特评论家哈代所总结的：

> 乔治·爱略特试图指明社会发展应该是渐进而延续的。这种逐渐的发展体现了她的信念，即变化决不能发生得太突然，否则社会的发展就不可能是有机的、长久的；她还相信……必须让心灵的变化领先于观念的变化，才能实现社会的良性变化。（Hardy, 1959：39）

第三章　爱略特对"进步史观"的思考

自从进化论在19世纪得到承认和发展以来,"进化"与"进步"两个词一直如影随形。在钱伯斯的《造物的自然史遗迹》中,进化与进步是同义词,进化就是持续地向更好的方向前进。无论是行星和太阳系的形成还是人类的出现都是发展与进步的表现,是从低级阶段向高级阶段的发展,每个阶段都是前一阶段改良的结果。这种将进化必然地与"进步"联系起来的观念今天依然存在于很多人对进化论的认识里。难道生物不是在进化过程中变得越来越复杂吗?这种复杂性难道不是一种"进步"的象征吗?的确,在进化中生物的形体似乎越来越大,从简单的、肉眼不可见的细菌和微生物到多细胞的、肉眼可见的动物乃至大型哺乳动物,进化似乎确实伴随着复杂性的增加。然而我们也可以随意举出不少反例。很多寄生虫在发展中失去了感觉器官、消化器官,变得越来越简单。这种"退化"同样是适应的结果,符合达尔文的理论,也是一种"进化"。

"进步"的观念强调一种有目的的变化,它同时也是一种价值判断,按照某种标准,认为后一阶段总是比前一阶段"更好",这种"更好"在一般意义上就意味着更复杂、更高级。然而达尔文的自然选择机制不过是保存生物的优点而已,这些优点的产生本身是漫无目的的,生物体也不一定会变得更复杂。生物进化论并没有一定的标准来比较生物的优劣,它研究的是生物如何在变异中适应环境。

19世纪早期洋溢着"进步"的乐观主义精神,但是1859年出版的《物种起源》对于很多人来说,却打破了"进步"的幻象,促使他们更深刻地思考复杂的社会问题,带着并不乐观的心情展望即将到来的20世纪。在进化—进步的问题上,爱略特受到了拉马克学说和斯宾塞学说的不少影响,一度对人类的未来充满信心。在1851年《智力的进步》（"The Progress of the Intellect"）一文中，她曾断言，"人类发展的每一个过去的时代都是我们共享的人类教育的一部分；可悲的人类的本性所犯的每一个错误、所干的每一件荒谬的事情都可以被看成是我们得以借此而获益的试验。"（Eliot, 1963a: 31）不过随着对各种问题的深入思考，爱略特的观念也逐渐发生了微妙的变化。在《织工马南》发表后不久，爱略特就对史学家巴克尔（H. T. Buckle）提出了批评：

> 巴克尔先生做过这样的展望，即认为人会越来越集中到城市，越来越操心人类的事务，因此受到自然——比如天空、山峦和平原——的影响也会越来越小。这样一来，迷信就会消失，而代表理性的统计学将永远占据统治地位。我丝毫不敢苟同他的这种太平盛世的前景。（Cross, 1885: 338）

显然，爱略特此时已经对毫无保留的乐观的"进步"论调持相当的怀疑态度。

在爱略特的多部小说中，"进化"和"进步"也是她重点探讨的问题。动物进化成人类，社会从原始形态进化成高度发达的资本主义社会，这一切都未必带来真正的进步。文明的发展可能会使情感变得虚伪，也可能会疏离人们亲密的关系，使破坏了的感情无法弥补；工业发展了，社会"进步"了，某些人反而有"退化"的嫌疑，真正具有道德感的人也可能因为不能适应这种冷冰冰的新社会而被淘汰，这不能不说是一种遗憾。在喧嚣一时的政治改革中，"进步"似乎指日可待，然而人们却往往失望地发现更多的矛盾和痛苦无法解释和得到解决。"进化"和"进步"就这样纠缠不清，强化了小说的戏剧冲突，共同构成了爱略特文本的张力，也体现了作家对社会问题不断成熟的认识。

第三章 爱略特对"进步史观"的思考

第一节 进化论与"进步史观"的关系

伯瑞（John Bury）在《进步的观念》（"The Idea of Progress"，1931）中认为，进步的观念最早萌芽于16世纪。科学与哲学在反抗希腊和罗马的权威的斗争中逐渐从知识的角度辨识过去时代的进步，建立起了知识进步论，并随着17世纪末和18世纪上半叶理性主义的兴起而逐步建立起了人类的普遍进步观。进步史观的基础是"对历史的一种阐释"，这种阐释认为"人类是朝着一个确定和理想的方向缓慢前进——一步一步地前进，并推断这一进步将会无限期地延续下去"。而且，这一阐释也意味着，"普遍幸福的状况将最终得以实现，从而为整个文明进程做出辩护"。（伯瑞，2005：3 笔者略有改动）

启蒙时期的思想家已经开始慢慢建立对社会进步的信心，将过往的时代看成是通往更高、更好的生活方式的阶梯，不过这种思想未能马上占据主导地位。例如，伏尔泰就把路易十四时期看作是法国文明的顶点，认为之后并没有再续辉煌。孟德斯鸠在《论法的精神》中把社会解释成历史力量推动的结果，但他并不认为欧洲社会绝对比其他文明更发达。他认为每种社会形态都是人和外部世界作用的结果，无所谓必然发生的"进步"。卢梭则有感于当时社会的奢华堕落，谈到原始人的自由状态，热烈地歌颂原始主义，显然并不认为当时的欧洲文明意味着绝对意义上的"进步"。但不管怎么说，随着科学的新发现，人们开始越来越相信理性和科学的力量。到18世纪后半叶，孔多塞已经将未来社会的进步看成是不可避免的趋势，认为原始人的生活很快被农耕文明取代，长期以来被统治阶级用来愚弄百姓的迷信也必将被理性击败。理性展示了人类本性的真正面貌，也指引着未来的进步之路。孔多塞认为现代工业，尤其是印刷工业能够保证知识的传播，为理性统治做好准备。

进步史观是西方文明从工业发展中获得信心的表现，是人类的"发明"。[1]

---

[1] Bowler P J. The Invention of Progress: The Victorians and the Past [M]. Oxford: Basil Blackwell, 1989.

这一发明在19世纪的欧洲受到了热烈追捧,原因之一就是技术进步所带来的信心。"科学发展和机械技术的壮观成就使每个普通人都认识到,随着人类大脑穿透了自然的奥秘,人类对自然的控制力量的增长也将是无限的。这种自古至今都没有中断的明显的物质进步一直是现在流行于世的对进步的普遍信仰的支柱。"(伯瑞,2005:226)在英国,蒸汽机的发明和煤炭的广泛应用彻底改变了人的生活状况。1851年举办的世界博览会是工业文明一次最好的展示,显示了物质繁荣和科学技术给生活带来的便利,以及人类对自然世界日益增长的支配能力。有人声称,这次博览会意味着"一次新的智力和道德运动","预示着世界和平的来临"。还有人认为,英国使"国际进步的观望塔"获得了最广泛的基础,"其意旨就是寻求人类身体康健的实现和商业上卑劣欺诈行为的灭绝"。(伯瑞,2005:232)这种乐观的论调表明,技术进步不仅是物质成就,而且它还关乎道德的进步,意味着人类正在迈向更理想、更幸福的状态。

作为研究生物变化规律的科学,进化论与"进步史观"并无必然的逻辑联系,但是进化论的很多理论似乎为进步史观做了科学上的注解。伯瑞在《达尔文学说与历史》中阐述道:

> 19世纪的历史研究的发展是由同样的一般原则决定的,并以其为特征,这一原则便是同步发展的自然研究的基础,即遗传的观念。关于自然的"历史的"构想产生了太阳系的发展历史、地球的发展历史以及地球上有机体的各种谱系,并且在自然科学界引发革命。这种"历史的"构想与人类历史是连续、遗传和因果过程的构想属于同一种思想——这种构想也在历史研究领域引发革命,并使之科学化……遗传原则、渐进的发展、一般规律、时间的重要性、社会作为有机集合体的构想、作为精神的自我演化的历史的形而上学理论——所有这些观念均表明,历史所探求的发展一直沿着独立而又是与自然的各学科发展相互平行的轨迹。
>
> 生命进化致使未开化人类的出现,而这种连续进步的构想有助于巩固另外一种构想——也增强了人们对这一构想的信念——人类的文明史自身也是一种连续的渐进发展。(伯瑞,2005:7,8 笔者略有改动)

第三章 爱略特对"进步史观"的思考

生物学家们将胚胎的发育视为从简单到复杂、从低级到高级发展的典型例证,斯宾塞等人用胚胎发育来类比人类社会的发展过程,"进化"一词得到迅速普及,似乎进化就意味着从低到高的发展。(Bowler,2009:8) 进化论本身的一些特征也容易引起这种误解。生物进化论的研究对象主要是生物化石。年代越久远的化石,其结构往往也越简单,与无脊椎动物化石相比,脊椎动物的化石一般都存在于比较晚的岩石层中,而哺乳动物的大量出现则更晚。这一切似乎都暗示生物进化有一个必然的趋势。拉马克学派据此描绘出的进化模式多呈阶梯状或树状,或兼而有之。阶梯意味着生物之间呈现步步向上、从简单到复杂、从低级到高级的模式,人类处于阶梯的顶端,是最高级的阶段。树状模式把进化过程看作生长的树木,粗壮的根部是最原始的生物,随后各种生物次第出现,但都只是形成树木的枝杈,灵长类动物是距离人类最近的枝杈,只有人类高居主干的顶部,暗示进化的目的是人类的出现,其他生物的发展不过是进化的旁枝末节。不难看出,这些模式的相通之处在于都认为生物变化存在既定的方向,人类的出现就是进化的全部意义。(Bowler,2009:87-95) 拉马克学派的这种进化论无疑会给人一种生物进化会向着某个确定的方向(人类的出现)发展,以及"进化"必然指向"进步"的错觉。

不论其科学性如何,拉马克的理论产生了很大影响,即使是反对他的人有时也会用他的进化论观点去支持自己的理论。孔德即是一例。他的实证主义将人类社会划分为神学阶段、形而上学阶段和实证阶段,是一种进步史观。孔德主张科学是万能的,强调精确的观察和实际的经验,并认为由此获得的实证知识不仅可以用于考察自然界,也可以用来考察人类社会,进而去改进社会。在孔德看来,科学和技术的历史就是实证知识不断累积,促进社会进步发展的最好例证。格林(John C. Greene)指出,孔德的学说主要来源于孔多塞等启蒙学者的著作,他对拉马克的学说基本持否定态度,赞成居维叶的观点。不过在谈到社会发展的方向时,他仍然引用了拉马克的理论。孔德认为通过积累和交流,人类社会会发生不可逆的发展,这种历史进程的方向和基本特点由人的生物本能所决定。社会进化不会改变基本的人性,但它能够并且事实上已经改变了人性的各个组成部分之间相对的影响力,逐渐使人性之中社会性的、和平的及智性的方面压倒了个人主义的、好斗的及感官的方面。孔德指出，就这一点来说，有必要援引"杰出的拉马克不容置疑的原理"："在一种同质的、持续作用的影响之下，在每个动物有机体的身上，尤其是在人类身上，就会产生一种改良效果（improvement）。这种改良经过足够长的时日，就很可能会在种群身上逐渐固定下来。"（Greene，1981：69）

斯宾塞运用拉马克的理论，早在《物种起源》发表9年前就在《社会静力学》（"Social Statics"，1850）中阐述了自己的进步观。他认为，所有的社会问题都是"本身素质不适应外界条件的结果"，而有机体对其外界条件的这种不适应"总是在不断被改正，直到完全适应为止"。（斯宾塞，2007：24）这种"适应"并不是达尔文进化论意义上的"适应"，而是从拉马克的理论推导出来的。例如，温带的动物在寒带为了适应环境会长出厚毛，颜色变白。（前面提到，爱略特对这种观点并不认同。如果用达尔文进化论来解释，则应该是白色的、有厚毛的动物因为有较好的保护色并且能够耐寒，所以才生存了下来，而不具备这些特点的动物很容易就灭绝了。）斯宾塞认为，人类也在变得适应环境，无论是自然环境还是社会环境："他过去，现在，并将长时期继续处于适应的过程中。"生活在不同地方、不同生活条件下的人会适应不同的食物、气候和生活方式。心理上的改变也遵循同样的道理，各个种族因为生活地域的不同而形成了不同的能力和多样的性格。由于人类还保留了部分适合原始环境中比较野蛮的生活的某些特点，所以他还不能完全适应社会性的状态。"人类需要一种新的道德上的素质使他适合于目前的状态。"因此，斯宾塞认为，"对于人类可臻完善的信念，只不过是对于人类将通过这一过程最终成为完全适合其生活方式的信念"。他断言："进步不是一种偶然，而是一种必然。"（斯宾塞，2007：27）他将人类的发展与胚胎发育和植物的生长和开花（二者都循着某种规律，会必然发展成某种结果，胚胎发育成生物、植物的鲜花开放）相类比，认为人类发展同样存在某种必然的规律，"只要人种继续存在……这些改变必然会以完美告终"。（斯宾塞，2007：28）斯宾塞表达了一种乐观的看法：孩子能继承父母后天所获得的能力和智慧，人性因此缓慢而持续地倾向于越来越适应社会生活，最后指向终极的和谐。

拉马克进化论模式与达尔文的模式存在很大差异。达尔文的核心理论创

第三章 爱略特对"进步史观"的思考

新"自然选择"揭示的生物变化规律并无确定方向。达尔文认为,任何物种中的个体差异都是普遍存在的,其中某些差异可能更适应某种环境,拥有这些差异的个体在这种环境下就有更好的机会存活下来,生殖繁衍,形成新的稳定的物种。长颈鹿的长颈不是因为它们的祖先努力去伸长脖子而获得的(拉马克的理论),而是有些鹿生来脖子可能就略长,它们能吃到高处的树叶。比起那些短脖子的同伴来说,在特定环境中它们获得了更多生存和繁殖的机会。这种长脖子的差异在一代代繁衍中被不断继承和放大,就形成了今天的长颈鹿。至于哪些差异或者说特征能够适应环境,则由一些偶然因素决定,因此生物进化的方向是不确定的。每一种生物由于生长环境的不同都有自己独特的进化方向,与其他生物没有可比性。这种生物将来如何进化也取决于它将来所生存的环境,我们无法预测它一定会"进步"、一定会越来越复杂、越来越高级。虽然达尔文也用"树"来比喻生物之间的亲缘关系,但他描绘的进化模式呈灌木状或珊瑚状,有很多枝杈,象征进化过程中物种的各种变化,但不存在阶梯形的发展模式,也没有指向人类出现的类似树木主干的发展主线。生物怎样变化取决于环境因素,有些"低等"动物由于更适应环境的要求,反而比某些"高等"动物有更好的生存机会。生物的有些特征和机能在适应环境的过程中可能逐渐退化,但从适应环境这一方面来看,这种"退化"实际上是一种"进化"。例如某些寄生虫可能失去了它们祖先的一些特征,或者某些生活在黑暗中的动物的视觉系统可能会退化,但这都是它们适应环境的表现。在回答为何同一纲内会同时存在发达类型和低等类型的生物时,拉马克假设新的简单的类型是不断自发地产生出来的。对此达尔文说:

> 到目前为止,科学并没有证明此说(拉马克学说——笔者注)的正确性,将来能否证明,也未可知。而根据我们的理论,低等生物的持续存在并不难理解,因为自然选择,或适者生存的原理,并不包含持续发展之意,它只是保存和积累那些在复杂生活关系中出现的对生物有利的变异。(达尔文,2005:75)

在《物种起源》第六版中,达尔文专门加入了第七章《对自然选择学说的各种异议》，回应了该书出版13年间人们提出的种种最富争议的理论问题。达尔文以植物的花的变异为例，从一个侧面专门谈到了"进步"的问题：

> 奈格利的学说认为，生物有朝着完善或进步发展的内在倾向，那么在这等显著变异的情形中，能够说这些植物是在朝着较高级的发展状态前进吗？恰恰相反，仅从同一植株上花的各部分不同或差别很大这一事实，我便可推断，这类变异，不管在分类上有多么重要，而对于植物本身却是无关紧要的。一个无用部分的获得，决不能说是提高了生物在自然界的等级。对于上述的不完全的、闭合花的情形，无论用任何新的原理来解释，它必然是一种倒退，而不是进步；许多寄生的和退化的动物，亦是如此。

达尔文认为，"缺乏有效的证据，以证明生物具有一种朝着进步发展的内在倾向"（达尔文，2005：122-123）。正因为意识到了变化的不确定性，达尔文甚至都很少使用"进化"一词。如果说生物确实整体呈现出从简单到复杂的发展态势，那也不过是适应环境的"副产品"。达尔文的世界里生物进化没有确定的方向，人类的出现也不是生物进化的既定目标。从这个意义上来说，人类的出现不过是一种"偶然"。

达尔文理论之所以令人不安，并不在于提出了进化的概念，而在于"自然选择"机制在一定程度上动摇了人类在生物界至高无上的地位，给整个人类社会的发展蒙上了一层阴影。斯宾塞曾经运用进化论语言乐观地断言，不管是宇宙变化还是人类文明，进步的本质就在于从同质（the homogeneous）到异质（the heterogeneous）的转变之中。但是达尔文却认为，生物进化并不一定意味着向更复杂的形态变化，"进化"和"进步"不能简单地画上等号。如果将进化论运用在社会研究中，我们也不能理所当然地认为，人类社会一定会不断发展，或者说在进化的过程中向着更高级的阶段进步。社会道德问题尤其如此。与其他生物不同，人类除了要适应自然环境，还要适应人类文明自身所形成的社会环境。人类的进化和进步不仅是生物学问题，也不仅是物质生产的问题，因为对人类而言，道德无疑是核心问题之一。

当"'进步的观念'成了'维多利亚时代'的同义词",不管它是这个时代自信满满的表现还是仅仅被用来掩盖焦虑和疑惑的面具,它都是阿诺德、穆勒、莫利、金斯利、赫胥黎和许多思想家重点考虑的问题。(McCaw,2000:41)爱略特也不例外。社会是否能够在不断变化发展的过程中取得真正有意义的"进步",道德是否能够在这个过程中逐步完善,这些是爱略特终其一生都在思考的问题。

第二节 《弗洛斯河上的磨坊》里"进步"的尴尬与代价

在《弗洛斯河上的磨坊》里,爱略特呈现了一个按照赖尔和达尔文理论缓慢变化着的世界,但这种发展的方向是否走向"进步"是一个值得探讨的话题。小说中的种种"进化"似乎并没有带来"进步"的曙光。即使有了物质上的"进步",精神和道德上的进步并不会必然发生,而且还可能倒退。

在小说中,爱略特发人深思地常把圣奥格镇上的居民与野蛮人或者动物相比较,用辛辣的笔触指出,所谓的"进化"有时只不过是增加了冷漠和虚荣,或者是让欺诈变得更容易。例如,保勃那"简直可以作人和猴子之间的不同的标本"的"很宽阔的大拇指",不过是他在卖布时上演障眼法的小工具。(爱略特,2008:261)麦琪批评了保勃的行为。这让保勃懊丧地说,如果他不用拇指来欺骗太太们的话,"有了很宽阔的大拇指还有什么用呢?还不如小一点好"(爱略特,2008:262)。如果人进化出宽阔的大拇指只是为了欺骗别人,玩点小把戏,那么这种"进化"就不能促进社会的发展,更不能使道德完善,的确还不如没有的好。

麦琪和哥哥闹了别扭,在重归于好的时候哭着、吻着,作家议论道:"我们的行动已经不再接近低等动物的单纯的冲动,在各方面持身处事都像高度文明社会里的一分子。麦琪和汤姆还很像幼小的动物,所以她会去用脸去擦他的脸,一边胡乱地哭着吻他的耳朵。"而要成为所谓"高度文明社会的一分子",就要学会约束自己,"我们跟人闹翻以后,会避开对方,会用文雅有礼的词句来讲话，这样就可以保持一种尊严的疏远，一方面表示很坚决，另一方面却忍着悲伤"。两个孩子还没有完全受到"高度文明社会"的影响，麦琪对汤姆的幼稚举动是发自内心的一种感情的自然宣泄。汤姆也情不自禁地按照自己"温柔的素质"行事，而忘了自己刚才还铁了心要去惩罚妹妹的。俩人一块儿吃蛋糕，"一边吃一边把脸颊、额头和鼻子互相擦着，就像两匹相亲相爱的小马"。（爱略特，2008：33-34）作家的描述温馨动人，丝毫看不出像"低等动物"或者"小马"有什么不好，反而是高度文明社会里的成年人那种自我控制和虚伪的言辞压抑了正常感情的表达，并不是什么值得夸耀的事情。

　　一次，汤姆为了松饼跟麦琪发脾气，让麦琪特别伤心。作家写道："但是麦琪天生就特别容易悲哀，人类也就是因为这样容易悲哀，才和最会忧郁的黑猩猩有所不同，而且能和他们保持一段值得骄傲的距离。"（爱略特，2008：41）这个比方大概和麦琪当时正坐在树枝上有一定关系。作家在这里暗示，麦琪这会儿的悲哀有点矫情。麦琪虽小，还带着野性，但作为人类的她似乎也已经"进化"得过了头。"这段文字暗示出，与其去拥有人类展现怨愤难平的情绪的那种能力，倒不如去仅拥有黑猩猩展示出忧郁情绪的能力。"（Meyer，1996：137）不过对于小麦琪的过度悲伤，作家用的还是怜爱的口吻，而说起哭哭啼啼的浦来特姨母时，作家就完全是讽刺的语气了。浦来特姨母为了不熟悉的邻居的去世而哭个不停。"这是一种可怜的景象，也是高度文明使感情变得复杂的一个显著例子——一个衣着入时的女人在悲伤。从一个霍顿人的悲哀到一个穿了硬麻布大袖子衣服、每一条胳臂上戴几只手镯、头上戴了建筑物一样的帽子和精致的丝带的女人的悲哀，这中间有多么长的一连串不同的等级呀。"（爱略特，2008：50）从最会忧郁的黑猩猩到原始部落的霍顿人，再到衣着入时、属于发达资本主义国家富裕中产阶级的浦来特姨母，这中间的确有很多进化的等级，情感也从简单变得复杂，获得了斯宾塞眼中的"进步"，然而真实的感情却越来越少，矫揉造作、装腔作势的成分却越来越多。（Meyer，1996：138）且不说浦来特姨母哭泣的理由是否站得住脚，单从她一边痛哭一边还惦记着自己的衣着和举止，就能说明她有多么虚伪。她下车时暗示浦来特先生，"表示要他当心她的漂亮的绸衣服，别弄坏了它"。

第三章 爱略特对"进步史观"的思考

穿过大门时为了不损坏硬麻布袖子，她"就聚精会神地笔直从门框里走进去了"。她还用"动人的姿态"处理她的帽带，绝不碰坏自己的帽子。这些举动的结果就是，"忧愁不但使一切东西都变得无聊，甚至使忧愁本身也变得无聊了"。（爱略特，2008：50）如果说麦琪是因为幼稚而把一点小事看得很重，忍不住哭泣的话，那么浦来特姨母的悲哀则完全是一种表演了，她"觉得很得意"。因为"并不是每一个人都会为了那些没留下一点东西给他的邻居痛苦的"，她哭泣的目的就是要炫耀她的经济地位，"她有的是空闲和金钱使她的哭泣和一切别的事情都变成最可敬的"。（爱略特，2008：52）浦来特姨母就是要在姐妹们面前展示自己的优越，因为她们姐妹之间一直在暗暗较劲，攀比各自的财富和社会地位。爱略特在对浦来特姨母的讽刺里表明，如果从猩猩进化到人类只是带来这种所谓的"进步"，那实在没有任何意义。它不但不能促进人与人之间的交流，反而使交流变得更困难、更虚伪，缺少真情实感，这不如说是一种退步。

在人类文明变化的过程中，物质得到了很大的积累，取得了"进步"，然而在其他方面是否取得了相应的"进步"，这实在是一个很难回答的问题。说起汤姆恐吓姨父的绵羊，作家不无讽刺地说："这说明了年纪虽小，却已经有了欲望，想支配野生的和豢养的低等动物，包括金龟子、邻居的狗和小妹妹，这种欲望自古到今，对我们的种族说来，都是一种前途极有希望的特点。"（爱略特，2008：82）彼时正是英国在全世界范围内建立起庞大帝国的时期，殖民者在各地的暴行早已是公开的秘密。爱略特将汤姆的行为与英国人的种族特点相联系，显然对帝国的种种侵略暴行感到不满。（Meyer，1996：135）这种欺负弱小的特点并没有在文明的发展中"进化"成平等对待其他民族的心态，反而随着英国国力的强大而变本加厉。人们急功近利地追求新生活，物质生活越来越丰富，但是物质"进步"也引发了无尽的欲望：

> 要是我们把早年家里用的家具拿出去拍卖的话，那些家具看上去也许就变得很平凡，甚至还很丑陋；我们对室内装饰的欣赏力提高了以后，就瞧不起它了；在我们的环境里不断追求更好的东西，这不正是区别文明人和野蛮人的伟大的特点吗？把这定义说得更确

切些，这不正是区别英国人和野蛮的外国人的特点吗？"（爱略特，2008：138，笔者略有改动）

在这里，爱略特用讽刺的口吻谈起人类因为文明带来的好处反而更加欲壑难填，而且对此还沾沾自喜，以为是值得夸耀的特点。她以更加讽刺的口吻强调这是"英国人"和"野蛮的外国人"之间的差别，一方面对英国人的自高自大和蔑视外国人的做法提出了批评（Meyer，1996：136），另一方面警告正在享受可能是全世界最先进的物质文明的英国人，不要把历史抛在脑后，更不要抛弃人类最可宝贵的感情。从字里行间我们不难读出，这些区别不但不是"伟大的特点"，不是进步，反而可能将民族和国家推向欲望的深渊。更可怕的是，这种向深渊迈进的速度正随着工业文明的发展而不断加快。爱略特提醒读者，"要是我们的感情中没有留恋那些破旧拙劣的东西的习惯，要是我们一生中的爱恋和神圣的感情没有根深蒂固地留在记忆里，那只有老天爷才知道，我们将追求到什么地步"（爱略特，2008：138）。追求更富足、更优越的物质生活本身并没有错，但是不顾一切地追求物质进步，对那些关乎我们精神生活的过去和历史毫无留恋之心，将之当作过时的东西通通抛弃，这不能不说是一种值得人们深思的行为。

在这一点上，作家对塔利弗先生报以了深深的同情。破产以后，塔利弗先生宁可屈辱地担任磨坊经理也不愿离开。他留恋身边古老的景物：

> 在这里，他能分辨每一扇大门和每一扇房门的声音，他觉得每一个屋顶，每一个被风雨侵蚀的地方和每一个高低不平的丘陵的形状和颜色都是美好的。因为以前他不断成长的意识曾受到过这些景物的培养，要叫他想一想不住在这里而住到别的地方去，他受不了。

塔利弗先生不适应新的经济形势，也不肯在地理上迁移，与那些早早就在殖民地游历的"漂泊者"有很大不同。那些人"很少有时间在树篱旁边徘徊，而却很早就跑到热带地区去，舒舒服服地跟棕榈树和榕树在一起，在游记那类书籍的教养下，他们的想象力的范围能一直扩展到赞比西河"（爱略

第三章 爱略特对"进步史观"的思考

特，2008：242）。这些漂泊者是无论如何都无法深刻理解塔利弗先生对承载了他生命的家乡的深厚感情的。在今天的读者看来，这两种生活方式也许都无可厚非，但是我们注意到作家是以一种深深的眷恋之心谈论家乡生活的。爱略特一生都对幼时的乡村生活有温馨的回忆，《弗洛斯河上的磨坊》本身就带有自传性质。在她看来，对家乡的感情不仅是一种珍贵的记忆，而且还决定着一个人的性格。在《亚当·贝德》里，海蒂最大的缺点就是对过去没有任何记忆。她从不会亲切地想到舅舅、舅妈，或者自己照顾的孩子和动物，对老房子也没有一点感情。她被比作"不生根的植物，你可以把它们从墙角石缝中扯下来，就放在你的花盆里，它们照样开花"（爱略特，2008：164）。海蒂的心中只有自己，"心硬得就像石头"（爱略特，2008：165），她所有的悲剧都与这个缺点有关。而她的舅舅波塞先生一家和亚当却都对土地和家人怀有深厚的感情，不肯随意搬走，愿意在干草坡安居乐业，是作家歌颂的对象。在《丹尼尔·德龙达》里，作家专门指出，可惜奥芬定庄园不是女主人公格温德琳的家乡。她议论道：

> 我以为，人的生活应该要深深地植根于故土的某一地方，因为人对故里的一切都是熟悉而亲切的。人的生活能够从故土上获得养分：从与土地的亲密接触中获得慰藉，从人们所从事的劳动之中获得安慰，从故土上飘荡的乡音中获得友爱……人对故土的早期记忆中饱含深情，所有的邻居都熟悉而亲切，甚至连猫、狗和毛驴也都熟悉亲切。这种情愫不矫揉造作，也不是思考的结果，而是融入在血液之中的习惯，给人带来了甜蜜的温情。（爱略特，2008：15-16）

而格温德琳的生活却没有这种根基，与海蒂一样，她也是没有根的植物，自私自利，在哪里都没有归属感。从作家的描述中我们可以看到，塔利弗先生对家乡的眷恋之情是作家所赞赏的，她对那些漂泊者的生活则不以为然。这些漂泊者的生活是经济发展、交通越来越便利的产物，更是英国扩张势力，建立海外殖民地的产物，可以说是"进步"的结果。然而爱略特却告诫说，"进步"快车的车轮碾碎了人类的根基感和历史感，产生了更多"无根的人",这或许只会使人类的生活更加空虚和悲哀。

爱略特早期的几部小说都重复着一个话题,那就是对农耕文明的眷恋和对工业文明的质疑。在《亚当·贝德》这部描写宁静乡村生活的小说里,爱略特已经开始对工业文明能否带来真正的进步表示了怀疑。干草坡虽是农业区,但却美丽富足,与黛娜长期生活的史诺菲尔德形成了鲜明对比。史诺菲尔德比较贫瘠,没什么树木,不能发展农业,但却在很久以前就建了一座棉纺厂,黛娜就是厂里的工人。欧文先生问起那里的情况,想着工厂带来的就业机会一定使那里发生了很大的变化。黛娜的回答是,生意人的日子因为工人的增多而好过些了,但是"那还是个贫瘠的地方",没法和干草坡相比。(爱略特,2008:93-94)黛娜的姨母波塞太太总是劝她留在干草坡,不要去史诺菲尔德过苦日子。亚当去寻找黛娜和海蒂时,也对那个地方没有留下什么好印象:那里的乡下是"饥馑的土地","市镇在一个小小的陡坡上,阴森、冷酷、毫无遮掩"。(爱略特,2008:416)亚当不愿意生活在这样的地方。作家在小说中反复突出干草坡的富饶,暗示工业的发展不一定会带来多大的好处。比如说蒸汽机加快了生活节奏,结果是连休闲也变得匆忙起来,人们的心境也发生了变化,几乎无法像以前一样安逸、快乐了。生活节奏加快也未必是一种进步。《织工马南》里马南的家乡就是一个工业镇,那里在30年间发生了翻天覆地的变化,马南在重返故土时甚至都不能确定自己是不是走错了地方。然而马南和爱蓓经过的是拥挤的街道,闻到的是难闻的气味,看到的是血色不好的脏脸,实在很难说社会是否在工业文明的推动下取得了真正的进步。在爱略特的笔下,工厂没有使人的生活变得更美好,反而有破坏自然环境,使人的生活变得更压抑的嫌疑。

的确,在新的经济条件下,部分人能够跟上发展的脚步,获得了不少利益,麦琪的哥哥汤姆就是一例。汤姆对自己在牧师那里所受的传统教育不满意,在父亲破产后就迫不及待地请他眼里的成功人士迪安姨父帮忙,"要找一行有出息的职业"(爱略特,2008:211),迅速地发财。因此他按迪安姨父的要求,很快就掌握了做生意必需的技能,不但在公司里备受赏识,而且还在私下里和朋友保勃一起贩卖货物挣了不少钱。无论是盖司特公司还是迪安姨父和汤姆,他们依靠的都是迅速发展的贸易。英国用各种方式从中国、印度和美洲廉价购入原材料，用比较先进的机器将原料加工成成品再高价卖到世界各地，赚取了大量财富。迪安先生建议汤姆要首先熟悉各种货物，交给他采买低等货物的任务，也教他处理货物的技巧。汤姆、保勃，还有保勃提到的其他人，也都是靠贸易发的财。比起自己的父亲，汤姆显然更加精明能干，然而他对麦琪的态度，却和塔利弗先生对自己的妹妹和女儿的态度形成了鲜明的对比。作家花了不少笔墨描写塔利弗先生和妹妹摩斯太太的深厚感情。塔利弗先生虽然也对妹妹的婚姻不满，但仍竭力帮助她，即使身陷破产的境地也决定不讨回几百镑的债务。麦琪的肤色和倔强的脾气使她总是不太讨姨父、姨母的喜欢，但是塔利弗先生却钟爱这个聪明、淘气的女儿，希望麦琪也有爱她的哥哥能够照料她。麦琪和汤姆在童年亲密无间，然而随着经济上的成功，汤姆却变得越来越冷酷。在他粗暴干涉了麦琪和费利浦的交往后，麦琪忍不住说道："你认为你的优点可以使你在各方面都得到胜利。你连感情的影子都没有，可是在这种感情旁边，你那些辉煌的优点只不过是黑暗罢了。"（爱略特，2008：321）不可否认童年汤姆也从未有过麦琪那种热切的感情，但是随着他在贸易这种不需要太多感情的商业活动中获得成功，汤姆在感情方面的这些缺失在一定程度上变得更突出了。他冷冷地嘲弄妹妹，强迫妹妹服从，之后就若无其事地去和迪安姨父商讨生意上的问题，留下麦琪"用辛酸的眼泪倾吐她满腔愤慨的抗议"，而汤姆对此"无动于衷"。（爱略特，2008：322）在麦琪拒绝了斯蒂芬的求婚之后，汤姆竟然将需要慰藉的麦琪赶出了家门。"汤姆和麦琪的人生轨迹揭示出，从时间向前冲的过程中，爱略特并未能发现斯宾塞所大加赞扬的那种势不可当的'进步'。"（Paxton，1991：83）工业文明席卷了一切，连人的感情也不能幸免。老派的塔利弗先生有很多缺点，但是他对亲人的感情，对家乡的眷恋都是作家所赞赏的。而这些可贵的品质都随着工业的"进步"而消失了，只有像汤姆这样务实到没有情感的人才能在新的环境中迅速取得成功，这不能不说是一种悲哀。爱略特曾经在致友人的信中谈到，《弗洛斯河上的磨坊》是有关"更古老一些的"与"更高级一些"的文明的"冲突"的小说。（Haight，1954—1956：Ⅷ，465-466）通过描述这种碰撞如何对个人命运造成悲剧性的后果，爱略特对斯宾塞所宣扬的进步史观提出了质疑。斯宾塞坚信人类能够不断适应环境，使内在需求和外在要求最终达成一致。他似乎没有为社会进化过程中的个人命运感到担心,而是将个人与社会的矛盾看作是社会进化过程中的必经阶段,乐观地认为进化必然能带来内外需求的和谐。罗伯特·扬发现,"斯宾塞给斗争留出了空间","但斗争是沐浴在'进步'的曙光中的"。(Young, 1985: 51)而爱略特的小说却"对社会变迁对人类而言意味着什么问题做了深刻的探索"。(Young, 1985: 125)在小说的第四部第一章,叙述者花了不少篇幅对世事变迁和人类命运进行思考。一方面他接受社会进步的理论,用"在人类事物向前进展的道路上"(in the onward tendency of human things),"人类历史发展中的每一种痛苦"(the suffering..., which belongs to every historical advance of mankind)(爱略特, 2008: 251)等带有进步史观色彩的语言来描绘社会的变化;另一方面,他也同时深切感受到了社会发展与个人发展的不协调(Sousa Correa, 2003: 105, 108):"人生——人生的绝大部分——是一种狭窄的、丑恶的、奴颜婢膝的生存过程",人生带给他的是一种"令人窒息的狭隘的感觉"。(爱略特, 2008: 250-251)阿什顿评论说,

> 在乔治·爱略特的小说中,《弗洛斯河上的磨坊》在对一个不可调和的冲突的展示方面是最引人注目的。冲突的一方是有关社会——大而化之地说,也就是"人性"——进步的智性乐观主义(intellectual optimism),另一方是受困于历史前行征程之中的个体所体验到的一种忧郁的感知,有悲伤感、无助感乃至悲剧感。(Ashton, 1983: 46)

在这部小说中,我们看到了汤姆那样雄心勃勃的成功者,但更看到了个人和家庭在"进化"过程中付出的代价。

与干草坡的世界不同,圣奥格镇的"有机"社会中充满了竞争和对抗,它们存在于强壮和弱小的"物种"之间,也存在于从家庭之间、家人之间到邻里之间、情人之间的各色人等当中。"未受偏爱"(unfavored)的人们在生活斗争中被毁灭了,这部小说为那种毁

灭过程而哀叹。(Meyer, 1996: 146)

上一章提到，塔利弗先生是不适应环境的典型。他曾抱怨世界已经和上帝创造出来的时候不一样了。随着经济的发展，他的生活和生意都问题重重。他不明白为什么自己的磨坊会与狄克斯有用水的纠纷："水力这桩事，虽然从一方面看来，好像水就是水一样简单，可是不知怎么的，老是纠缠不清。"（爱略特，2008：11）他也不能正确认识律师的作用，认为他们都是魔鬼支持的无赖，以致最后在官司中一败涂地，直至破产。直到死，塔利弗先生都还在咕哝："这个世界——不是我这样诚实的人应付得了的——莫名其妙。"（爱略特，2008：332 笔者略有改动）塔利弗先生正直善良，他的敌人威根姆也并非无赖，只是一个在日益复杂的经济活动中起到重要作用的律师。他们二人的纠纷并不只是私人恩怨，而是经济发展带来的必然问题。塔利弗先生家世代利用丽波河的水经营磨坊、但现在有更多的人想要利用河流——狄克斯有磨坊，外乡人皮瓦特也买下了几块地（外乡人的到来和参与经济活动本身就是经济发展的结果），都要求使用有限的河水，就不可避免地发生冲突。塔利弗小看了这些问题的复杂性，只能在纠纷中败下阵来。他的悲剧让人惋惜，他好像是一个不能适应环境变化的生物，没能成功地"进化"，最终被无情地淘汰了。如果说经济繁荣是社会"进步"的一个标志，那么这种进步同时也给很多家庭带来了灭顶之灾，让一些人付出了惨痛的代价。

麦琪从本质上说也是因为不适应环境而被淘汰的。她的父亲因为这个女儿不像母亲而像他自己就曾经有些遗憾地说："那就是遗传因素最不理想的搭配。"（爱略特，2008：8）麦琪"这个大自然错误的产儿"（爱略特，2008：9）在很多时候都与自己生活的环境发生冲突，比其他人有更多的痛苦。小麦琪因为不是金发白肤的女孩而得不到母亲和姨父、姨母们的青睐。这使她幻想在吉普赛人那里找到自己的同类，过上自由自在的日子。这种想法当然很快就被现实击碎了。她发现吉普赛人虽然和自己在长相上有几分相似，却无法沟通，况且他们的生活方式也让人接受不了。父亲破产后，麦琪转而在隐忍中获得生活的信念，费利浦因此不无怜悯地想："可怜得很，她那样的头脑就像一株小树苗，因为缺少不可缺少的阳光和空间，在青春期就枯萎了!"

(爱略特，2008：285)环境不仅阻碍了麦琪的发展，还在小说的后半部分与她内心的需求形成了激烈的冲突。麦琪的内心世界建立在责任和对过去生活的回忆的基础之上，然而斯蒂芬却要求她抛弃一切束缚，追求眼前的爱情。这打破了麦琪内心的平衡，各种需求在她心中产生了激烈的冲突，使她几乎无法做出明智的选择。她最终的选择也没有得到社会的认可。在圣奥格镇狭隘的生活里，"没有崇高的原则，没有浪漫的幻想，没有积极的、自我牺牲的信念"。(爱略特，2008：250)人们对麦琪的选择无法理解，都用世俗的眼光看待她，无情地排挤她，使内心有着强烈的责任感和自我牺牲精神的麦琪无法立足，甚至间接导致了她的死亡。"正如动物的生存由它们是否适应生活的环境来决定一样，麦琪的死亡也部分地由她的个性和道德感所导致。她的这些特点在其他环境中是可敬的，却不为她自己生活的社会的行为符码(behavior codes)所接受。"(Weliver，2000：203)"自由放任式资本主义催生了新的社会秩序，这种秩序是咄咄逼人和个人主义的，它已经重组了那个曾经确保多德森家族成功的社会；那些他们最尊崇的价值观——'服从双亲、忠于亲属、勤劳节俭、极端诚实'——在这个新社会中已经被边缘化了。"(Paxton，1991：87)麦琪的死令人惋惜，然而她的死又似乎是一种必然。"自由的灵魂被困于一个无情的物质主义的世界之中：这就是麦琪的悲剧所在。"(Allen，1986：57)

第三节 《激进派菲尼克斯·霍尔特》里的个人"进步"与社会"进步"

个体在进化中的作用在不同的进化理论中一直存在争议。达尔文的理论里不存在个体的进化，只有种群的进化。也就是说，生物在后天获得的变化不可能成为进化的一部分，只有那些生来就有的特征才可能遗传，影响整个种群。达尔文的这一理论已经为现代基因科学所证实，但是在19世纪，拉马克的"获得性遗传学说"却更能使人获得某种信心。"获得性遗传学说"认为，生物在后天所获得的特征可以遗传，如举重运动员因为反复练习而变得发达的肌肉可以遗传给下一代。按照这个模式，进化可以理解为"个体的自我发展行为的总和。我们可以说个体是进化的，或者至少是对通过累积而引起种群进化的那种效果有些许贡献的"（Bowler，2009：11）。拉马克的这一学说与进步的观念相契合，迎合了中产阶级的需求，使他们为自己的发展找到了理论基础。按这一学说，"中产阶级意识到他们自身的经济活动是引起社会变革的推动力，并最终会使整个人类都受益，这样进步就顺理成章地成了他们的信条。进步不是神秘的精神层面提高的结果，而是由每个个体寻找自我发展的努力所带来的，是一个缓慢却必然到来的结果"（Bowler，2009：102）。作为中产阶级的一员，爱略特的政治观念是保守的，她不愿意看到暴风骤雨式的革命，而是希望通过逐步改良来消除各种社会问题。在《激进派菲尼克斯·霍尔特》中，这种思想得到了集中体现。霍尔特名义上是激进派，但他并不主张工人立刻获得选举权，而是希望通过教育来消除无知，首先从提高工人个人的文化水平和思想觉悟做起，减少酗酒和暴力，认为这才是国家真正应走的道路。爱略特的这种思想实际上是拉马克学说在人类社会中的一种运用，希望通过个体后天的不断自我提高来最终获得社会整体的进步。

如果说在《弗洛斯河上的磨坊》里，作家通过浦来特姨母的哭泣和保勃宽阔的大拇指而不时地嘲弄从动物进化到人并无实际意义的话，那么在《激进派菲尼克斯·霍尔特》里，我们发现作家不但很少展示人类"进化"和"进步"的成果，反而为人类的"退化"和"退步"深感担忧。作家首先展示的是当地地主阶级的没落。"特兰萨姆（哈罗德·特兰萨姆）、他的父亲、杰明，还有他的孩子哈里都处在野蛮人或低等人的等级上。"（Carroll，1997：238）虽然特兰萨姆家族并非高贵的古老贵族家庭，但毕竟是当地的名门望族，然而我们却发现这个家族的成员呈现出了由人退化为动物的趋势。在小说的序言里，马车夫提到特兰萨姆老先生长着瘦削脸，"可怜、愚笨"。他出场时已年过六旬，整天热衷于摆弄标本。由于长期生活在妻子的权威下，他看到特兰萨姆夫人时总是非常害怕，会立刻停止自己的工作，"缩得像是一只温顺的动物"（Eliot，1997：15），被妻子比作"不知所措的虫子"（Eliot，1997：20）。不过虽然妻子对他不屑一顾，他却是其孙子哈里最好的玩伴。哈里三岁，母亲是殖民地的奴隶。这种在殖民地出生的英国公民与当地土著的混血儿在维多利亚时代往往是被嘲弄的对象。萨克雷的《名利场》里,混血儿斯沃兹小姐就总是显得很愚蠢,有钱也嫁不出去。这反映了当时种族歧视的现象,爱略特也未能免俗。她笔下的哈里皮肤黝黑,不怎么会说话,即便他开口也很难让人听懂。他的一个显著的特点是喜欢咬人,曾经当着贵客的面狠狠咬了祖母特兰萨姆夫人一口,被称作"小野蛮人"(Eliot, 1997: 84)。他"绝不是对父亲的任何改良(no improvement on the father);他表明特兰萨姆家族的道德观进一步劣质化了(a further bastardization)。""像动物一样,哈里不能控制自己的胃口,也不能理解人和动物之间的区别。"(Carroll, 1997: 246)他用"野生动物"的目光审视来访的埃丝特,在她身上又揪又摸,把埃丝特也当成了"自然史中一个有趣的物体"。埃丝特不但容忍了他的行为,而且还和他逗趣,这让哈里更加兴奋,他把自己动物园里的朋友都介绍给埃丝特:白老鼠、松鼠、鸟和一只名叫摩罗的黑色小狗。作家写道,他的祖父特兰萨姆先生也算是动物园里的一员,而且比其他动物更温顺。(Eliot, 1997: 317)特兰萨姆家族最年长和最年幼的成员像动物一样活着,祖父孱弱,孙子野蛮,更喜欢与低等动物为伍而不是和人交流。或者对于哈里来说,人和动物本来就没有什么区别,他只是凭本能的好恶表示亲昵或者厌恶,他的每一次出场都伴随着小小的闹剧。就小说的情节来看,哈里应该是财产继承人,然而他却流着"卑贱"的奴隶的血液,行为举止也丝毫看不出文明人的特征,当然也没有继承父亲哈罗德的精明能干,这让人不禁为特兰萨姆家族的未来感到担忧。

　　特兰萨姆先生的长子是真正具有这个家族血统的人,但他继承了父亲的所有缺点,而且"更糟——是个未完全开化的野蛮人"(Eliot, 1997: 11),还结交了一帮坏朋友,整天花天酒地,被自己的弟弟看不起,是一个"小型的卡利班"(Eliot, 1997: 97),即莎士比亚戏剧里那个酗酒、道德败坏的野蛮人。这个家族唯一的希望似乎都寄托在了次子哈罗德的身上。他仪表堂堂,行事果断,在东方的殖民地发了财,回到家后一方面争取在当地的政治地位,另一方面努力改善家里的经营状况。衰败的特兰萨姆家族似乎看到了中兴的希望。然而作家很早就暗示,特兰萨姆夫人和家庭律师杰明之间有私情。杰明本人的出身不详,作家含糊地提到,他大约是某人的私生子。特兰萨姆家

第三章 爱略特对"进步史观"的思考

族的继承人哈罗德其实就是这个出身低微的律师与特兰萨姆夫人的私生子，是偷情的结果。这不能不说是一种讽刺，对特兰萨姆家族来说也是一种悲哀。除了相貌上的相似外，哈罗德与杰明一样，精于算计，自私自利。抛开出身不谈，作为激进派的哈罗德能否代表进步的力量也仍是一个问题。他的财富来自血腥的殖民统治，他的原则是事事要对自己有利，要尽快获得更高的社会地位，至于采取的手段，就不管高尚与否了。他明明发现杰明人品低下，却仍然雇用他当代理人，对杰明私下干的那一套贿选的办法采取放任的态度，同时又准备一旦选举结束就卸磨杀驴，揭这个律师的老底，捞回部分财产。在发现自己的庄园可能会归属埃丝特之后，哈罗德就迅速地决定通过联姻来补救，以达到人财两得的目的，连答应帮助霍尔特母亲的动机都主要来自于讨好埃丝特，以使自己的计划能够成功。"一言以蔽之，无论是在公共生活领域，还是在私人生活领域，哈罗德的道德水准都低得可怜。"（殷企平，2009：344）不仅是特兰萨姆家族，镇子上的其他大家族也都或多或少呈现出了衰败的迹象。马克西姆·德巴里爵士在得知哈罗德是激进派以后，拒绝与他一起吃饭，并将他比作"十足的动物"（Eliot，1997：86）。但是马克西姆爵士本人也被作家比作"史前动物"和"长尾巴的蜥蜴"，身躯庞大，行动迟缓，反应不灵敏，"对自己的尾巴没有什么概念"，对身边的"寄生虫"——他的仆人们——寻欢作乐的不端行为也没有觉察。（Eliot，1997：87）更糟糕的是，小说的第三章提到，因为听信杰明的怂恿，马克西姆爵士在温泉上投资了大把的钱财，结果生意失败，他的产业不得不长期出租给工厂，这对德巴里这样的老式家族来说是一种耻辱。小说中的另一个重要人物是律师杰明，为了自己的利益不择手段。他一直借与特兰萨姆夫人的特殊关系通过代理诉讼的方式捞取大量钱财，而看到哈罗德对自己的威胁时，竟毫无廉耻地去请求特兰萨姆夫人亲口告诉儿子实情，被夫人断然拒绝。在穷途末路之时，他像"一只注定失败的动物"（Eliot，1997：383），决定和哈罗德摊牌，最后也只落得个离开小镇的下场。

贵族地主和他们的代理人、仆人都呈现出退化为动物的趋势，作家同时对工人阶级也不持乐观态度。被称作"卡利班"的不只是特兰萨姆家的长子，而在霍尔特看来，行为不雅、喜欢酗酒的工人也和卡利班没有两样。里昂先生认为，应该先提升工人的政治地位，而霍尔特却坚持说，不管工人的地位如何提高，如果他们没有文化，改不掉酗酒的毛病，一切也都无济于事："卡利班就是卡利班，即使你繁殖一百万个，他也只会崇拜拿着酒瓶的特林鸠罗[1]。"（Eliot, 1997: 226）工人文化水平低，很多人有酗酒的毛病，容易被人煽动利用。在选举日，参选者为了拉票都用尽各种手段贿赂工人，其中一项就是提供食品和酒水，这导致街上到处都是因为饮酒而兴奋的人。爱略特写道，这些醉醺醺的民众（主要是工人——笔者注）的行为"像挤在一起推搡和喊叫的公牛和猪的行为一样不能预计"（Eliot, 1997: 265）。这一描述比卡利班的比喻更等而下之。人们叫喊、打闹，场面毫无秩序，最后发展成骚乱和抢劫，造成了不可挽回的损失。这样的比喻和场面描写表现了爱略特对工人的歧视，反映了"中层阶级中一位具有同情心、具有改革思想的成员，唯恐被拖入任何群众暴力的恐惧"（威廉斯, 1991: 147-148）。海特指出，小说里骚乱的原型是1832年托利党导演的一场闹剧，以阻止激进党人在公平的选举中胜出。（Haight, 1968a: 382）爱略特将这一事件移花接木地放在了被激进党人煽动的工人阶级身上，而贵族托利党人倒是被描述得相当克制，一方面这固然体现了她的偏见，另一方面她的核心用意毋宁说是要强调个人的"进化"和"进步"应该先于社会制度的改革。作为改革的具体实施者和参与者，人如果退化到了动物的地步，那么任何改革都不能取得预期的成效。

霍尔特最重要的政治主张就是认为工人在争取普选权之前应该首先提高自己的素质。他决定首先从酒馆里的工人开始，劝说他们远离酒杯，让孩子们接受一些教育。不过由于哈罗德的代理人约翰逊的出现，他的想法未能付诸实施。约翰逊的话很有蛊惑力，声称如果富有的哈罗德被选入议会，他就会替本地的矿工说话："北部纽卡斯尔有矿工，南方威尔士也有矿工。对于在斯普罗克斯顿挨饿的诚实的汤姆来说，听说纽卡斯尔的杰克能饱餐牛肉和布丁又有何好处？"这番话鼓动工人不必顾及大局，只需为自己的利益给哈罗德

---

[1] 卡利班和特林鸠罗均为莎士比亚戏剧《暴风雨》中的人物。卡利班是野蛮怪物，受流亡到岛上的米兰公爵普洛斯彼罗的驱使，一直愤愤不平。暴风雨后他遇到了酒鬼特林鸠罗，一度以为后者可以帮助他摆脱公爵的控制。

投上一票。但霍尔特认为，听说杰克能吃饱，对汤姆有好处："要是他知道挨饿和没有足够的食物是坏事的话，他就会对其他人，不懒散的其他人，不遭同样的罪而感到高兴。"（Eliot，1997：120）霍尔特这里强调的是爱略特最重视的同情心，若缺乏这种同情心，只为自己的眼前利益驱动，只会陷入利己主义的泥潭，不可能带来整个社会的进步。对于约翰逊的话霍尔特感到非常气愤，他认为"全国3/4的人都在选举中只看到私利""只看到贪婪"，这样的政治改革只能是一场骗局。遗憾的是酒馆里的那些工人却被约翰逊许诺的好处所打动，不但高兴地接受他的小恩小惠，多喝了一杯，甚至想到在选举日可以拉扯那些投票者来取乐而心生向往：老斯莱克觉得"那将会很有趣"。（Eliot，1997：121）

在选举提名日，霍尔特抓住时机长篇大论地向工人们阐述了自己的主张。在他看来，获得普选权并不能真正解决问题。权力在无知者手里会"毁坏花费了大量金钱和劳力的东西，会浪费和破坏，对弱者残酷，撒谎和争吵，散布有害的胡说八道"。这种愚昧的力量和邪恶的力量一样，都会带来痛苦。（Eliot，1997：249）普选权并不能保证权力得到正确充分的利用，从而去解决社会问题。因此工人们应该"放弃奢望，抛却与事物的本质不相符的想法"。这句话似乎是对斯宾塞理论的回应。斯宾塞认为，人会不断地调节而去适应社会生活，其结果必然是社会进步。爱略特在这里也借霍尔特之口呼吁公众了解规律，顺应规律，正如正确认识水和蒸汽的性质之后，人们就能够按照这些知识发明相应的机器，改造相应的设备，从而去更好地利用水的力量。社会急需的不是普选权，而是形成一定的"公共意见"，即有关"什么是对的，什么是错的，什么是光荣的，什么是可耻的"的观念。而这些都不是普选权可以赋予的。除非提高了选民的素质，否则"任何新的选举方案都于事无补"。霍尔特认为可能只有30%的工人是清醒的和有觉悟的，而有高达70%的工人，要么宁可喝酒也不改善妻儿的生活，要么是愚昧无知、缺乏判断力，会为了眼前的蝇头小利而把花言巧语的野心家送入议会。事实上，那些宣扬起革命来口若悬河、头头是道的政客们不过是把改革看成了他们谋利的道具，这样的改革显然无法给社会带来什么好处。（Eliot，1997：251）权力只有掌握在有觉悟的人那里才能真正发挥作用。

乔治·爱略特小说里的进化论思想

回望19世纪30年代的那场政治改革，爱略特更多地看到的是因缺乏判断力和自制力而带来的破坏。在选举日，城里聚集了大量喝得极为兴奋的矿工，他们撕扯、推搡和恐吓投票人，先是把选举变成一场闹剧，接着他们开始砸抢街上的店铺，攻击矿场经理斯普拉特先生，最终变成了损失惨重的暴乱，伤害了无辜的性命。在对暴乱分子的审判中，霍尔特曾经在酒馆里遇到过的德里奇被判一年监禁和苦役。德里奇平时在家中就对自己的妻儿暴力相向，在选举日的暴乱中更是生力军。判决后，他不禁抱怨说他希望"从未听说过选举"。他不顾牧师的祷告，自顾自地咒骂说：这是一个让斯普拉特这样的人和魔鬼讨好的世界。作家写道，从德里奇的表现来看，这场政治骚动"并未能在公共精神方面产生神奇的效果，也没能在对进步的信仰方面引起神奇的改变"（Eliot, 1997：368）。政治改革的宣传没有启发民智，只是许诺了一些眼前的好处和空头支票。约翰逊先生煽动工人的秘诀就是"一是告诉他们不懂的事情，还有就是告诉他们已经习惯的东西"（Eliot, 1997：162）。民众因为看到眼前的好处而盲目参与其中，根本不知道自己在做什么，又缺乏自控力，事后除了抱怨之外，完全不明白事情到底是哪个环节出了问题。在爱略特看来，这样的政治改革不能真正解决社会问题，因为它没有从提高个人知识水平和道德水平入手，最后只能以牺牲秩序和生命而草草收场。

霍尔特相当自信地以为自己可以掌控全局，但实际上却无力改变暴民的行为，这不能不说是一种遗憾。爱略特显然对工人阶级缺乏信心。不过爱略特在小说中也还是提供了个人"进化"和"进步"的范本。如果说霍尔特有所成就的话，那就是对妻子埃丝特的改造。小说的这条爱情线索乍看和政治改革没有太大联系，实则有很重要的象征意义。埃丝特容貌秀丽，举止优雅，本性善良，但有些挑剔和虚荣，向往奢华的生活，喜欢拜伦的作品。这一切都让霍尔特看不惯，他把埃丝特称为"一只孔雀"（Eliot, 1997：65），决心要改变她的想法。埃丝特曾说，她不介意人是不是有正确的观点，她看重的是人要对衣着有品位，行为举止要得体。对此，霍尔特驳斥说，"观点"要比"品味"更为高级，也更为重要。在霍尔特看来，只有埃丝特所说的"品味"，而没有建立在理性之上的"观点"的人，不过是一种低等的、渺小的存在，是一只虫子，注意到了桌子的晃动，却永远注意不到"电闪雷鸣"（Eliot,

第三章 爱略特对"进步史观"的思考

1997：107）。在初次与里昂先生见面时，霍尔特就曾冷冷地表示自己没有老鼠的鼻子，闻不出埃丝特非常敏感的鲸油味儿（埃丝特为了味道的缘故宁愿多花钱让里昂先生用蜡烛）。在此处，他再次将只为生活琐事烦心的状态比作动物的生活状态，意在提醒埃丝特关注自身之外更广阔的世界。"一个人只有对这种宏观社会保持敏感，产生的思想观点和知识才是有用的，那种仅仅局限于吃穿生活中的趣味，并没有根本脱离人的动物性。"（廖昌胤，2007：82）霍尔特希望埃丝特能超越动物的生活状态，去研究一下里昂先生宣传的思想，从而抛弃自己不切实际的幻想和自私自利之心。埃丝特对霍尔特的话一直抱有一种矛盾的心理。一方面，她从一开始就发现霍尔特与众不同，他虽然社会地位不高但很有见识，承认霍尔特比自己高明许多；另一方面，她又为霍尔特对女性的歧视而感到恼火，尤其是霍尔特似乎刻意看轻她，从不肯曲意奉承，对她的女性魅力熟视无睹，这更让埃丝特感到不快。尽管这样，埃丝特还是被霍尔特的人格力量所吸引，恳请霍尔特指出自己的不足。她曾专程拜访霍尔特，在看到霍尔特的生活状态和他收养的孤儿后，受到了不小的触动。这些都直接影响了埃丝特后来的生活态度。例如，在听说自己是特兰萨姆庄园的真正继承人时，埃丝特没有因为自己对奢华生活的梦想有了实现的可能而狂喜，反而为特兰萨姆一家感到难过。听说里昂先生为了她的母亲而抛弃名利时，她也更深切地感受到了养父博大的胸怀和深沉的爱。更重要的是，霍尔特的言行帮助埃丝特认清了贵族生活的空虚和哈罗德的自私。她看到软弱无能、整天摆弄昆虫标本的特兰萨姆先生，同时想到了养父里昂先生那充满活力的身躯和思想，不禁为特兰萨姆先生感到悲哀。她还发现，特兰萨姆夫妇的婚姻生活形同虚设。特兰萨姆夫人的生活也是空虚的，不管她在风华正茂的年代如何出尽了风头。当埃丝特了解了特兰萨姆夫人的苦衷后，更是对庄园生活彻底失去了兴趣。至于相貌堂堂、精明能干、善于讨好女人的哈罗德，埃丝特虽然"情不自禁地喜欢他"，但她清醒地认识到他与霍尔特的巨大反差。哈罗德尽管讨人喜欢，也会客客气气地帮助别人，但对于他人内心的想法，哈罗德"从来都没有""全面地理解或者怀有深深的尊敬之情"。（Eliot，1997：345）与哈罗德的婚姻会带来优裕的物质生活，但也意味着她将永远失去独立，成为庄园新的摆设。因此，埃丝特不愿重复特兰萨姆夫人的生活，她宁愿放弃财产而嫁给甘于贫穷的霍尔特。埃丝特从霍尔特那里获得的人格力量也促使她在法庭上以一种令人震撼的方式为霍尔特作证和辩护，从而感动了在场的重要人物，连马克西姆爵士都声称愿意为了埃丝特而不遗余力地替霍尔特说好话。被霍尔特拯救的埃丝特反过来也使霍尔特免于牢狱之灾。

爱略特似乎希望通过埃丝特的转变去表明，霍尔特的"激进主张"有可能实现。"她坚持进步的一个道德原则（an ethical principle of progress）：有自我牺牲精神的个体也许能够扩大公共利益的总量，并在其他人身上传播一种敏感的利他主义和对进步的信仰。"（Booth, 1992: 89）霍尔特有意识地对埃丝特不切实际的幻想、虚荣心和自私自利的心理进行了批评，并通过自己真诚无私的行为触动了埃丝特的内心，虽然有时态度显得简单粗暴，但的确收到了好的效果。然而读者同时也发现，霍尔特用自己的言行改造了埃丝特，但在面对复杂的社会形势，面对众多需要启蒙的工人时，却似乎并没有太好的办法。他的发言要么被他人打断，要么过于深奥，他也得不到支持。而他最后的不知所终更是一种尴尬，显示出作家对个人进步能否带来社会进步，或者是如何带来社会进步的问题仍然没有答案。霍尔特和取得"进步"的埃丝特幸福地结合了，并且有了在思想上比他更胜一筹的小霍尔特。然而小说的结尾却依然对小说的发生地——特比·马格纳镇是否取得了进步含糊其辞。

埃丝特意识到，在向霍尔特的思想水平靠近的过程中，"她的生活将会被提升到某种全新的状态之中，进入某种艰难的受神庇佑的状态（difficult blessedness）之中。可以想象，一个普通生命在神意的感召下而进入更高级的存在状态时所经历的痛苦，正与埃丝特的感受相同"。（Eliot, 1997: 196）她必须要在觉悟中感受到更多的痛苦，而小镇的发展和埃丝特的个人进步也有相似的过程，小镇同样感受到了发展带来的阵痛。"个人和社会遵循同样的发展模式。"（Shuttleworth, 1984: 127）不同的是，作家对小镇的前途并不乐观。小镇随着英国的发展变得富有和开明了，但是"是不是所有的农民都有公德意识；是不是商店店主们都独立自主，不卑不亢；是不是斯普罗克斯顿矿上的工人们都审慎明智；在宗教和政治议题上，不信国教者是不是摆脱了偏狭和刻薄；是不是所有的酒吧老板都像盖尤斯一样，都有资格做圣徒的朋友，所

第三章 爱略特对"进步史观"的思考

有这些我都不清楚"(Eliot, 1997: 402)。

早在第三章作家就尖锐地指出，经济发展和政治改革在给镇子带来繁荣的同时，也带来了诸多社会问题。也就是说，工业文明和民主政治的确让镇子繁荣了起来，但这种繁荣是否也意味着全面的进步，这仍然是一个问号。小镇在19世纪之初只是一个老式的市集，镇子上的人思想单纯，过着"老式"的生活，干着传统的畜牧、酿造等营生。但是这种简单快乐的生活却随着新事物的到来而变了味。因为"新形势"让人们与外部世界的关系"变得复杂起来"(Eliot, 1997: 42)，人们了解得越多，思考得越多，就会有更多的痛苦。这也就难怪作家在小说一开头就感慨地说，一些丑恶的事物随着发展而消失了，但一些美好的事物也随之消失了。(Eliot, 1997: 5)发现温泉本不是什么坏事，但是杰明鼓动的温泉开发却让地主损失了大量钱财。这是盲目发展的例证。人们甚至无法解释失败的原因，只好归结为煤矿和运河的开发，甚至是安宁的环境导致了生意的失败，抑或是干脆开发的主意本身就是愚蠢的。急速膨胀的欲望使古老的贵族家族也禁不起利益的诱惑，结果带来了巨大的经济损失。随着镇子被工厂和矿场包围，宗教问题也日益突出起来。起先镇子上不信国教者人数不多，对宗教的态度温和包容。但后来工矿企业里出现了大量不信国教的工人，如何面对日益壮大的不信国教者群体，控制他们的势力，成了让老派的国教牧师德巴里先生头痛的问题。而对于不信国教的穷工人来说，有高贵血统的牧师本身就是"瞎子的瞎眼引路人"。在爱略特看来，工人们恶化的经济状况诱使他们抛弃富人笃信的国教而转投其他教派，希望从宗教的狂热中获得心理上的安慰，因此宗教问题的根子在于经济问题。还有其他很多事情也改变了：工业发展引起了物价下跌，手工业者失业，贫困率上升，而地租和"十一税"不够灵活，也使农民的日子变得非常艰难。人们找不到这些问题的原因，只好再次做出荒谬的解释，认为这一切都是由一镑面额钞票的停止使用这件事引起的。特比·马格纳镇在法国大革命和拿破仑战争中岿然不动，潘恩的《人权宣言》和科贝特(William Cobbett)的《纪事周刊》("Register Weekly")在这里也没有产生影响，但在扩大成为工业市镇的过程中，小镇和埃丝特一样感到了"更高级的痛苦"(Eliot, 1997: 44)。这种痛苦表现在工业文明和农耕文明的冲突上，也表现在工人阶级和地主、资本家的劳资矛盾上，还表现在新老政党的权力斗争中。

19世纪30年代和19世纪60年代的两次政治改革事实上有着不同的特征。在19世纪30年代，很多人相信政治改革是革除社会弊病的有效方式，但19世纪60年代的人们因为受到社会达尔文主义的影响，更多地开始迷信"进步"的观念，相信历史进步是必然，也相信进化是"定律"，有机体的生长是不可避免的。但是爱略特深刻地意识到，社会发展必须付出代价，工业文明在取代农业文明而给社会带来物质财富的同时，也带来了诸多从前不存在或者是没那么触目惊心的社会问题。政治改革固然可以革除一些时弊，改革的时代总是被称为"希望的时代"，仿佛人们可以一揽子解决过去所有的问题，但是改革的热潮过去之后，种种失败像"魔鬼的尸骸被呈现在公众面前"，"令他们惊诧，让他们厌恶，并且智慧和幸福并没有如约而至，而是带来了更多的愚蠢行为和不满情绪。这时，人们就开始怀疑，陷入了怅惘之中"（Eliot，1997：154）。"改革者既是建设者，又是破坏者，既是现代化列车的牵引着，又是将列车拉向深渊的毁灭者。"（廖昌胤，2007：65）工业文明和政治文明的发展都陷入了这种悖论式的怪圈，使作家不得不对"进步"能否到来感到怀疑。在以霍尔特的名义撰写的致公众的信中，爱略特再次强调如果权力掌握在没能力去很好地运用权力的人手中，那么它不仅不会带来进步，反而可能破坏人类千百年来积累的精神财富，带来社会的退步。在这一点上，爱略特的观点更接近达尔文的变化观。生物进化未必一定沿着从简单到复杂，从低级到高级的"进步"趋势去发展，而社会发展的方向，正如生物进化一样，也未必一定沿着"进步"的轨迹一路向前奔去。另外，爱略特并不认同当时改革政治制度的很多主张，《激进派菲尼克斯·霍尔特》反复论证的是提高个人素质，推动个人"进化"和"进步"的重要性，她的这种思想又带有浓厚的拉马克学说的味道。

第四节　《米德尔马契》对"进步"的质疑

在《米德尔马契》中，进步的观念受到了更多的挑战。布兰特林格认为，

第三章 爱略特对"进步史观"的思考

在维多利亚时代后期,"早期对改革的乐观情绪已经完全烟消云散"(Brantlinger,1988:30)。小说开始不久,作家就提到了几个不同的发展理论,暗示"进步"并不是社会发展唯一可能的模式。在谈论经济时,布鲁克先生说:"我记得,当年我们都读过亚当·斯密的书……有一个时期,我接受一切新思想,我相信人类在不断进步。但是有人说,历史是循环的,这个问题值得好好讨论,我自己也讨论过。"(爱略特,2006:15)此处爱略特借布鲁克之口谈论发展的模式,显然大有深意。《米德尔马契》以第一次改革法案为背景,善良、固执、糊涂的布鲁克先生一度深陷政治选举的泥潭不能自拔,分析他的经历可以让我们从一个侧面了解爱略特对这场举世瞩目的社会变革的基本态度。《米德尔马契》以布鲁克先生的参选为中心,勾勒出了一幅混乱的甚至是闹剧式的政治改革图景,对这种改革或者说变化能否带来社会进步表示了深刻的质疑。通过回望历史,爱略特表达了"对变革所持的困惑态度,有赞成也有反对"(Mason,1971:426)。

在竞选之初,布鲁克先生就从对手那里获得了一个极富讽刺意味的称呼:"全郡首屈一指的倒退分子"。"如果我们想描写一个具有倒退(retrogressive)这个词的最坏含义的人,那么我得说,这是一个自命为我们政体的改革者却对其直接负责的事务放任不管并弄得一塌糊涂的人,一个不愿绞死一个坏蛋却对五个饿得半死的正直佃户漠不关心的慈善家,一个看到贪污腐化便大叫大嚷却在自己的田地上横征暴敛的地主,一个对衰败选区嚷得面红耳赤却对自己农庄上那些衰败的房子不闻不问的人……"(爱略特,2006:363 译文有修改)这一批评虽然来自对手,却不能不说其切中了要害。詹姆士爵士等人不断提醒布鲁克好好管理自己的田庄,因为"他作为一个地主没有尽到自己的本分"(爱略特,2006:366)。看到佃户达格利家的困窘,如果我们回想一下《亚当·贝德》中佃户波塞家还算不错的生活,我们会深切地感到,一个连自己的田庄都经营不好,舍不得掏一点点钱,放弃一点点既得利益来稍微改善一下佃农的生活条件的地主被称为"倒退分子"倒也称得上实至名归。亚当·贝德的故事发生在1799年,那时农民的生活尚可,吃穿不愁,而30年后米德尔马契的佃户的生活不但没有改善,在很多地方,例如在布鲁克先生的田庄上还变得难以为继,生活水平倒退了不少,难道这就是几十年来经济发展和政治运动带来的进步？连多萝西娅也忍不住批评伯父说："要是我们对近在眼前的不幸也不闻不问，不想改善，那么我们就无权更进一步，为社会谋求更大的福利。"（爱略特，2006：370）"倒退"（retrogressive）一词与"进步"（progressive）相对，作家显然在提醒读者，指望布鲁克这样的地主入选议会带来国家的进步可谓缘木求鱼。

布鲁克作为地主缺乏管理田庄的基本能力，只看到眼前的蝇头小利，而作为候选人，他也没有旗帜鲜明的政治观点，只是模糊地感到要捍卫地主的利益，他甚至连当众演讲的能力都不具备。布鲁克想走的所谓独立路线不过是"把各党各派的意见混在一起，搞成大杂烩，然后给大家骂得狗血喷头"（爱略特，2006：51）。布鲁克的问题不仅仅是他本人性格的问题，更代表了"那个时期英国统治阶级的改革者们的社会本能（social instincts）和政治理想（political ideals）之间所存在的矛盾"（Staten，2000：115）。读者看到，不光布鲁克先生稀里糊涂，整个政治时局也都让人摸不着头脑。"托利党内阁采取自由派措施；托利党贵族和选民宁可选举自由党人，却不愿投降派内阁的拥护者当选；要求改革的呼声与改革者本身的利益保持着千丝万缕的关系，但又蹊跷地得到了对立方面的拥护；在这一片混乱中，谁还知道应该怎么想呢？"（爱略特，2006：339）

然而不管时局如何让人捉摸不透，改革却如同箭在弦上，只是到底应该怎样改革才能真正带来进步，各方莫衷一是。威尔和利德盖特就布鲁克先生的参选展开了辩论。利德盖特认为布鲁克根本不是所谓的改革派地主，也不适合当民意代表。对于威尔搞的那套把戏，利德盖特从医生的角度也表达了自己的看法："你们写政论文章的人的拿手好戏，就是对一个措施大肆宣传，好像这是万应灵丹，对一个人也大肆吹捧，实际上，这个人正是需要医治的疾病的一部分。"威尔对利德盖特的诘问满不在乎："这无关紧要""试试没有妨害""这有什么关系？"他对自己的工作的概括是"我们是在拼命为妖魔的晚宴调酒，'调啊调，调啊调，能调的人都来调啊'，至于将来，谁知道他会站在哪一边。"事实上，威尔此时投身政治多半是为了留在多萝西娅身边的权宜之计，他并无什么成熟的政见，也没有坚定的立场，一旦对多萝西娅的爱情落了空，马上就对手头的工作失去了兴趣。不

第三章 爱略特对"进步史观"的思考

过威尔的有些话也不无道理。利德盖特说:"你们反对腐败,可是硬叫人民相信,社会可以靠政治骗局来医治,这是最大的腐败。"威尔反驳说:"你的话很动听,亲爱的先生。但是你的医治总得从一个地方入手啊,目前这个改革只是第一步,没有这开始的一步,千百件使群众不满的事就无从得到纠正。"(爱略特,2006:440-441)他对改革的认识也还算深刻。面对布鲁克的折中立场,威尔指出:"现在国家需要的下议院,必须不是由地主阶级的代理人所操纵,而是由代表其他利益的人所组成的。改革做不到这点,争取它也就没有必要,这好比雷声已经响了,冰山即将崩溃,我们却只要求摧毁它的一角。"(爱略特,2006:436)然而颇具讽刺的是,威尔所支持的布鲁克先生恰恰是地主阶级的代表,而且还是他们中间的倒退分子、动摇分子,只想着对一些不那么重要、也不那么迫切的问题,如黑奴解放问题和刑法问题进行讨论,寻求解决的办法。

各派政党为了推举自己的候选人明争暗斗,用贿选甚至威胁的方式掌控选票的去向,代理人们都忙着向公众鼓吹本党派的政见,"他们了解米德尔马契选民的特点,以及利用他们的无知为改革法案效劳的办法",但是作家犀利地指出,"不过这实际上无疑是利用它来反对改革法案"(爱略特,2006:476)。为了打击布鲁克,他的对手在酒店向佃农达格利灌输了许多极端思想,让他以为改革会赶走地主。而事实上,改革不可能触及地主阶级的根本利益,一切不过是卑劣的竞选手段。利德盖特的话可以说在某种程度上代表了作家的立场:"不能因此鼓励不切实际的幻想,夸大目前这个措施的效力,把它说得天花乱坠,同时却把一无所能、只会投票的鹦鹉选进议会。"(爱略特,2006:441)作家借布鲁克的对手霍利先生的话点出了这种改革的后果:"你瞧吧,赶明儿把口袋选区统统取消,把英国雨后春笋般新兴起的城市统统请进议会,这只能增加竞选的费用。我这是照事实讲话。"(爱略特,2006:340)在这场混乱的政治改革当中,我们看不到明晰的政治纲领,也没有为民谋福祉的具体措施,有的只是贿赂、欺骗和闹剧,这一切在布鲁克的竞选演讲中达到了高潮。在布鲁克不着边际的演讲中,他的对手用滑稽模仿和扔鸡蛋的方式就轻易地打败了他。如果说《激进派菲尼克斯·霍尔特》中的暴乱还带有些许庄严的悲剧色彩,那么在《米德尔马契》中选举则完全沦为了闹剧和笑料。从小说所展示的各方意见我们可以看到，爱略特也意识到了改革的必然性和必要性，然而她对改革的动机、方式和方法都持怀疑态度。政治改革会让国家发生重大改变，但是改变是否必然带来进步仍然要打上一个问号。

《米德尔马契》用文学的方式提醒读者，政治改革所带来的变化不一定指向进步，而可能是混乱、闹剧甚至是退步。从这一角度看，爱略特的变化观更接近达尔文的观点，是对斯宾塞等人的乐观思想的一种批评。拉马克的进化论虽然排除了上帝的作用，但仍然暗示世界有一个从低到高，从简单到复杂的发展趋势，变化的最终结果是趋向完美，因此人们从这个理论中可以获得某种信心。达尔文的进化论则更令人不安，它不仅排除了上帝，而且也否定变化有一定的方向和目标，因此带来了深深的忧虑。这也许解释了在《丹尼尔·德龙达》中爱略特为什么会跳出欧洲文化，转向犹太文明，希望从东西方融合的角度去寻找出路的原因。另外，我们也应该注意到，爱略特并没有完全摆脱拉马克理论中单个个体可以进化，积少成多最后带来整体进化的观点，她对国家政治经济发展的看法也带有斯宾塞等自由派宣扬的自由放任政策的影子。从上面引用的多萝西娅对伯父的批评可以看到，爱略特似乎认为，与政治改革相比，地主阶级最迫切的任务是提高自己经营田庄的能力，让佃农过上比较舒适的日子，尽到自己的本分，这才算是为社会进步迈出了坚实的一步。与其利用国家机器干涉经济，倒不如去号召每个人在力所能及的范围对社会经济有所贡献。这种立场与爱略特一向保守的政治态度相一致，也与她在《激进派菲尼克斯·霍尔特》中对无产阶级提出的建议一致。

意味深长的是，在米德尔马契镇，决心要从个人做起、进行医疗改革的利德盖特医生却完全失败了。如果说多萝西娅通过失败的婚姻终于意识到了自己的不足，在伟大的志向和脚踏实地的工作中找到了某种平衡，并因此而取得了"进步"的话，那么利德盖特医生的蜕变则表明，即使怀有良好的愿望，个人进步与社会进步也不是必然到来的。在小说的第十五章，作家介绍了利德盖特的身世和他的雄心。利德盖特对医学有着无穷的求知欲，他不但用最先进的医学知识诊疗疾病，还想在病理学方面取得突破。利德盖特的另一个愿望是促进医疗体系的改革，"反对把内外科割裂的不合理措施，这不仅符合他科学研究的利益,也是为了社会的进步"。他还想改革其他一些弊端,并且认为"改变个人"是最有效的途径,"他便打算这么办,从自己做起,然后推广,使这种变化终于有一天对全体产生影响"(爱略特,2006：141)。这种要改变医学界现状的理想和霍尔特要改变工人阶级现状的理想如出一辙,可以说利德盖特在一定意义上是另一个霍尔特。遗憾的是,利德盖特的努力最终半途而废,而作家早已对这种结果做了预测："但是我们所说的求知欲,发展也是不同的,有时它导致光辉的结合,有时却使我们灰心失望,终于与它分道扬镳。"(爱略特,2006：140)利德盖特年富力强、善良慷慨,很有想法,然而"性格也是一个过程,是一个正在展开的东西"(爱略特,2006：144),利德盖特的那些"平庸的斑点"在发展的过程中不幸被不断放大。在医学方面,利德盖特掌握了最先进的知识,然而对于女性的认识,利德盖特并没有从第一次狂热恋爱中获得提高。他曾经爱上了一个名叫琭尔的漂亮女演员,并不是因为爱上她的什么可贵品质,而只是因为看到她,"他觉得这仿佛像置身于南国的花草丛中,在紫罗兰盛开的岸边小坐一会儿,可以使他心旷神怡,暂时忘记他终日厮守的电疗试验"(爱略特,2006：146)。利德盖特一直将女人视为生活的点缀,即使他对琭尔的爱受到了挫折,他下定决心"今后他要对妇女采取严格的科学观点,不抱任何幻想"(爱略特,2006：148)后,他的观点实际上并未发生改变。他对有思想、有干劲的多萝西娅不以为然,而认为罗莎蒙德的"聪明伶俐正符合一个男子对女子的要求——那么优美、文雅、温顺"(爱略特,2006：158),正是他理想中的妻子。利德盖特在冲动之下娶了罗莎蒙德,不但发现自己无法掌控婚姻生活,更致命的是让自己很快陷入了债务危机不能自拔。在重压之下,利德盖特渐渐丧失了信心,连弗莱德也对他的变化感到吃惊："利德盖特平时总表现出一种安详的自制力,那双炯炯发亮的、犀利的眼睛后面隐藏着一种深思的神色,可是现在,他的动作、他的目光、他的谈吐,都流露了一种狭隘的疯狂的意识,使人想起一只眼睛中凶光毕露、预备伸出利爪扑向牺牲者的动物。"(爱略特,2006：632)经济上的窘迫使利德盖特无暇思考就接受了布尔斯特罗德的借款,最后背上了合谋杀人的罪名。尽管多萝西娅非常信任他,愿意资助他和他主持的新医院,鼓励他留在米德尔马契继续工作,但利德盖特激情不再,自甘平庸,决心只为钱而工作："我只得像别人那么做,考虑怎样迎合社会,增加收入……总之,我不得不爬进这样的洞里,什么也不管,度过我的一生。"(爱略特,2006:718)利德盖特不但没能改变米德尔马契任何医生的行为,反而成了妻子罗莎蒙德和世俗偏见的牺牲品,从一个志向高远、医术高明的青年堕落成了趋炎附势、碌碌无为的普通医生。作家把他与凶光毕露的动物相比较,暗示出了他的退化过程。富有讽刺意味的是,利德盖特因为"退化",反而在经济上变得成功,恰好成为很多人心中的"适者"。爱略特清楚地意识到,在动、植物界,能够适应环境,生存下来的并不一定都是最强壮的,而在人类社会,"适者"也不都是德才兼备的人。因为是适应环境的结果,利德盖特的变化在达尔文理论中其实应该视为"进化",然而这种"进化"和"适应"与"进步"无关。

在一般人看来确定无疑属于"进步"的成果,爱略特也持保留态度。在《激进派菲尼克斯·霍尔特》的开头,爱略特就对铁路带来的后果表示了忧虑和遗憾。在《米德尔马契》中,她再一次用铁路为例来反思技术进步,对"进步"提出了批评。高思对那些反对修建铁路的农民说:"你们阻挡不了铁路,不论你们喜不喜欢,它总要建造。如果你们跟它作对,你们只能自讨苦吃。"(爱略特,2006:529)这句话从一个侧面显示出技术进步不可阻挡,但也从另一个侧面启发读者思考,这种给千万劳动者带来损失和痛苦的技术变革到底能在何种意义上被称为"进步"?当高思肯定铁路是一件好事的时候,他的权威受到了老提莫西·库柏的挑战。提莫西拿运河为例,证明种种变化都对穷人不利:"运河对穷人有什么好处?它们没有给穷人带来吃的,也没有带来穿的,要是他不勒紧裤带,他就积不下工钱。从我们年轻的时候起,日子就越变越糟。有了铁路也好不了。它们只能使穷人越来越穷……这是有钱人的世界。"一向能够以理服人的高思先生面对这番从艰辛的生活中总结出来的真理也是哑口无言,这种真理像"巨人的棍子一样,随时可以打向你精雕细琢的理论,因为你所提倡的社会福利,他们完全感觉不到"(爱略特,2006:529-530)。技术发展了,经济繁荣了,但是农民却丝毫享受不到这些"进步"的成果。相反,他们的生活愈发困窘,而且面对压榨他们的工业文明无能为力。一个残酷的事实是,为进步所付出的代价始终与进步如影随形,

第三章 爱略特对"进步史观"的思考

这种以牺牲一个阶级的利益为代价的进步背后隐藏着诸多的不可调和的矛盾和危机。

对爱略特而言，历史绝不是简单地前行和进步，正如有些评论者所言，爱略特抱着深切的怀疑态度和不确定心理，试图解释历史的进程。也正因为如此，她只是隐晦地暗示历史变迁有一定规律可循，但却不相信有清晰明确的方向。伊格尔顿认为爱略特"虔诚地相信……进步和启蒙的可能性"（Eagleton, 2005：173），这个观点是值得商榷的。事实上，在评论《米德尔马契》时，他自己也有些自相矛盾地说："第二改革法案为观察第一改革法案的过高的期待值提供了有利的观察点，回头去看，结果发现历史似乎并没有站在开明者一边。从此以后，随着希望的受挫和英国经济形势的一落千丈，英国小说就很少提及进步了。"（Eagleton, 2005：182）

在最后一部小说《丹尼尔·德龙达》中，爱略特对"进步"的怀疑态度表达得更加清楚。作家通过赌博的场景展示了这样一个世界："在这里，进化的过程不知何故好像误入了歧途，它所带来的是悲剧性的衰败，而非'进步'。"（Paxton, 1991：202）布思认为，小说开头对赌场阴森气氛的描写，以及格朗古特（他像一只不明品种的蜥蜴）对人和动物的粗暴态度都表明，"爱略特总是把这位文明的代理人（格朗古特——笔者注）与进化过程中的原始阶段相联系，与地狱相联系"（Booth, 1992：258）。事实上，爱略特通过莫迪凯的朋友们的对话明确提出了对"进步"的种种疑问。在酒馆聚会中，巴肯认为要厘清变化与进步的关系，他问道："所有的变化都是沿着进步的方向吗？如果不是，我们如何分辨哪些变化是进步的？哪些不是？然后，在什么程度上以及用什么方式我们促进有益的变化，避开有害的变化？"利利认为，"变化与进步在发展的思想中合二为一。发展的规律正在被发现，顺应规律的变化必然是进步的；也就是说，任何与规律对立的有关进步或改善的想法，这种想法都是错误的。"利利所说的"发展的思想"正是斯宾塞从拉马克进化论中生发出来的看法，即认为生物体和人类社会的发展必然是走向复杂多样、成熟和完美。在《丹尼尔·德龙达》中，作家显然对变化和进步的关系有了深刻的认识。德龙达反驳了利利的观点："我实在看不出你如何得到这种有关变化的确定看法，并称之为发展。""我们的意志和行动之间仍然不同程度地存在不可避免的关联；变化也会因为有不同的理解而被加速或延滞；把一种本应抗拒的趋势错误地当作我们必须适应的不可避免的规律，这种危险仍然存在——对我来说，这种危险与任何未经哲学洗礼就树立起来的迷信或假的上帝一样糟糕。"（爱略特，2006：435 译文略有改动）帕克斯顿认为，德龙达的话表明，爱略特意识到在引导个人变化和社会变化时，"有意识抵制"（conscious resistance）的重要性；德龙达的话同时也表明，斯宾塞没有考虑到"人类灵魂之谜中所有隐秘的动机"。(Paxton, 1991: 222)

爱略特这种对国家"进步"的怀疑与人们对各种变革的期望落空有很大关系。按照进步观念的逻辑，19世纪六七十年代的英国应当代表了文明的最新进步成果，然而爱略特却对现实充满了疑虑。"《激进派菲尼克斯·霍尔特》和《米德尔马契》都直接关注了改革法案时代。两部小说都对改革运动的种种动机、可能性以及影响提出了持续的、犀利的批评。这种批评立场表明，乔治·爱略特不接受那种为进步打包票的教条。"(Pinney, 1966a: 133) 如果说《米德尔马契》的确暗示了进步的可能的话，这种进步也不可能依靠激进的利德盖特医生，或者盲目的布鲁克先生，而是要靠高思和多萝西娅这样脚踏实地的人。高思从不去空想不切实际的改革主张，但他也不是僵硬保守的人。他对铁路这样的新生事物持开放平静的心态，能够看到工业发展的利弊。他熟悉农业耕种，打算在自己管理的土地上实行当时还没有普及的轮作制，用佃农能够接受的方式帮助他们的耕作走上轨道，增加收入，改善生活。高思虽然是小说中一个不起眼的角色，却代表了作家心目中的理想人物。在他的指导下，或许布鲁克先生和詹姆士爵士的田庄状况的确能够得到缓慢的改进。正如作家在小说末尾提到的，社会条件改变了，即使是新德雷莎、新安提戈涅也未必有机会再实现她们的人生理想。人们要适应这种社会，尊重历史，尊重维多利亚时代的现状，像达尔文研究的那些生物一样保存有利的特点，逐步适应环境，社会才可能在"进化"的过程中得到改良。爱略特同时还提醒我们，为了增加世上的善，很多像多萝西娅这样的人都做出了不同程度的悲痛的牺牲，个人理想和社会发展可能始终会存在某些难以调和的矛盾，即使我们取得了"进步"，但那进步也并不如斯宾塞所笃信的那样完美。

第四章 "自然选择"观照下爱略特的道德观

尼采曾不无讽刺地评论英国人说:"他们摆脱了基督教的上帝,却又相信现在必须更加坚持基督教的道德。"他认为爱略特是这种"英国人的首尾一贯性"的典型例子。(尼采,1987:68)尼采的评论虽显得刻薄,却道出了维多利亚时代的尴尬。在各种思潮的作用下,不信上帝,或者抱有不可知论的人越来越多,基督教上帝被抛在一边,然而几千年来基督教留下的道德遗产却不是轻易就可以抛弃的。尽管爱略特在哲学家斯特劳斯和费尔巴哈的影响下早已放弃了宗教信仰,后来又长期与刘易斯公开同居,貌似过着"不道德"的生活,但恐怕没有人会反对将爱略特归入那个时代最有社会责任感和道德义务感的作家之列。斯特劳斯的《耶稣传》对耶稣事迹的考证使爱略特认识到了宗教中的虚幻内容,而在翻译费尔巴哈的《基督教的本质》的过程中,爱略特获得了新的人生信仰,她在"人"身上看到了神圣的光辉。尼采的评论一针见血:爱略特和很多维多利亚人都不再迷信上帝,但依然恪守着基督教的道德体系。

基督教道德与上帝联系紧密,道德似乎是建立在一个超自然的基础上的,但是《物种起源》在很大程度上将人类降到与动物平等的地位上,隐晦地指出人类不过是进化的一个偶然产生的分支,这使得道德存在的基础受到了动摇。尽管达尔文并不认为道德可有可无,他强调世间万物最广泛的联系,并将道德的产生和作用也用进化思想进行了分析,然而"自然选择"理论揭示了只有"适者"才能生存的动物界,动物界是无所谓道德的,这不禁使很多人用类比的方法联想到人类社会的问题,怀疑在人类社会中道德也没有存在的必要。但是,爱略特并不认同这样的观点。她没有简单地理解"自然选择"，而是充分意识到了联系的重要性，并从联系中看到了道德存在的合理性和必然性。对于爱略特来说，道德不是上帝赐予的，它根植于我们的本性中，她笔下的亚当、麦琪、罗摩拉、多萝西娅和德龙达等都似乎具有一种与生俱来的自然的"道德能力"。但是毫无疑问的，她也注意到了这一理论对社会道德产生的冲击，感受到了人的欲望与道德的矛盾与冲突，以及整个社会对竞争和偶然的机会等的过分强调。因此，如何在她的时代构建新的道德范式一直是爱略特非常关切的问题，贯穿了她小说创作的始终。作家并没有刻意地在小说中过多地对读者说教，而是将人物放在特定的社会环境中，让他们自己做出道德选择，并且在冷静、客观的描述中展现人物的内心世界，使读者能够深刻体会作家所宣扬的利他主义的重要意义。这种利他主义不仅关乎个人的性格与命运，而且也关乎整个西方文明的前途，显示出爱略特深沉的道德关怀。

第一节 "自然选择"理论对道德的冲击

达尔文进化论的核心是"自然选择"理论，它提供了生物进化的科学机制。它强调"机会"在进化中所起的至关重要的作用，认为只有"适者"才有机会生存。在思考物种变化的原因时，马尔萨斯的《人口论》给了达尔文巨大的启发。马尔萨斯认为，人口膨胀的速度必然超过食物供给的速度，贫困、饥饿和死亡也就随之出现。这一论点使达尔文意识到，生存竞争是推动物种变化的原动力。能够不断适应环境变化的物种就更有可能获得足够的食物，生息繁衍，否则就可能灭绝，而对环境的适应是由许多偶然因素决定的，与生物的意志无关。尽管达尔文在《物种起源》中刻意避开了人类，避开了自己的理论可能带来的社会含义，但是"自然选择"理论还是很快被应用到了人类社会的研究中。达尔文本人阅读了众多思想家对他的理论的应用，并且对这些理论进行了综合，在1871年的《人类的由来及性选择》（"The Descent of Man and Selection in Relation to Sex"）里，他提出了自己对人类进化的看法。

很多人往往认为，"自然选择"机制给社会道德带来了很大冲击。因为由

第四章 "自然选择"观照下爱略特的道德观

"自然选择"而生发的"物竞天择""适者生存"等说法深入人心,一时间人类社会仿佛同生物世界一样,被描述为个体之间为了生存而进行斗争的场所,社会道德似乎失去了存在的意义。这种说法有一定道理。然而我们同时应该注意到,"自然选择"本身可以有多重阐释,并非所有人都将其看作社会道德的大敌。格林详细研究了达尔文的阅读笔记,发现《物种起源》发表后,很多学者将"自然选择"运用到社会研究里,把道德也作为人类社会生存的必要条件,而达尔文对这些观点是赞同的。也就是说,在人类社会的发展过程中,哪些部落、族群能够生存下来,成为"适者",往往也是与这些部落是否具有较高的道德水准有关。"自然选择"与社会道德并没有根本的冲突。1864年5月,曾与达尔文联名发表文章的华莱士发表了有关人类起源的文章,谈到了"自然选择"在人的体力、智力和道德感的发展方面所起的作用。华莱士认为同情心、一致行动的能力和预见力等都会经历"自然选择"的考验,并断言那些在道德上占优势的部落在生存斗争中会比其他部落有更多的获胜机会。达尔文在这篇文章的相关部分重重地做了记号,并批注下了"道德的作用"的文字。达尔文说,华莱士使他意识到,对于人类来说,尤其是在人类发展的后期阶段,自然选择对人的心智的影响可能甚至超过了对人的生物机能的影响。(Greene,1981:102) 高尔顿(Francis Galton)在1865年发表的《可继承的天赋和性格》("Hereditary Talent and Character")一文中也强调了感情和道德在部落生存斗争中的作用。他写道:"因此我们有理由认为,达尔文的自然选择原理会在人类当中,即使是最低等的野蛮人当中,发展出比在动物身上更多的这种感情(情感与道德——笔者注)。"(Greene,1981:105)达尔文对此也是赞同的,并后来在著作中进行了阐述。格林认为,经过若干年的讨论,早在《人类的由来及性选择》发表之前,包括达尔文在内的很多科学家、思想家都已经意识到,"自然选择"无疑会对人的道德感产生正面影响,并且这种道德感是可遗传的,同时也意识到社会制度、公共意见和其他文化因素对人类社会的重要作用。达尔文在《人类的由来及性选择》中专门用第五章讨论了智能和道德官能在原始时代和文明时代的发展问题。他接受了华莱士的观点,认为在获得了智能和道德官能以后,通过自然选择发生身体变异来适应环境就已经不是推动人类进化的主要动力了,"这是因为人类能够通过他的心理官能'使一个不变的身体同正在变化着的世界保持和谐一致'"（达尔文，2009：83）。智能和道德官能同样易变异、可遗传，并且在自然选择中会有所完善。达尔文进一步阐述说，原始部落进行竞争时，在其他条件相当的情况下，有些部落拥有大量勇敢、富有同情心并且忠实的成员，能够互帮互助、共同防卫，因此更有机会胜出。随着人类理性的发展和经验的增加，再加上来自他人的鼓励与褒奖，还有所接受的教育等，所有这些都能促进美德的发展，使我们的道德观念成为一种高度复杂的思想感情。（达尔文，2009：84-86）

达尔文在进化论中反复强调了联系的重要性，但这一点却常常被忽视。人们很容易从"物竞天择""适者生存"等词语中得到比较片面的印象，认为"自然选择"只强调竞争，这在很大程度上放大了达尔文的理论对生存竞争的描述，忽略了达尔文对生物之间相互依存、存在复杂关系的强调。比尔认为，达尔文理论对爱略特最大的吸引力就在于那些有关"联系"和"起源"的学说，这两点也贯穿了爱略特后期小说的主题，乃至结构。（Beer，2000：156）通过对化石的研究，达尔文大胆地猜测所有生物都起源于同一个祖先。他曾在笔记中写道："动物也许和人类有同一个祖先，我们可能有共同的起源……我们可能构成了一个相互交织的网。"（Burrow，1968：41）而在《物种起源》中，达尔文则明确提出了万物同祖的理论："我的推断是，所有在这个地球上生存过的有机生命也许都起源于某一个远古的形式，生命最初就发端于这一远古的形式之中。"（Darwin，1968：455）❶ 这种观点引起了不少争议，因为它暗示人类和动物乃至植物都是同源的，似乎"降低"了人类高贵的身份。但是同时很多思想家也看到，这一理论揭示了一幅"联系"的图景。万物同源，也就意味着它们之间有着必然的联系。被称为达尔文的"斗牛犬"的赫胥黎曾用一种幽默的方式谈到了植物、动物、鱼和人类的联系，大意是说人如果吃了龙虾，那么龙虾这种甲壳动物也就以某种方式变成了人。若是人不幸落入海中成为鱼虾的美食，那么人也就变成了鱼虾的一部分。或

---

❶ 此处没有使用舒德干根据修订版而译的译本。因为这段话在多次修订中有了很大改变，而1968年按照第一版重印的企鹅版最忠实地反映出达尔文最初的思想。

者人若是吃了面包，麦子的细胞质也就转化成了人的细胞质。（Huxley, 1869: 137）"达尔文强调生存斗争并不一定都是血淋淋的，它只是广义的、喻义的，包括生物与环境的依存关系，强调生命体系的维持，还强调成功地传衍后代。"（舒德干，2005: 8）在《物种起源》中，达尔文写道："我们可以清楚地看到所有活的和已经灭绝的生命形态如何可以归入一个大的系统；看到每一纲生物的几类成员如何被最复杂和最发散的近似关系联系起来。我们可能永远也不能解开每纲生物的成员之间解不开的类同关系网（the inextricable web of affinities），但当我们视野中有一个具体的研究对象，不去转向某些不可知的创世计划，我们希望可以取得虽然缓慢但是确定的进步。"（Darwin, 1968: 415）

尽管达尔文认为"自然选择"与社会道德并不矛盾，同时也非常强调联系的重要性，但他的理论的确带来了不少担忧，而且这些担忧很多都来自进化论的支持者。进化论"不是一套严格的公理和定律体系"，它甚至"没有一个严格确定的基础"，采用的是"一种叙述性的曲调——一种不够科学的、易受攻击的方式"。因此"就连那些认同达尔文理论的人，也有充分的自信去争论细节"。（米尔斯，2010: 2）进化论通俗易懂，但又能够从多方面进行理解，不要说普通人，就连科学家们也有不同意见。爱略特的好友萨利就曾说："甚至是在最先进的社会之中，自然选择都依然发挥着一定作用，这一点毋庸置疑。也正为此，个体为了名利和社会地位等而展开的一切竞争都具体体现了这一原则（自然选择——笔者注）。"（Sully, 1877: 388）与达尔文联名发表论文的华莱士也不无担忧地说："通过自然选择发挥的作用来确保道德与智力的永恒改进，在目前的文明国度中，这看上去是不太可能的。"（Newton, 1974: 282）赫胥黎则认为，社会要进步，就得去限制那种唯我独尊，为了个人利益而罔顾一切的做法。他认为人类社会不能建立在角斗场上那种你死我活的血腥杀戮的理论之上。（Huxley, 1894: 82）提出生物发生律，为进化论提供了有力证据的海克尔（Ernst Heinrich Haeckel）甚至认为达尔文的理论破坏了道德信仰的基础："事实证明，'世界的道德秩序'这首美丽的诗歌显然是不实之词……自然之中不存在这种秩序，人类生活之中也不存在这种秩序……可怕的、永无休止的'生存斗争'是这个世界盲目变化的真正推动力。"

(Haeckel, 1879: Ⅰ, 111-112)

看到这些科学家、思想家对"自然选择"的担忧,我们也就不难理解爱略特对这一理论的复杂态度。达尔文的理论促使她和刘易斯都更充分地意识到了环境的重要性。刘易斯认为,人和任何有机物一样,需要适应环境:"我们总是得把统驭性力量（organizing force）放在与所有外围力量（surrounding forces）的关系当中来考虑,适应一词就简单明了地表达了这种关系。……只有通过使它的力量与周围的力量同步化,有机体才能保持其个体特征。"（Qtd. in Newton, 1974: 281）爱略特曾说,"我习惯于这样去想象,我认为去营构一种人物得以在其间活动的媒介,与去全面塑造这个人物一样重要"（Haight, 1954—1956: Ⅳ, 97）。她在小说中也明确表示了这一点:"没有不被更广阔的公共生活决定的私人生活。"（Eliot, 1997: 45）但是爱略特和刘易斯同时也看到,人所生活的社会环境和动物生活的自然环境有着本质的不同。比起社会达尔文主义者将"自然选择"简单地套用在人类社会之上的那种浅薄做法,刘易斯和爱略特显然对这一理论有着更深刻的认识。人所要"适应"的环境是种种关系的总和,这就意味着人的行动不可能像动物一样仅仅是利己的。脱离社会谈个人没有意义,每个人都在与他人的关系中存在,充分意识到这种联系能够帮助人类做出利他的行为,这种行为归根结底同时也是利己的。因此刘易斯断言:"动物行动的法则是个人主义,其座右铭是'个体为了自己对抗所有其他生物'。人类行为的理想是利他主义,其座右铭是'人人与他人关联,人人为每个人。'"（Lewis, 1874—1879: Ⅳ, 137）

莱文认为,爱略特和刘易斯将达尔文理论及相关思想实际上是化用到了他们所提倡的利他主义道德理想之中。（Levine, 1988: 11）这一观点笔者是基本赞同的。但同时我们也应该注意到,爱略特直接谈到"自然选择"的场合为数不多,她对这一理论始终抱着审慎的态度。她在致出版商的信中说:"自然选择也并不总是好的,要靠（见达尔文）一些愚蠢动物的突然变化。"（Haight, 1954—1956: Ⅳ, 377）有时候她甚至会用讽刺的口气谈起这个问题。在致友人的信中,爱略特说到某些自以为是的男士的婚姻问题:"他们总是必须得到最好的（女士）,真的,他们总是优秀得足以让最好的女士接受他们。他们会说这就是所谓的'自然选择'原则。我承认这一点,但这也是'自负

的绅士的选择'原则。"(Haight, 1954—1956：Ⅳ, 147)

自然选择理论强调"偶然"和"机会",排除了生物个体选择的可能性和意义。长颈鹿不可能因为想吃到高处的树叶而使脖子变长。生物自身的主观愿望在进化中不起作用。然而对于爱略特来说,这一规律只适用于一般的生物界。而对于人类,主观选择却在人的生活中起着至关重要的作用。也许和动物一样,人类的主观愿望不会改变人的身体特征,但是这种选择却会对社会产生深远的影响。在爱略特的小说中,她为读者生动地勾勒出一幅人与人、人与社会紧密联系的图景,同时对自私自利的机会主义者进行了不遗余力的批判。

第二节 《仇与情》中的机会主义者蒂托

爱略特的小说从来不乏以自我为中心的机会主义者。《织工马南》里的高德夫雷对父亲撒谎后,"希望有一种意料不到的转运,有一种有利的机缘可以使他摆脱不愉快的后果"(爱略特,1995：97)。对此作家不无讽刺地评论道："单从相信掷幸运的骰子这一点来说,恐怕还不能把高德夫雷算作旧式的人物。吉祥的命运之神是一切按照自己的计谋而不遵从他们所相信的法则行事的人的偶像。即使是当今的文雅之士,如果他陷入一种他耻于承认的境地,他也同样会专心一意地企望一种可能的办法,可以把他从那种可以设想得到什么结果的境地里拯救出来。"(爱略特,1995：98)《米德尔马契》里的利德盖特一度也几近疯狂,在借钱无望后竟走进了绿龙弹子房,希望能从赌博中获得转机。《丹尼尔·德龙达》中米拉的父亲拉普多思更是一个地地道道的赌徒。在众多的机会主义者中,《仇与情》里的蒂托·梅莱马是其中最突出的例子之一。蒂托在动荡的佛罗伦萨左右逢源,在很大程度上似乎是斯宾塞等人鼓吹的"适者生存"中的"适者"的典型,然而作家对蒂托自私自利的动机,以及他时刻寻找"机会"的心态都提出了严厉的批评。这个机会主义者最后被"机会"所毁灭,带给读者对"利益""适应""历史"和"机会"等的深层思考。蒂托的经历表明："自然选择之中的机会这一因素与乔治·爱略特本人的道德观相矛盾，她从未能心安理得地去接纳'自然选择'这一理论，尽管她无法去彻底地驳斥它。"（McKay，2003：176）

　　爱略特独具匠心地安排蒂托在逃难途中抵达佛罗伦萨——一个对他而言完全陌生的城市，在这里蒂托几乎可以完全无视自己的过去而开始新的生活。这可能是许多对自己的生活并不满意的人梦寐以求的。蒂托似乎具备成功所需要的许多要素：他英俊、聪明、机灵、渊博、脾气好。虽然这个流浪到佛罗伦萨的外乡人举目无亲，既没有钱也没有社会根基，不过他总是能够轻易博得人们的好感。理发师内洛认为，如果画家彼埃罗要绘制圣塞巴斯蒂安、酒神巴克斯和太阳神阿波罗的肖像的话，蒂托那"跟夏日清晨一样光彩而温暖"的脸容是再合适不过的模特。然而彼埃罗却认为，英俊相貌并不能保证品德的高尚，最完美的叛徒的脸上并没有邪恶的痕迹。（爱略特，1988：48）作家在这里暗示了蒂托堕落的可能性。蒂托有一种天赋，他总是显得直爽、温厚，可以用一种极为自然的状态去应付各种场合，使他在迎合他人的时候不露声色，因而很讨人喜欢。他并不对罗摩拉的父亲巴尔多要写的书感兴趣，然而当巴尔多希望他成为助手时，蒂托以他一贯的好脾气"自然而然"地答应了请求，也在自己方便的时候提供了不少帮助。当然，他积极从事这些工作与他对罗摩拉的感情有很大关系。在他娶了罗摩拉之后，事情就发生了变化。他频频周旋于王公贵族中间，让老人很是失望。然而因为他"温和，脾气好"，对不愉快的事情"只是尽可能不出声地回避"（爱略特，1988：279）（回避巴尔多的请求就属于这一类），蒂托在罗摩拉心中依然是一个好丈夫。蒂托不但善于察言观色、见风使舵，博得他人的好感，而且确实学识比较渊博，这更容易让他获得"大人物"的青睐。他去拜访国务秘书斯卡拉，后者正与诗人波利齐亚诺为了拉丁文短诗的音节和文法问题互相攻击。斯卡拉希望蒂托这位希腊学者做一个评判，蒂托则需要斯卡拉购买他的宝石，因此就毫不犹豫地站在国务秘书一边，攻击诗人波利齐亚诺。他从诗人的《杂谈集》里挑出不少毛病来讨好国务秘书，"他这样做并无其他目的，仅仅是使他（斯卡拉）高兴而已"。为了自己的私利，蒂托根本没想到要从诗歌和文字的角度真正去评判国务秘书和波利齐亚诺的纷争，而是很自然地"牺牲了这首诗来满足斯卡拉"（爱略特，1988：92），并为此感到自鸣得意。法国国王驾临之际，其他人都临场退缩了，只有蒂托十分从容地发表了一番演讲，在受到众人赞扬时还谦虚地把一切归功于他人，事事都处理得非常得体，显示了他出众的才干。

此时的佛罗伦萨也为蒂托这类人提供了飞黄腾达的沃土。故事发生的背景正值15世纪末佛罗伦萨动荡不安的年代。伟大的领袖梅迪奇去世了，国家陷入了混乱，各派政治力量互相倾轧，试图取得统治地位。这样的世界为善于投机的人提供了绝好的土壤：

> 总而言之，这个世界，是一个分裂了的帝国，也是一个包罗一切的宏大教会，看来似乎完美无缺，至少对于那少数几个足够幸运、足够聪敏地从人类的愚蠢里获得了好处的人来说，就是如此。这个世界，在那里，纵欲和秽亵，欺骗和背叛，压迫和谋杀，都是痛痛快快的，十分有用的，只要处理得当，就毫无危险。而况，还有着对学问和艺术的保护，作为暴政、贪婪、奢侈的实质性欢乐的一种镶边或者装饰，因此，奉承拍马可以随时使用不偏不倚的技巧，来描绘神圣的或者肮脏的东西。（爱略特，1988：239）

蒂托在这样的社会里如鱼得水，紧紧抓住各种有利的"机会"，无论是私生活还是个人事业都非常顺利。他成功地赢得了高贵的罗摩拉的心，在官场上也爬得很快。

蒂托英俊潇洒，温和开朗，学识过人，他的动机似乎也没有太大的问题，他不过是想让自己过得舒服快乐些而已。作家反复强调，蒂托并不是有着邪恶动机的坏人，只要不涉及自身的利益，他不会主动去陷害别人。然而这种处处以自我为中心，永远把自己的利益放在首位的做法无可避免地将蒂托引向了堕落的深渊。在得到养父巴尔达萨雷请他营救自己的口信后，蒂托仍然决定不去行动，"说到底，他为什么非去不可呢？生活的目的，要是加以细察的话，难道不就是取得最大限度的快乐吗？"（爱略特，1988：133）他认为他应该享受自己的生活，不能放弃眼看到手的爱情和事业。他甚至无耻地认为，养父的财产就是他的财产："从所有权应按一般情况来决定的狭窄意义上来说，那的确是属于巴尔达萨雷所有。但是从更加广泛、更加激进的自然的观点来说，也就是从世界是属于年轻的人、强有力的人所有的观点来说，那么这些财富还不如说应归他所有为好，因为他能够从中得到更多的快乐。"（爱略特，1988：134）因为自己是年轻的，是强者，就可以名正言顺地掠夺年老的、弱者的财产，这种赤裸裸的观点仿佛在为"弱肉强食"这一词条做注解。爱略特笔下的蒂托·梅莱马是一个彻底的自私自利者，信奉的是"丛林法则"，作家在多处都从道德的角度对他的信条进行了谴责。她对那种不顾他人死活，以"强者"的面目掠夺和占有弱者的资源的行为是反对的。与蒂托形成鲜明对比的是，罗摩拉在饥荒蔓延的佛罗伦萨街头用道德的力量阻止了想要抢食物的年轻人。那些年轻人也饥肠辘辘，对带着食物，忙于解救巴尔达萨雷的罗摩拉造成了威胁。罗摩拉对他们说：

  饥饿是难以忍受的，我知道；你们想拿这些面包，你们完全有这样的气力。这是留着给生病的妇女和儿童的。你们是强壮的人，你们如果因为强壮而不想受苦，你们是有力气可以从弱者那里取走一切。（爱略特，1988：426）

这番话让围过来的年轻人感到羞愧，不由得纷纷向后退，其中一个名叫塞科的人还主动站出来照料巴尔达萨雷。作家用这种方式表明，即使在生存受到威胁的关头，道德依然应该而且可以发挥巨大的作用。人类社会与动物世界的不同之处就在于人类的道德观和羞耻感，这种观念促使人类去帮助弱者而不是毫无廉耻之心地去掠夺他人的财产。

蒂托是个十足的机会主义者，相信"机会"会给自己带来飞黄腾达的一天。蒂托戴着一枚养父巴尔达萨雷赠给他的指环，据说能给他带来好运。初到佛罗伦萨，蒂托就指着这只指环说，他期望在佛罗伦萨真有好运气。（爱略特，1988：49）在讨好了国务秘书后，蒂托高兴地想："命运之神现在大概不会再把背对着他，既然她已经在这条具有决定性的道路上拉起了他的手。"（爱略特，1988：93）爱略特并不否认运气和机会的存在，相反，"机会"一词在《仇与情》中出现的频率相当高。然而我们看到，当机会来临时，实际

第四章 "自然选择"观照下爱略特的道德观

上蒂托同时也面临选择，是蒂托的选择而不是盲目的"机会"最终决定着人物的命运。爱略特对进化论的接受，尤其是进化论在人类社会的应用是有所保留的。在哈代的《德伯家的苔丝》《无名的裘德》中，在德莱塞等自然主义作家的作品中，读者强烈地感觉到了命运的无情，人物对"机会"无能为力，只能随波逐流，像风中的落叶一样随风飘荡，无法通过主观选择来改变自己的命运。嘉莉妹妹的一夜成名带有极大的偶然成分，嘉莉自己实际上对一切都缺乏掌控，道德在她的生活里无足轻重。在这一点上，爱略特显示出了与维多利亚时代后期和 20 世纪初期许多作家的不同之处。她承认机会的作用，但并不悲观地认为人们在命运面前无能为力，而是强调主观选择的重要作用，试图在一个社会道德受到动摇的时代重建道德体系。

在小说里蒂托不断地面对很多"机会"，有些他可以坦然面对，如被引荐给学者巴尔多，获得了他的女儿罗摩拉的青睐，还很快认识了不少达官贵人，博得了众人的好感。但在更多的时候，蒂托在机会面前却面临道德的拷问。当病重的卢卡修士带来了巴尔达萨雷的口信时，蒂托本可以抓住这个机会向罗摩拉坦白一切，并且立即出发去营救父亲，然而他没有这样做。因为害怕罗摩拉知道真相后会抛弃他，蒂托此时希望卢卡修士死去，这样他的秘密就不会为人所知了。命运眷顾了蒂托，卢卡修士确实将秘密带进了坟墓，这让蒂托感到如释重负："善良的命运使他得到了豁免，他觉得这是理所当然。"（爱略特，1988：212）当巴尔达萨雷真的出现在他面前时，蒂托把他称作疯子，并且希望养父真的疯了，以免遭到养父的报复。后来在情妇苔莎的住处，蒂托又获得了机会来弥合与养父的关系。"命运把一个机会推到了他的手边，让他补救主教府台阶上的那个时刻。"（爱略特，1988：350）但是面对暴怒的养父，蒂托并无诚意。他无非是要使自己摆脱困境，至于养父的感受他是无暇顾及的。他首先考虑的仍然是自己的利益，担心自己是否会陷入更加不利的境地，对能不能和解完全不在乎。当他发现养父的精神出了问题，头脑"断裂"了，不但没有感到痛心，反而窃喜："蒂托觉得现在没有其他选择，他必须指责巴尔达萨雷是一个疯癫而呆笨的老人，而这机会完全是在他的这一边，几乎没有什么要害怕的余地。"（爱略特，1988：354）蒂托就这样一步步在机会面前做出了利己而不是利他的选择，滑入了道德堕落的深渊。此后蒂托的思想越来越多地为"机会"这个词所占据，他思考的是如何在纷乱的佛罗伦萨取得要职，同时躲避养父的报复。作家写道："蒂托的隐秘的欲望，现在逐渐变成非常明确的思想。青春的新鲜激情枯萎了；对他来说，生活越来越肯定地呈现出一种赌博的面貌，在其中，机巧和机遇，自在地混合在一起。"佛罗伦萨的政局本就是一场赌局，是"一场革命和党派斗争的赌博"（爱略特，1988：358），蒂托很快就发现了自己独特的优势。他在佛罗伦萨是外国人，本来只能靠达官贵人的宠幸才能谋得一官半职，但是现在他意识到，自己这种外国人的身份使各方都把自己当作合适的工具去攻击敌人，"幸运似乎在他前面悬起了比他从来所想望过的都更高的奖赏。"（爱略特，1988：396）蒂托周旋于各方，为不同的政治党派和宗教团体工作，随时准备为了自己的利益出卖任何一方。"伴随自身的道德堕落，蒂托开始鼓吹'达尔文主义'给偶然性和适应所赋予的价值，认为生活是一场机会的游戏，认为他可以通过角色扮演而去把自己装扮成不同的人物，而无须向世人展示他自己真正内在的身份，不需要忠实于任何个体，也不需要忠实于他所隶属的任何团体。"（McKay，2003：183）

　　蒂托的这种思想和行为暴露了他性格中最大的缺陷，就是他不相信有什么会束缚他的生活，他仿佛是随波逐流的浮萍，没有考虑过过去对自己的要求，也没有考虑过自己对他人所担负的责任，只相信眼前的运气。"当传统与社会忠诚感无法在（从根上讲就自私自利的）本性上生根发芽的时候就会出现道德恶果，爱略特在蒂托·梅莱马身上就展现了这些恶果。"（Paris，1965：65）蒂托的很多问题的源头，都来自他决定不去拯救对自己恩重如山的养父巴尔达萨雷这件事情。巴尔达萨雷把在街头受尽凌辱的小蒂托带回家中，给了他食物和温暖的父爱，让他接受教育，培养他成为充满活力、知识渊博的年轻人，然而蒂托却没有感恩之心。当他变卖了养父的财产后，也曾想过去赎回养父，但他都从自己的利益出发，用各种理由来逃避自己的义务。他安慰自己说，养父可能已经去世了。他也知道，如果他去寻找养父，就会使自己面临很多灾祸。寻找养父不仅要花掉手里的钱，而且还要面临很多艰难困苦，这当然是信奉利己主义的蒂托所不愿意面对的。他最后终于决定不去寻找养父，"对自己的愿望低下了头"（爱略特，1988：117）。

第四章 "自然选择"观照下爱略特的道德观

　　因为卢卡修士是通过指环认出蒂托的，为了避免类似的事情发生，蒂托很快就卖掉了指环。这可看作是一种试图摆脱过去对自己的束缚的做法。那枚指环是巴尔达萨雷从自己的手上取下来给他的，代表了爱和关怀，同时它也是蒂托过去的身份的象征，时时提醒他养父的存在，以及他对养父的责任。命运之神似乎又一次眷顾了蒂托，卢卡修士没有揭露出蒂托的秘密。然而后来我们发现，想要摆脱与过去的联系是不可能的。历史会以不同的形式表现出来。卢卡修士死了，但是活着的巴尔达萨雷却出现在蒂托面前。作家沉重地写道："街道和广场的每一段短短的距离，都包含着回忆、警告和折磨人的痛苦，可能成为经年累月的回忆。"（爱略特，1988：254）在主教府门口，蒂托本可以与巴尔达萨雷相认，然而他却把养父称为疯子，不想承认自己的过错。作家不无遗憾地说："那时候，往昔的一只活生生的战栗的手抓住了他，而他却把它摆脱掉了。"（爱略特，1988：350）

　　蒂托想要摆脱的不仅仅是自己的过去和对养父的责任，还有对岳父和妻子的承诺。因为受到了巴尔达萨雷的威胁，蒂托开始考虑离开佛罗伦萨。他需要大笔的钱财，因此就毫不犹豫地卖掉了岳父巴尔多用一生积累的手稿和藏书。巴尔多最大的愿望就是这批藏书不要流散到各处，而是以他的名义建立图书馆，集中向世人展示。为此，罗摩拉的教父贝纳尔多尽管自己经济拮据，仍在巴尔多死后拿出了一笔不小的钱来确保藏书的安全。蒂托并没有把岳父的嘱托放在心上，甚至认为花大力气保护这批书籍不过是庸人自扰。在私自卖了这批书后，蒂托对悲伤的妻子罗摩拉说："应该有一点儿小小的哲学，以指导我们摆脱这种无中生有的束缚，而人们却往往把它套在自己身上，在这种仅仅出自想象的重压下悲惨地过日子。"（爱略特，1988：325－326）他的哲学是这样的：因为岳父已经死了，活着的人当然要尽可能地为自己的利益着想，守着这些书并没有什么"利益"可言，而变卖它们则可以获得大笔钱财，供他享受生活。对于蒂托来说，岳父的嘱托是"无中生有的"，是"想象的重压"，但是对罗摩拉来说，父亲的遗愿却是她愿意付出任何代价都要完成的，因为那些书里有父亲的生命，也有罗摩拉自己多年生活和思考的印记。她帮助父亲整理的手稿里充满了对父亲的爱和尊重，这些过往的生活是罗摩拉的一部分，她不可能为了金钱而抛弃它们。因此她愤怒地谴责蒂托的忘恩负义，并且说，由蒂托这样的人"构成的城市和世界，我看不出来有什么好"（爱略特，1988：327）。

此时的佛罗伦萨是罗摩拉想要离开的地方，却正是蒂托这类投机者的天堂。蒂托平步青云，很快谋得要职。因为对于各方来说，他的无根无基、无所牵绊正是他的一大优势，使他可以为任何一方工作。他表面上追随萨伏纳罗拉，实际上却设计把修士献给教皇。阴谋在罗摩拉面前败露了，蒂托不得不保护了萨伏纳罗拉，但是他并不特别沮丧："他办的事情那么巧妙，因而他认为，所有的结果都会对他自己有利。不管是什么党派占上风，他都能保证得到重用和钱财。"（爱略特，1988：456）如果萨伏纳罗拉被捕，蒂托就可以得到教皇的宠幸，现在他保护了萨伏纳罗拉，则可以获得修士的信任，总之一切都会对蒂托有利。当蒂托被各派当作方便的代理人而使用时，他们没有意识到在佛罗伦萨没有根基的蒂托"也没有他们之间作为主要保证的相互忠诚"。蒂托对任何一方都没有仇恨也没有热爱，他的任何行为只与自己的利益相关。"他最关心的成果，是想将来保证能为自己在罗马或米兰获得一个职位。"（爱略特，1988：535）当蒂托决定对梅迪奇派落井下石时，他想：

难道就因为他们的党派失败了，他就该放弃生活的快乐果实吗？他再贡献出一点儿反对他们的证据，也许不至于影响了他们的命运。的确，他是觉得他们能够逃脱开严重的后果的，但是他如果不提供证据，那么他自己很有希望的前途就要全部毁于一旦。一个人一辈子真正的目的还可能是什么，除了他自己的利益？

他想到，历史上有很多像他这样左右逢源的人，并没有受到什么谴责。"只有软弱才会受到轻视，任何性质的强力都会得到豁免。"（爱略特，1988：540）蒂托的这种想法似乎验证了很多人对达尔文学说的担忧。格雷厄姆在讨论"生存竞争"的含义的时候就曾经问道："按照生活就是永不停歇、充满竞争的战斗这种理论，我们的首要义务就是去满足我们自身的利益。那么，我们为什么要去违背明确的自我利益而去遵从公正的原则呢？"（Graham，1881：380）蒂托的答案是，他不能牺牲自己的利益按照道德的要求去行动。蒂托这

第四章 "自然选择"观照下爱略特的道德观

个利己主义者和机会主义者的嘴脸在这里暴露无遗,他所关心的只有自己的私利,相信的是弱肉强食的法则而不是道德的约束,依靠的是运气和机会。而富有讽刺意味的是,最后毁灭蒂托的也是"机会"。他在街头遇到了暴民,被迫跃入河中。作家写道:"这是他得救的机会,而且是很好的机会。"(爱略特,1988:617)然而另一个人也在等待机会。他的养父巴尔达萨雷守在河边等待好运,他最终等到了复仇的机会,亲手杀死了蒂托。这一情节安排显示了作家对蒂托所信奉的"机会"的反讽态度。

蒂托最大的问题就在于他看不到自己与他人的联系,以为过去可以随意地摆脱掉,自己对他人的承诺也可以置之不理,他的生活总可以如他所愿重新开始。"作为一名利己主义者,蒂托认为他不是社会介质(social medium)的一部分;相反,他相信自己能够在真空状态中生存,在追求马基雅维利式自我利益的过程中独立于社会介质之外。"(McKay,2003:183)这种只顾自己快乐,无视自己同他人的联系的做法最终却不可能使蒂托独善其身。在爱略特看来,"那种认为个体与社会介质相分离的观念是个幻觉,不真实"(McKay,2003:160)。人和人之间有责任,有爱,也有义务,不顾这些束缚而一门心思只想要享受生活的做法是行不通的。蒂托后来觉得自己不该爱上罗摩拉,养父也不该回来,但是他仍然认为这些都是可以摆脱掉的。"他已经有了许多钱,安全地存放在佛罗伦萨之外;他正在二十八岁的盛年,他自己觉得有这经过考验的手腕。难道他不能摆脱掉过去,就像脱掉排演穿的衣服,把旧包袱扔开,为了真正的演出而重新穿戴起来?"(爱略特,1988:541)他希望摆脱眼前的困境,和对他的所作所为一无所知的苔莎一起开始新的生活。他喜爱苔莎的原因就是苔莎单纯得像婴儿一样,对他只怀有崇拜之情,他在苔莎面前不必感到道德上的自卑和恐惧。他把苔莎当成了"一个庇护之所,可以在随着耻辱而来的可怕孤独之中容身"(爱略特,1988:170)。蒂托安排好了一切,要和自己的情妇而不是合法的妻子离开佛罗伦萨,因为他的妻子罗摩拉总是让他感到自己道德上的卑劣。

罗摩拉是一个具有高度责任感和道德感的女性。她常年帮助失明的父亲整理资料,年轻的心也因为这些单调枯燥的工作而感到厌倦,但是她对父亲的同情和怜悯使她没有怨言,心甘情愿地为父亲做出牺牲,也准备在父亲死后完成他的遗愿。在得知蒂托把对父亲的承诺当成无中生有的重压，为了金钱而卖掉了藏书之后，罗摩拉愤怒地指责蒂托说：

> 忠诚，爱情，以及甜蜜而感激的回忆，就都不是利益了？我们默默地遵守我们的诺言，那是别人因为相信我们的爱情和真诚而信托我们的，就不是利益了？或者，我们应该硬起心肠来，对待那些依赖于我们的人的需要和希望，那就是利益了？有着这种灵魂的人，有什么利益会属于他们呢？或许，就是说说俏皮话，给自己找一张舒服的软床，把自己最低贱的自我作为最好的伴侣，就这样过一辈子而死去。（爱略特，1988：326）

罗摩拉所强调的，正是对责任、对义务的虔诚态度，以及利他主义的精神。只有意识到了个人与他人的联系，才会珍视回忆，才会意识到个人不能够只按照自己的意志来行事。而蒂托"一切错误的根源"，作家议论道，就是"按照他的设想安排生活"（爱略特，1988：317），只考虑到自我的利益而置他人于不顾。蒂托在罗摩拉的指责面前感到了道德的恐惧，再也找不出合适的语言来反驳，只能依靠丈夫的权威来控制妻子。因为无法忍受蒂托的欺骗，罗摩拉决定离开佛罗伦萨，但在路上被宗教领袖萨伏纳罗拉阻止了。萨伏纳罗拉对罗摩拉强调了她作为妻子和公民的义务，提醒她不可以背弃婚约，还应该照顾身边正在饥饿和贫困中挣扎的佛罗伦萨人。对于罗摩拉来说，萨伏纳罗拉"不单是个了不起的、善良的个体；他还是佛罗伦萨的代表，是人性的代表"。因此，他唤醒了罗摩拉，让她意识到"自己是个佛罗伦萨人，是所有受苦者中的一员"，敦促她回到城里投身慈善事业。（Paris，1965：219）萨伏纳罗拉的话使罗摩拉觉得：

> 一切亲密的关系，不用说，尤其是最亲密的关系的神圣性，无非就是人类所有的善良和高尚必需自发追求的结果在外在法律中的表现。这种纽带，不论是继承的或是自愿的，因为它不再令人快活而轻率地予以抛弃，就等于是把社会的和个人的品德连根拔掉。

而蒂托的罪行，正是一种"用最可恶的极端虚伪、极端忘恩负义做出来的抛弃行为"（爱略特，1988：531）。不过在听从萨伏纳罗拉的教诲的同时，罗摩拉也意识到了修士自身的很多问题。因此在教父死后，她第二次出走佛罗伦萨，漂流到一个海岛上，用爱拯救了瘟疫蔓延的村子。在离开佛罗伦萨时，她曾经一度"感到自己没有了牵挂，没有了目的，只是沉溺在自私的怨恨中"，但是在村子里她重新投入生活，"满足所有需求的呼唤"（爱略特，1988：631），这促使她重新审视自己过去的生活。事实上，罗摩拉对岛上居民的同情心与她多年对佛罗伦萨人的付出是一脉相承的。在岛上居住了一段时间后，她不由得问自己，她怎么可能感到了村里人的需要，"而偏偏没有感到最亲近的人（佛罗伦萨人）的需要呢？"（爱略特，1988：632）罗摩拉意识到，她不可能从此在海岛上安然度日，忘记自己那些在痛苦中挣扎的同胞。她毅然回到了佛罗伦萨，担起了抚养苔莎与蒂托的孩子利洛和宁娜的重任。此时的罗摩拉在思想上有了进一步的升华，"她为他人而活，这个他人不是她的家人，也不是她的邻人，而是其他所有人。通过这种为别人而活的直接经验，她发现了生命的神圣性，也从宇宙之中发现了一种宗教情怀。在小说结束时，她将自己融进了整个人类的生命之中，她信奉的是人本宗教（Religion of Humanity）"（Paris，1965：222）。

在小说的结尾，利洛表达了和父亲相似的愿望，那就是要追求成功，同时也不放弃追求快乐。对于利洛的这种想法，罗摩拉非常郑重地回答说："过于关心我们自己渺小的个人快乐，只能得到一种可怜的幸福。我们要努力做一个伟大的人，以宽广的胸怀，想着世界上的其他的人，就像想着我们自己一样，才能得到最高尚的幸福。"只想到自己会得到什么，像蒂托那样竭力去避开一切不愉快的事情，"灾难照样会临头"，这是"落到卑鄙的头脑上的灾难，是悲哀的一种方式"。（爱略特，1988：656）在整部小说里，爱略特都在不断地提醒读者，如同生物对环境的适应中存在许多偶然的因素一样，在人的一生中也会有很多看似偶然的机会。"爱略特在一个层面上对进化理论持排斥态度，而在另一个层面上，在其思维的肌理之中又融入了达尔文的观念。"（McKay，2003：177）有些时候，这些机会似乎可以把我们推向自私自利的愿望所希望的方向。然而不考虑他人的利益，妄想永远依靠机会，把人与人之间的关系理解为弱肉强食，不承认爱、责任和义务的重要性，不惜用卑劣的手段来使别人名声扫地，这种做法不仅是可鄙的，而且也不可能成功。

第三节 《米德尔马契》对"联系"的强调[1]

亨利·詹姆斯评论曾说："《米德尔马契》在太多时候是达尔文先生和赫胥黎先生的思想的回响。"（James, 1996b: Ⅰ, 490）这种回响表现在遣词造句上，也表现在小说的主题上。在小说序言的最后一段，作家在谈到女性时说："假定女人无一例外，都只有计算个位数的能力，她们的社会命运自然可以凭科学的精确性，给予统一的对待。可是她们尽管浅薄，但实际仍然千差万别，与人们的想象大不一致（the limits of variations are really much wider than any one would imagine），她们既不像女人的发型那么大同小异，也不像畅销的散文或韵文言情小说那样千篇一律。"（爱略特, 2006: 2）比尔发现，这里出现了进化论的核心词汇 variation，意为变异、变种。对物种的争议，以及对如何通过区别来描述物种的争议都涉及变异和变种。在讨论生物的许多外形相似、用途也相似的器官时，需要确定这些器官到底是生物间亲缘关系的证据，还是不同生物在适应环境中出现相似结果的证据，也不能不涉及变异和变种。女人的发型和喜欢的爱情故事可能大同小异，这使女性看起来很相似，但实际上她们之间的差异是很大的。爱略特似乎在用一种类比的方式回应进化论对相似器官的研究。（Beer, 2000: 139 – 140）从主题上看，《米德尔马契》虽然没有明确提到进化论，但是小说中的很多人物都在某种程度上"追根溯源"，试图寻找能够解释一切某种理论，这似乎与达尔文的研究有很多相似之处。然而我们也注意到，这些人物的努力都或多或少受到了挫折，最主要的原因就在于他们在寻找根源的同时不能用联系的眼光来看问题。爱略特并不

---

[1] 本节的部分内容参见：罗灿.《米德尔马契》中的科学思想 [J]. 外国文学评论, 2010, 4: 92 – 100.

反对寻找起源的研究，但是如果忽略了联系，那么这种研究就无法真正为我们提供认识世界的工具。在第十五章的开头，作家谈论了自己与菲尔丁的不同，最后她写道："拿我来说，至少我有许多人生的悲欢离合需要铺叙，看它们怎样纵横交错，编成一张大网。我必须把我所能运用的一切光线集中在这张特定的网上，不让它们分散在包罗万象的大千世界中。"（爱略特，2006：137）比尔指出，"网"（web）在今天更多的与"蜘蛛网"相联系，然而在维多利亚时代这个词最主要的用法却是指"织物"（woven fabric）（Beer，2000：156），这一词意强调了构成这块织物的材料的纵横交错的关系，任何细微的变化都会使整个织物呈现出不同的状态。不管是达尔文的"解不开的类同关系网"（the inextricable web of affinities），还是爱略特笔下的米德尔马契，都体现了事物之间相互依存、紧密联系的特性。在遗憾她笔下的人物不能很好地体会"联系"的含义时，爱略特写道：

  任何人，只要他密切观察人们的命运如何在不知不觉中发生交叉现象，他就会发现，一个人的生活怎样对另一个人的生活产生缓慢而微妙的影响，尽管我们对素昧平生的人投之以无动于衷或漠不关心的目光，然而这种影响却在对我们发出深谋远虑的嘲笑。（爱略特，2006：93）

爱略特在《米德尔马契》中所揭示的正是这种虽然不起眼但却给人们的生活带来重大影响的关系。不能认识这种关系的人注定要受到沉重的打击。更重要的是，能否意识到人与人之间的相互联系，这在很大程度上影响着人物的性格和行为，也是衡量他们道德水平高下的重要标准之一。

在小说里，教区长卡苏朋先生一直孜孜不倦地寻找神话的起源。他认为，"一切神话体系或世上残存的片段神话，都是最初得到天启的传统的讹误（corruptions of a tradition originally revealed）"。（爱略特，2006：22 译文有改动）因此，他致力于在故纸堆中寻找神话的源头，想借此建立起一整套神话的理论，以解释一切神话。"一旦取得了正确的立场，找到了可靠的立足点，神话世界的广阔天地就不是不可认识的，不仅认识，而且可以通过它的反映，看到各种事实。"（爱略特，2006：22）这一设想可谓雄心勃勃，卡苏朋为它耗费了一生的精力。但是对于他的研究，作家固然一方面不乏同情，但总体而言却始终持否定态度，认为是徒劳无益的工作。卡苏朋似乎一直都在做笔记和摘要，但却无法真正动笔写作，最主要的原因恐怕还在于他无法找到他收集的大量材料之间的联系。布鲁克先生曾问起卡苏朋是如何整理资料的，他几乎回答不上来，后来勉强说，有一部分是分类归档的。布鲁克先生虽然常常显得很可笑，但就连他也看出卡苏朋的方法欠妥，因为"一切都有联系，无法截然分开"（爱略特，2006：18）。正因为无法提炼出有用的主要线索，卡苏朋就只能在材料的汪洋大海中迷失方向。从更深层次来看，卡苏朋所做的是一种历史研究，他最大的问题是将历史研究与现实生活割裂了开来，"孜孜不倦的研读，只是留下了一摞摞摘记本"（爱略特，2006：82）。研究历史的目的不是为了历史本身，而是为了从中看到现实生活的意义。科斯莱特认为，爱略特对历史和传统的研究值得借鉴。在《亚当·贝德》和《弗洛斯河上的磨坊》里，"爱略特用历史的眼光看待传统，视其为某个特定的情感结构和社会结构身上自然的、必需的一部分；她也从人类经验的角度看待传统，视其为特定社会需求的表达。因此，传统与事实和经验紧密相连"（Cosslett，1982：87）。卡苏朋却在研究历史的同时失去了对生活的兴趣。他甚至不能从即将到来的婚事中得到幸福感。作家写道："确实，他熟知一切给他相反启示的古典文章，但我们发现，诵读古典篇章是一件花力气的事，它使人们没有余力再来考虑如何把这些篇章应用于个人问题。"（爱略特，2006：83）卡苏朋努力掩饰自己的孤独感，他在生活里主要面对的是书中那些没有血肉的人物，带来的是"阴森森的地狱的潮气"（爱略特，2006：84）。作家指出，卡苏朋的研究"只是支离破碎的木乃伊，是由历史废墟中五花八门的遗物拼凑而成"（爱略特，2006：454），是"把那些关于古实和麦西拉姆的残缺不全的理论修修补补"（爱略特，2006：214-215），既没有创见，也没有意义。正因为神话世界在卡苏朋的脑海里只是片段的集合，面对沉淀了欧洲几千年文明的罗马，卡苏朋没有任何感受。在罗马这个欧洲文明的发源地之一，现代文明和各个时期文明的遗迹随处可见，最好地诠释了文明之间的联系。如果卡苏朋是个热爱生活的有心人，他甚至也许可以从罗马的种种遗迹中找到神

第四章 "自然选择"观照下爱略特的道德观

话发展的真正线索。但是罗马的一切对卡苏朋来说都索然无味。他对眼前的古迹似乎熟视无睹,对大师的杰作也不能欣赏,只会对多萝西娅说,别人认为那些景物值得一看,"大家公认"拉斐尔的作品将最完美的形式和崇高庄严的内容结合了起来,这是"鉴赏家们的共同意见",至于他自己,却没有任何感受。"与持有不可知论观点的乔治·爱略特不同,他只对根源(造物主)感兴趣,而对后续的有机联系和发展不感兴趣。"(McKay,2003:159)

作家借布鲁克之口对卡苏朋说:"拼命研究地形学、古迹和寺庙等,我认为我找到了一条线索,可我发现,它会使我陷了进去拔不出来,结果还是一事无成。你知道,那种事情你走多远也走不到底,最后仍毫无收获。"(爱略特,2006:263)追根溯源的研究往往容易走进死胡同,因为事物在不断变化,源头早已不可见,专注于联系才能更好地揭示本质。在《物种起源》里,达尔文并没有真正找到最原始的生物,实际上从化石中找寻生命的起源本身就是不可能的。基因学家琼斯(Steve Jones)说,如果达尔文今天用"物种起源"为标题来发表他的杰作的话,这个名不符实的书名会与《商品说明法》("Trades Description Act")的要求相抵触,"因为如果《物种起源》与什么无关的话,它正是与物种的起源无关。达尔文对基因一无所知"。(Dennett,1995:44)邓纳特认为,达尔文在《物种起源》里主要做了两项工作,一是证明现代物种都起源于更早一些的物种,二是展示物种变化是如何发生的。(Dennett,1995:39)这两项工作都强调现代生物与远古生物的渊源关系,研究生物的生存斗争,以及生物对环境的适应等,无一不是有关联系的理论。卡苏朋埋首于故纸堆里,想要找到神话的源头,借以支撑起整个神话世界。这种做法就仿佛是生物学家试图从残缺不全的化石里找到最初的生物一样,要用它们来拼凑出生物进化的完整图景,这一不切实际的目标绝无实现的可能。

这种徒劳无益的研究也在很大意义上决定了卡苏朋的性格。与爱略特小说中其他看不到事物之间联系的人一样,卡苏朋也是一个自私自利的自我中心论者。这一点从他的求婚信中就可见一斑。在信中,卡苏朋说,多萝西娅的高贵品质将为自己"严肃的工作提供帮助",也将给自己"闲暇的时刻带来魅力"。对他而言,婚姻的目的就是要"照亮"自己"孤独的生活"。(爱略特，2006：41）卡苏朋所有的考虑都从自己的角度打算，丝毫没想婚姻会给多萝西娅带来什么生活。作家对这种思想议论道："卡苏朋先生就是这样，他是他自己的天地的中心，如果说他往往认为别人都是上天为他安排的，尤其他对人们总是从他们是否适合《世界神话索隐大全》的作者的需要这个角度来考虑，那么这种特点在我们身上也不是完全没有。"（爱略特，2006：83）对于卡苏朋的这一特点，画家璐曼一望便知。因此他首先满足了这位神父的虚荣心，邀请他做自己的模特，然后再用漫不经心的口吻邀请他真正的目标——多萝西娅，此时的卡苏朋夫人——也来画一幅肖像。最后卡苏朋只买走了以自己为模特的托马斯·阿奎那的肖像。璐曼笑话卡苏朋说，"他关心自己的画像，比关心她的大得多"（爱略特，2006：210），这句话切中了卡苏朋的要害。因为自己的大作迟迟不能真正付诸笔端，卡苏朋渐渐形成了一种"猜疑心理""一种病态的意识"（爱略特，2006：397），一方面怀疑人们歧视他，另一方面又带着空虚落寞的心情不愿意承认自己的失败。在这种心理下，卡苏朋渐渐对多萝西娅产生了不满，态度变得生硬，而且"他并不理解多萝西娅的心情，也并不认为，她现在的心情值得他考虑，她比起他为卡普的批评所感到的不安来，太微不足道了"（爱略特，2006：405）。卡苏朋在猜忌中度过了自己最后的岁月。为了自己的私利，他甚至要求多萝西娅牺牲自己所有的岁月来完成他那部没有任何意义的《世界神话索隐大全》，还以一种阴暗的心理揣度多萝西娅与威尔的交往，以剥夺财产相要挟，试图阻止多萝西娅嫁给威尔。这些近乎无耻的行径终于使多萝西娅认清了卡苏朋先生的实质，她拒绝完成他的著作，最后甚至不惜抛弃财产嫁给了威尔。

多萝西娅在小说的开头也在寻找"一套理论"，可以"使她的生活和信仰能与惊人的过去紧密结合，从而追根溯源，用远古的知识来指导她的行动"。（爱略特，2006：84）这与卡苏朋的出发点是一致的。然而多萝西娅却最终意识到，这种理论本身并不能带给她生活的真谛。多萝西娅不满足于一般的生活，而是期待进入更高的思想境界。她一直以为，卡苏朋先生丰富的历史知识能够帮助她找到古代斯多葛派和亚历山大派与自己思想的共通之处，能够带给她一种更完美的理论，因此多萝西娅急于嫁给卡苏朋。她迫切地想学习希伯来文，以为这样就可以追根溯源（arrive at the core of things）。（爱略特，

2006：61）事实证明，多萝西娅不是从卡苏朋的教条而是从罗马之行中悟到了"联系"的重要性。面对罗马帝国和教皇城残留的雄伟遗迹，多萝西娅不知所措。罗马"本身就是一部有形的历史，半个地球的过去仿佛仍在这里举行丧葬仪式，把它那些祖先的奇异形象，那来自四面八方的战利品，展示给人们"（爱略特，2006：186）。"废墟和会堂遗址，宫殿和巨型石像，出现在污浊鄙陋的现实中，这里，一切有生命、有血肉的事物却在堕落，退化……总之，一切热烈的理想留下的这一大堆残余，不论是感性的还是精神的，都跟现实中退化和遗忘的迹象混合在一起。"世世代代的文明积淀下来，在罗马呈现出千奇百怪的形态，关键是如何看待这些遗迹，否则就会陷入茫然的境地。"对于那些学识渊博、智慧敏锐的人，他们看到罗马的时候，他们的知识会给一切历史形态注入活的灵魂，找出一切对立现象之间隐蔽的变化轨迹，那么，罗马在他们眼里可能仍是世界的精神核心和说明者。"因为所受的教育比较浅薄，多萝西娅面对纷乱的历史遗迹感到无所适从。"起先，它们骤然呈现在她的眼前，使她像触电一样，大为震惊，后来，它们又纷至沓来，压到她的身上，使她透不过气，混乱的思想仿佛越积越多，把她的感觉之流也堵塞了。"（爱略特，2006：187）多萝西娅见识不广，尤其缺乏艺术鉴赏力。面对罗马城中历经许多世纪而沉淀下来的文明遗迹时，多萝西娅开始只看到凌乱的意象而找不到意义，但是她在仔细观察中慢慢找到了感觉。她对威尔说，起先她从这些作品中看不到自己的生活，"但是当我一幅幅仔细观看时，生活就从画中出现了……"（爱略特，2006：199）威尔进一步提示她说："罗马这种古今混杂的特点，使你随时可以比较，不致把世界的各个时期当作彼此隔绝的一个个匣子，它们中间像没有内在的联系似的。"他还说："罗马给了他一种新的历史整体感；断片激发了他的想象，使他产生了各种联想。"因此威尔的画作试图用马洛的帖木儿来象征世界的客观历史进程，将地震和火山、种族迁移、开辟森林、发现新大陆、发明蒸汽机等"你能想象的一切"都归入画中，表现它们之间的联系。（爱略特，2006：205-206）对于这一点，多萝西娅很快有了体会。她觉得瑙曼的画"带给她的是一种全新的观念，画中的那些圣母不知为什么坐在一张着华盖的宝座上，背景却是朴素的乡村，那些圣徒，有的手里拿着建筑模型，有的头颅上忽然插了一把刀子。有些她本来觉得怪诞的东西，现在逐渐变得可以领会，甚至有了正常的意义"（爱略特，2006：207）。与妻子形成对比的是，卡苏朋先生无法欣赏罗马，他始终都不能找到意义。威尔说自己的帖木儿是对历史的一种"很好的神话式解释"（爱略特，2006：206），还特地看了卡苏朋一眼，对卡苏朋的研究提出了无声的批评。卡苏朋对威尔这种处理历史的方法不置可否，而当多萝西娅开始学会欣赏先锋画作的时候，小说的叙述者不忘告诉读者："但是这一切显然不属于卡苏朋先生的知识范围，引不起他的兴趣。"（爱略特，2006：207）作家用这种方式告诉读者，一本正经的卡苏朋无法给多萝西娅一种统领一切的理论，而看似不务正业，但涉猎广泛、兴趣多样的威尔却给多萝西娅带来新的见识。

为了进一步强调"联系"的重要性，作家还谈到了费瑟斯通的葬礼对多萝西娅的影响。多萝西娅不认识老费瑟斯通，但从窗户里看到了他的葬礼。作者写道：

> 不过，尽管它与她的生活风马牛不相关，后来每逢她回忆起一些伤心的往事，它便会回到她眼前，就像罗马圣彼得教堂总是跟失望的情绪交织在一起。在我们邻居的命运中引起重大变化的事件，对我们自己的命运只是一种背景，然而它们像田野和树林的某一特定侧面，也会与我们经历中的一些时期发生联系，在我们最敏感的意识中留下痕迹，成为回忆的一个组成部分。（爱略特，2006：308）

正因为意识到了人与人之间的联系，多萝西娅怀有卡苏朋所不具备的同情心。发现丈夫对自己很冷淡，多萝西娅也感到委屈和愤怒，但是她却在很短的时间内做出和解的决定，因为她能够想象丈夫的失落和忧伤，愿意安慰他那颗忧郁的心。

多萝西娅不仅关心自己的丈夫，也热心帮助他人。小说的高潮之一是多萝西娅克服对罗莎蒙德的嫉妒之情上门去解释利德盖特的清白。前一天看到威尔和罗莎蒙德亲密地低语，多萝西娅感到轻蔑、愤怒和嫉妒，自尊心受到了伤害。但是这些以自我为中心而产生的念头很快被对利德盖特夫妇的关切所取代。经历了一夜的思考，在朝阳的曙光射进屋子时，多萝西娅拉开窗帘

第四章 "自然选择"观照下爱略特的道德观

看到路上的行人和远处田野上的牧羊人,

> 她感到世界是如此广阔,人们正在纷纷醒来,迎接劳动和苦难。她便是那不由自主的、汹涌向前的生活的一部分。她不能躲在奢华的小天地里,仅仅作一个旁观者,也不能让个人的痛苦遮住自己的眼睛,看不到其他的一切。(爱略特,2006:737)

帕里斯认为,这段话表明:"多萝西娅意识到她自己的生命是和整个人类的生命融合在一起的,她信奉的是人本宗教。在个人幸福看似无可挽回地丧失了的时候,她的疏离情绪被自己所感受到的与他人的联系以及责任感所代替了。"(Paris, 1965: 190)这种无私的举动甚至感动了从来只为自己考虑的罗莎蒙德,使她和盘托出了威尔与她谈话的真正内容。多萝西娅并不是没有自我(没有自我也是爱略特所批判的,拥有自我其实也是一种非常重要的能力),也不是从不以自我为中心(她往往将自己的主观愿望投射在他人身上,例如婚前对卡苏朋的想象就是如此),但是因为她深切感受到了人与人之间千丝万缕的联系,从而能够从别人的角度出发,具备了战胜利己主义的能力。

利德盖特是小说中另一个专注于寻找"起源"而忽略联系的例子。利德盖特是一名医术精湛的医生,他有着最前沿的医学知识,富有改革的精神。他还是雄心勃勃的科学家,不仅在爱丁堡和伦敦受过医学训练,而且还在当时欧洲医学发展的中心——巴黎——受过专门教育,立志沿着维萨里、比夏等大师的足迹从事科学研究,在病理学方面有所突破。然而令人遗憾的是,利德盖特没有取得任何瞩目的成就,最后只能迫于生活压力埋头挣钱。小说中提到的比夏(Marie François Xavier Bichat)是法国大革命时期著名的解剖学家和病理学家,他率先提出了组织("tissue")的概念。"组织说"超越了当时囿于器官的疾病研究,认为人体由不同的组织组成,疾病攻击的是某些组织而不是整个器官,应该通过观察组织病变来研究和治疗疾病。在比夏看来,组织构成了器官,同时保留了自己的特性。比如说心脏就是由肌肉组织、神经组织等构成,这些组织在心脏所表现的特性与在其他器官所表现的特性是一样的。正如轮船由木头、麻、铜、铁、柏油等构成,但这些物质都保留了自己的特性，不管是做成了舵、甲板还是桅杆，木头还是木头；不管是做成了锚、钉子还是锚链，铁还是铁。（Greenberg, 1975：42－43）而在《米德尔马契》中，爱略特则用了"房子"这一通俗的意象来描述比夏的研究。在介绍利德盖特的研究时，作家提到，比夏的成就在于他最早提出，

   生命体从基本上看，不是一些器官的组合，这些器官可以先分别研究，然后联结起来加以理解，而是必须把它们看作包含着若干原始的网络或组织，各种器官——脑，心，肺等——便由这些网络或组织构成，正如一所房屋的各种设备均由木材、铁、石块、砖瓦、锌等，按不同的比例制作而成。（爱略特，2006：143）

  在《普通解剖学》里比夏列举了细胞、动物生命的神经组织、有机生命的神经组织、动脉和静脉等二十一种组织，这种分类在今天看来未必正确，却在当时的医学界产生了深远影响。这种研究打破了机体内部各个器官之间的壁垒，"只要凭借这些组织，自然就可以用极其简单的材料来运作。这些材料是器官的要素，但是它们穿越器官，把器官联结起来，从而建构高于器官的更大'系统'，而人体正是在这些系统中找到本身统一性的具体形式"（福柯，2001：143）。福柯认为："在《膜论》一书中，比夏根据解剖学上的相似层对身体做了一种矩阵解读，这种解读穿越了器官，包围了器官，构成和分解了器官，既解析了器官同时又把它们联结在一起。"（福柯，2001：144）

  受到比夏的影响，利德盖特的研究对象不是单个的器官，而是系统。这与费厄布拉泽先生的爱好形成了有趣的对比。（Mason, 1971：164）费厄布拉泽热衷于标本的收集和分类，不管他的标本有多全，他的研究归根结底只是按照18世纪的分类法将动、植物按照其外部特征进行分类和整理，其对象不是个体的内部结构和系统。这种研究不能说没有科学价值，但在19世纪已不再能推动科学的发展，更多的不过是绅士们的业余爱好罢了。当他兴致勃勃地向利德盖特介绍自己收集的直翅目昆虫标本时，后者却对一个无脑畸形怪物产生了兴趣。这段自白性文字很能说明利德盖特的研究取向："我没有更多的时间关心自然史。我小时候就对结构产生了兴趣，它跟我的职业关系最为

密切。"（爱略特，2006：166）然而，叙述者指出，利德盖特的问题"原始的组织是什么？"提问的方式不对，没找到"正确的语言"。（爱略特，2006：144）事实上，这不单单是语言的问题，而是在科学研究上误入了歧途。利德盖特希望沿着比夏的脚步继续前进，但是他这种追根溯源的问题与比夏的研究实质相去甚远，与刘易斯、爱略特所倡导的有机论也背道而驰。问题的核心不是寻找起源，而是揭示联系。妄图寻找早已无迹可寻的最原始的生物，一味地纠缠于起源问题，只会妨碍对复杂的有机体的研究。

因为关注起源而忽略联系，利德盖特也犯下了很多错误。他希望在米德尔马契进行医疗改革，以为凭着良好的愿望和高超的医术即可达到目的，却痛苦地发现自己不知不觉陷入了米德尔马契纵横交错的关系网中不能自拔。在米德尔马契，人们之间有着各种各样的联系和错综复杂的关系。医生之间的明争暗斗，政客之间的尔虞我诈，无处不在的谣言都被编织在其中。清醒地认识这些复杂的关系，并正确面对和处理它们对人物的命运至关重要。利德盖特在生活中的问题就在于他对于米德尔马契这张网缺乏认识。他想要在新医院中施展抱负，就必须要按照投资人布尔斯特罗德的意思让泰克当上医院牧师，而不能选能力比泰克强得多的费厄布拉泽先生。利德盖特只想考虑自己的工作环境，实现自己的抱负，他认为这些比牧师问题更重要。然而现实逼迫他去投票，"利德盖特第一次感到，千丝万缕的社会关系牵制着他，压迫着他，形成了一种复杂的阻力"。他渐渐发现，要"保持独立，奔向选定的目标"（爱略特，2006：173）并不是一件容易的事情。利德盖特医术高明，诊断正确，客观地按照病理去处理病人，没有太多地考虑其他医生的感受。这种做法虽然并没有错，但却在行医时无意中得罪了同行甚至病人。他对南希的诊断让地位比他高的内科医生明钦大夫很尴尬，对弗莱德的诊断则让与他处在相同地位的伦奇先生在文西家颜面扫地。同时他还推行医疗改革，反对大夫胡乱开药，这导致了整个米德尔马契的医疗界对他的不满。不仅如此，镇子上的人对利德盖特也议论纷纷。虽然他们不懂医术，但是作家指出，"不要以为在屠宰巷金樽酒店传布的意见，对医学界无足轻重"（爱略特，2006：420），这些议论和谣言足以毁掉病人对利德盖特的信任。当费厄布拉泽先生提醒利德盖特谨慎对待敌对情绪时，利德盖特依然没有认识到事情的严重性：

"我所做的一切正是我应该做的。人们的无知和仇视，叫我有什么办法，正如维萨里也无能为力一样。一个人不能迁就愚蠢的结论，谁也不知道它们是怎么产生的。"（爱略特，2006：431）这些话并不是没有道理，利德盖特希望坚持真理的愿望是好的，但是他还没有充分意识到自己的行医生涯和私生活都必然会受到多种关系的制约。费厄布拉泽先生比利德盖特对生活多一些认识，他早就提醒利德盖特米德尔马契镇上的人分为不同的派别，后来又提醒利德盖特不要和布尔斯特罗德走得太近，也不要被金钱所困。不幸的是，这些忠告没有得到足够的重视，利德盖特恰好陷入了经济困境，向布尔斯特罗德借了钱，导致了最后的身败名裂。他原本以为治疗拉弗尔斯只是科学问题，却无奈地发现"现在科学的良心却与卑鄙的金钱问题，与报恩的观念，与自私心理纠缠在一起了"（爱略特，2006：693）。利德盖特沉湎于追溯最原始的组织，却不知不觉陷入米德尔马契交错复杂的网中不能自拔，最后难免被"一口吞没"。（爱略特，2006：148）

第四节　《丹尼尔·德龙达》对英国文明的批评

当那些熟悉爱略特小说的读者在1876年翻开《丹尼尔·德龙达》时，可能会略感诧异地发现，他们这次不会重温19世纪初或19世纪30年代的英国生活，而是必须直面维多利亚时代后期的种种社会问题。19世纪的五六十年代是维多利亚时代的"黄金期"，英国的经济得到了繁荣，海外殖民地扩张的速度很快，给英帝国带来了大量的财富。这种经济上的快速增长不仅带来了人们生活条件的改善，而且更重要的是给整个时代带来了一种满足感，一种乐观主义的精神。但是进入19世纪70年代以后，自由资本主义经济不可避免地进入了一个较长的衰退期，大英帝国逐渐陷入内外交困的状态，乐观主义精神也消失殆尽。此时距离达尔文《物种起源》发表已经过去十余年，进化思想早已深入人心。尽管人们未必认真通读了达尔文的著作，但是都对"竞争""适应"和"机会"等进化论词汇耳熟能详，并且在社会经济生活中部分地实践着进化论的原则。这是一个疯狂投机的时代，人们将世代积累的家族财富投资在海外殖民地以赚取利息,利息养活了一大批无所事事的"寄生虫",而他们消磨时光最好的去处就是赌场。事实上爱略特本人也有部分海外投资,她也许因此更深切地感受到了文化的病态,感到了一种前所未有的道德危机感。

《丹尼尔·德龙达》是爱略特的最后一部小说,也是最富争议的一部小说。这部作品有两条主线。一条讲述了漂亮而自私的格温德琳·哈雷斯小姐的生活。她在德龙达的帮助下逐步跳出狭隘的自我,看到了更加广阔的人类生活,体会到了自己的自私;另一条则围绕慷慨、正直、无私的英国绅士德龙达展开。德龙达从小被雨果爵士抚养,受到了正统的英式教育,然而在他偶然救起一名试图投水的犹太女歌手米拉后,他接触到了犹太文化,并被深深吸引。随着故事的发展,德龙达犹太人的身份也因为母亲的出现而揭开。他最后在米拉的哥哥莫迪凯的影响下,决心领导犹太人民投身犹太复国运动。评论界对这部小说的格温德琳部分评价很高,但对德龙达部分,尤其是涉及犹太文化的部分意见不一致。这当中最著名、最富代表性的评论来自利维斯。他认为小说的两条主线没有有机地融合在一起,德龙达的部分很糟糕,"除了把它砍掉外,别无他法",整部小说不如直接命名为《格温德琳·哈雷斯》,这样就更能突出小说的优点,体现爱略特的伟大之处。(利维斯,2009:159-160)然而爱略特早在小说出版后一个月就在信中提到,她很高兴收到了一些赞扬德龙达的性格刻画的信件:"这比来自那些把小说切成碎片,只谈论格温德琳的读者的赞扬要好。我有意要使这本书里的每一点都与其他的点相联系。"(Haight,1954—1956:Ⅵ,290)这种联系是多方面的,其中很重要的一点就是爱略特有意识地将英国文化与犹太文化进行对比,在揭示英国文化令人失望的现状的同时,希望在犹太文化中找到西方文化的出路。

在《丹尼尔·德龙达》中,爱略特暴露了英国乃至整个西方文明的诸多弊端。小说开头的赌博场景是对已经破产了的整个西方精神生活的影射。赌场位于旅游度假胜地。爱略特用嘲讽的口吻写道,这种乌烟瘴气的所在是"经年的启蒙所带来的",是个"人类呼吸合适的浓缩机"(a suitable condenser of human breath)。(Eliot,2003:3)在这个9月的下午,一群没有灵魂的人在赌博中消磨着无聊的时光。赌桌旁边聚集了五六十人,"在紧绷着神经娱乐，沉浸在游戏中"。他们来自欧洲各国：俄国、西班牙、意大利、德国和英国。在这里，爱略特讽刺地写道，人与人之间实现了平等：珠光宝气的伯爵夫人不介意和一个在她看来长得像秃鹫的丑陋女人坐在一起赌博，而在其他场合她是不可能屈尊和这个衣着寒酸的女人在一起的。一个来自伦敦的商人衣冠楚楚，正在一掷千金地玩乐，虽然他不过是个商人，但"就玩乐而言，他足以与那些最古老的名门望族之后相媲美"。一位英俊的意大利人的金币很快就输给了一位年老的女士，但是他镇定自若，仿佛"把他的脚踩在机会的脖子上"，带着必胜的信念马上又押上了更多的金币。一个潦倒的花花公子模样的人正在颤抖着下注。爱略特用生动的笔触描述了赌场上的众生相。这些人来自不同的国度，从事不同的职业，有着不同的身份，但都坐在赌桌前，面无表情，好像戴着面具一样。他们仿佛都吃了某种草药，在那个时候每个人都在大脑的控制下做着刻板单调的动作。（Eliot, 2003: 4-5）"在赌场上，新暴发户与古老家族搅在一起，小商贩与贵族平起平坐。在爱略特看来，赌场上的这种民主精神意味着糟糕的凡庸化，是文化衰朽的标志。"（Stone, 1998: 32）这部以赌博开篇的小说暗示了达尔文进化论笼罩下的西方文化阴暗、疯狂的一面，反映了精神生活的空虚与无聊。有些人失去了道德和信仰，将一切都交给变幻莫测的"机会"，不仅在赌场赌博，而且也将人生视为一场赌博。爱略特刻意塑造了深深沉浸在赌博之中的女士（很可能是一位母亲）身边茫然无措的"忧伤的小男孩"，他穿着不协调的衣服，眼神空洞，仿佛是站在巡演舞台上戴着假面具的活广告。这个小男孩似乎象征着整个西方文明的发展将是一场前途未卜的赌博。

　　这一赌博场景来自于爱略特对真实生活的观察。1872年9月，爱略特数次参观了赌场，在10月2日致出版商布莱克伍德的信中，她将赌场称为"地狱"，而在这个地狱中最让人感到难过的，是一个26岁的年轻女士，"她被这个卑劣贪婪的魔鬼彻底控制了"。（Haight, 1954—1956: V, 314）或许我们可以把这位女士看成是小说女主人公格温德琳的原型。格温德琳长着细长的眼睛和优雅的长脖子，在赌场里穿戴着绿色和银色的衣服首饰，使注意到她的绅士们不由得把她比作蛇，被她散发出的蛇身女妖的魅力所吸引。这种"蛇妖"的比喻更给赌场增添了地狱阴森可怖的气氛。爱略特描述的赌场在

第四章 "自然选择"观照下爱略特的道德观

19世纪70年代并不少见。1875年8月《泰晤士报》的一篇社论说:"我们从来没有像今天一样,有如此多的赌资巨大的牌局,不仅是百万富翁在玩……那些一夜霉运就可以轻易毁灭一生的阶级也在其中。"(Tracy,1974:xxiv)这种赌博的心态不仅表现在赌桌上,而且也表现在经济生活中。事实上,赌桌上的赌博和投机性的投资在本质上是一致的。

> 我们用钱款赌博,我们在不计其数的(有限)公司中下注,所有这些都源于我们本性之中相同的狂热……在最近一个令人难忘的审判中,英格兰高等法院首席法官(The Lord Chief Justice of England)惊呼:"只消向四周看看,任何人都无法不感受到这一点,即很大一部分人的思想都已经被投机和赌博精神控制了。"(Steinmetz,1969:I,viii)

格温德琳在赌桌上输了自己的钱,而她的母亲则在另一种更大形式的赌博——商业投资——中失去了整个家庭赖以维持生活的大笔财富。罗森曼指出,这一情节不仅仅影射1866年一次著名的投资失败案例,也是对依靠投机而获利的资本运作的批评。(Rosenman,1990:179-192)人们纷纷将手头的资本投在海外殖民地,委托某些金融机构进行投机买卖,获利虽然丰厚,但也承担着极大的风险,与赌博无异。这个时代礼崩乐坏,人们沉迷于疯狂的投机,贵族阶层也抛弃了往昔的功能和姿态,全民都被一种投机情绪所裹挟。(Tracy,1974:xxv)这是特雷西对特罗洛普小说的评论,同样也适用于对《丹尼尔·德龙达》相关情节的评论。人们宁愿将资本投向海外也不愿意在英国本土发展实业,这种投机的心态也可以看成是进化论的负面影响之一。爱略特对这种如痴如癫的行为显然不太认可。

事实上,赌博不仅仅出现在小说开头,"赌博……贯穿小说始终"(Stone,1998:26-27)。格温德琳从小说开篇就相信自己可以掌控命运,就好像她在赌桌上可以掌握输赢一样。在赌博时,她用一种斩钉截铁的方式做出选择,仿佛她真的可以掌握一切。然而一切却都在她的控制之外。在遇到德龙达之前,她的确一帆风顺地赢了不少钱,这让她深信自己一定会有好运。但是德龙达

·139·

讽刺谴责的目光打击了格温德琳，她输掉了几乎所有的钱，紧接着又获悉了家中变故的消息。她并没有吸取教训，反而决定在赌桌上再试试运气，甚至不惜当掉了项链。运气在格温德琳的生活中非常重要。在破产前的一次女士们的射箭比赛中，格温德琳的成绩傲人。"因为对自己的运气满意，她对每个人都很和气，对整个世界都感到满意。"（Eliot，2003：82）她也曾幻想婚后的辉煌生活，设想着自己会事事随心，满面春光，手里攥着"大把大把的好运气"，把自己的生活经营到最好。（Eliot，2003：366）遗憾的是，婚后的格温德琳没能如愿体会到这种大把的好运气所带来的乐趣。她本不愿意嫁给有情妇的格朗古特，但是家庭的破产让她不得不面对现实，只能适应环境的变化来做出相应的妥协。格温德琳先是幻想通过短期训练成为出色的歌手，但是克莱斯默无情地击碎了这种奢望。环境对格温德琳的这种压迫与生物面临的环境变化如出一辙。爱略特用充满进化论色彩的语言说，加斯科因姨父认为"格温德琳会像一个理智的女孩一样适应环境"（Eliot，2003：224）。她也的确这样做了。她认为嫁给格朗古特能够帮助自己走出困境，但是他过去的生活却给了她沉重的一击，"轮盘赌转盘上的机会没有眷顾她，而是弃她而去"（Eliot，2003：195）。幸运的天平没有倒向格温德琳，这场婚姻说到底无异于一次赌博。她与格朗古特之间并无爱情可言，而是一场交易，通过婚姻她得到了身份和地位。她认为自己能够控制格朗古特，但遗憾的是她再一次输掉了游戏，是格朗古特得到了完全掌控她的乐趣。格温德琳这类孩子气和无知的年轻人把希望寄托在渺茫的机会上，这种思想爱略特向来是持批判态度的。《亚当·贝德》中的海蒂就是最好的例子。她幻想嫁给少爷亚瑟，过上锦衣玉食的日子，最后却只落得被流放的悲惨下场。

格温德琳在某种意义上代表了整个英国中上流社会的女性。她心安理得地享受着来自殖民地的财富，接受最典型的淑女教育，善于唱歌，能说流利的法语，但却没有任何真正可以赖以谋生的能力。她为自己的美貌而陶醉，势利又无知。她生活圈子中的人都将婚姻当作女性最大的筹码，例如她的姨父加斯科因就竭力为她提供一切奢侈的生活条件，希望她的举手投足能引起富有绅士的注意，使她能够高攀一门理想的亲事。格朗古特出现后，格温德琳的母亲巴不得女儿能够嫁给他，紧张地关注事态的发展。格温德琳并不急于结婚，但认为婚姻会提升自己的社会地位。她见到了格朗古特的情妇莉迪亚，获悉了格朗古特过去的生活，曾经一度下决心要离开格朗古特。但在现实面前，她屈服了。她幻想着在婚后向丈夫施加影响，让他为莉迪亚考虑，弥补自己的过失。然而她发现，婚姻这架马车的缰绳并不在自己手中。表面上看，她衣着光鲜，容光焕发，在任何社交场合都会引来人们艳羡的目光，但是在内心深处，她却对丈夫有种深深的恐惧，对婚姻生活完全失望。与社交场合的风光无限形成鲜明对比的是格温德琳的无奈无助，她的社交行为变成了一种机械的技巧，让她得以在外人眼里看上去从容淡定，从而去掩饰她在"这孤注一掷中几乎血本无归的窘境（this last great gambling loss）"（Eliot，2003：366）。除了来自丈夫无形的压迫，格温德琳还充分意识到，自己嫁给格朗古特损害了莉迪亚和她的孩子们的利益。她把自己的婚姻比作轮盘赌，她通过赌博获得了金钱和地位，但却使莉迪亚和孩子们失去了获得合法地位的机会。正如德龙达所指出的，在任何赌博中，获利的一方所得到的东西，正是失败的一方所失去的。格温德琳在婚姻中深深地体会到了这种负罪感，这也加重了她的挫败感。在很长一段时间里，格温德琳的生活就是一场赌博，而她也注定不能在这场游戏里获胜。幸运的是，在德龙达的帮助下，"格温德琳开始对义务有所了解，开始意识到她所玩的游戏本质上就注定是必败无疑的，因为她妄想去不劳而获，不愿付出代价"（Stone，1998：45）。这使她在一定程度上得到了救赎。作家在这里通过格温德琳的遭遇暗示，这个时代"同样也需要从它不计后果的游戏态度中解救出来"（Stone，1998：49）。

小说中另一个典型的赌徒是米拉和莫迪凯的父亲拉普多思。拉普多思是犹太人，但却早早地抛弃了自己的信仰，多年远离自己的人民，游走于美洲和欧洲各国。拉普多思所表现出来的特点与其说是犹太文明的问题，倒不如说是更多地反映了西方世界的问题。他是个地地道道的赌徒，深陷赌瘾中不能自拔，这种赌博的冲动甚至超过了其他任何需要。作家说拉普多思的"赌博胃口"（the gambling appetite）比他的口腹之欲更大，因为后者"可以因感情的或智性的刺激而被冲淡"；而"眼巴巴等待机会的狂热"（the passion for watching chances），也就是"他的思想习惯性地流连于真实的或假想的游戏中的状态"，不会为任何其他刺激所动。这种赌瘾到了"走火入魔的地步"，就好像是"魔鬼在万劫不复的地狱边娱乐消遣"（Eliot，2003：643-644）。在与女儿久别重逢后，他不念任何亲情，只顾着找女儿要钱去赌博。住在儿子家后，他更是时时想偷钱去赌博。拉普多思对赌博痴迷到了如此地步，以至于他的所思所想成了一个关于赌博的"绵延的网"，他的所有行为都以赌为旨归。（Eliot，2003：655-656）"机会"也是这个赌徒常常挂在嘴边的词汇。他欺骗女儿说他本来是要将她送回母亲身边，但是"当时碰巧没机会，被耽搁了"。他接着说，自己到英国的目的就是要看看是否有机会找到女儿。（Eliot，2003：614）住在儿子家，拉普多思没有悔改，在发现德龙达和米拉的关系后，就一直处心积虑地等待"一些真正的好机会"，向德龙达开口要上一大笔钱。（Eliot，2003：655）拉普多思没有任何道德感，只要有利可图，他就会随时"适应"环境。在犹太人不受欢迎的地方，他常常用滑稽的方式取笑自己的同胞和犹太文化，以此从那些惯于敌视和取笑犹太人的基督徒那里获取好处。在穷困潦倒之际，他发现最好的出路就是暂居儿子家。他十分清楚儿子对他非常反感，但是他并不放在心上，而是"调整自己去适应这种情况"（adjust himself to the situation），甚至在面对侮辱时能有"一种从容的优越感"。（Eliot，2003：646）此时他一门心思想的是"要找机会合理合法、轻轻松松地给自己的腰包里捞点东西"（Eliot，2003：644）。但是他没想到儿子的谴责会如此不留情面，因此也曾一度情绪失控，精神崩溃，"像个女人一样地哭泣"。然而作家接着写道，这种歇斯底里的哭泣是他在"困境中有意识使用的资源"。（Eliot，2003：647）这种情绪的崩溃固然是因为儿子的谴责而感到愧疚，但更是一种本能的自我保护，仿佛生物适应环境一样，他希望利用这种手段来获得同情，被儿子接纳。拉普多思似乎根本没有做人的基本底线。眼前的利益和想要活下去的欲望决定了他的所有行为。"他辱没了人类，只在禽兽的意识层面上活着。"（Newton，1974：102）

如果说格温德琳和拉普多思将生活视作一种可以无视道德的"适应"过程，一场赌博游戏，那么格温德琳的丈夫格朗古特则将生活视为弱肉强食的游戏，以控制他人为乐。对格朗古特这一人物，欧文·豪评论道："他以'蜥蜴'式的迟缓滑动，每说一句话之前都要以从容不迫的态度停顿一下：这个格朗古特是英国小说中塑造得最高明的人物形象之一。"（Howe，1996：Ⅲ，

第四章 "自然选择"观照下爱略特的道德观

527)爱略特告诉读者,格朗古特是纯粹的英国贵族,他给人最深刻的印象就是缺乏生命的活力。"为了从他的表情和言谈中看到点热情,你会有种拿马鞭去抽他的冲动。"当他最初和情妇莉迪亚相识时,还对爱情有着激情,但是当格温德琳第一次见到他时,他已经是个"人的空壳"(remnant of a human being)了,"耗尽了对事物自然健康的所有兴趣"。(Eliot, 2003:334)在爱略特和阿诺德等人的社会改良图景中,社会各阶层都应当有自身的功能,担负起相应的社会责任。然而格朗古特是个不履行任何社会义务的贵族,他的全部乐趣就是控制他人,有时甚至不惜牺牲自己的利益也要得到这种乐趣。他是雨果爵士庄园的继承人,雨果先生一直想用一笔钱来换庄园,以使妻女在自己死后能生活得更体面。格朗古特的经济状况其实捉襟见肘,很需要这笔钱,然而想到可以用庄园的归属问题使雨果爵士感到一种受挟制感,格朗古特就绝不轻易满足对方的愿望。这种控制欲最突出地表现在他与格温德琳的关系上。在与格温德琳的对话中,他总是慢吞吞地回答问话,中间带着令人费解不安的停顿,使格温德琳不由得反复思量自己的言行,这让一向对自己的魅力自信满满的格温德琳在与格朗古特的谈话中变得畏首畏尾,甚至不敢随便开一句玩笑。格温德琳不辞而别,格朗古特就此猜到她已经知道了他的过去,这更勾起了他强烈的控制欲:格温德琳越是反感他,越是要远离他,他就越是要娶她,越是要享受征服她的乐趣。在格温德琳接受求婚之后,格朗古特感到了极大的满足。从一开始,格温德琳的"种种伎俩"就让格朗古特"既恼火又着迷",比如面对他的挑逗勾引,她不是急不可待地扑上来,而是转身扬长而去。但最终她还是被征服了,就像"杂耍舞台上的马一样,经过训练而跪了下去,尽管她也许心里一直都不情愿"。作家继续像精神分析师一样,一层一层地揭示了格朗古特的心理活动。作家写道,意识到被自己征服的人实际上在其内心深处是不乐意不甘心的,这让格朗古特"获得了更多的乐趣","这种从征服不甘被征服者中获得的乐趣"更能满足格朗古特的控制欲,因为他心想的是"要去征服一个想要征服他的女人,一个也许能够征服其他男人的女人"。(Eliot, 2003:262-263)在婚姻生活中,格朗古特也时时注意妻子的一举一动,用一种居高临下的、冷漠的、漫不经心的方式评说格温德琳的行为。他所使用的语言就如同他的外表一样,斯文体面、冷若冰

霜，使格温德琳不仅感到害怕，而且感到绝望。（Tromp，2000：455）

格朗古特对格温德琳的控制可以简单地理解为一个丈夫对妻子的压迫。但爱略特看得更广更远，思考得更深刻。她写道，如果这个养尊处优的英国贵族被派到海外，"去管理一个不易管理的殖民地"，那他很可能在同代人中声名鹊起，出类拔萃。因为他懂得，在对付被掠夺者时，斩草除根式的杀戮要比怀柔政策"更安全"，而且他一定不会忌惮于杀戮。（Eliot，2003：492）性别压迫、阶级压迫和民族压迫都在格朗古特不经意的行为中表露无遗。这种压迫可以是血淋淋的屠杀，也可以是一个轻蔑的眼神，一句用最文明、最文雅的方式表达出来的含混的话。格朗古特被比作"一只眯缝着眼等待猎物的动物"（Eliot，2003：341），他的这种控制别人的需要从很大程度上来说与动物在生存斗争中形成的习性相似。对动物界的相关现象刘易斯指出，为了不挨饿，动物不得不去毁灭对方。一只动物抢夺另一只动物的食物或性伴侣会引起"愤怒"，而在"更高级的有想象力的动物身上"，这种情绪会催生"控制"的欲望，那种"让其他人感到恐惧，或是让他们臣服于我们的欲望"。（Lewis，1874—1879：Ⅰ，175）动物在生存斗争中为了保护食物和交配权力而进行杀戮，否则就无法生存和繁衍。这是由自然选择和性选择所决定的自然规律。这种生存斗争在人类身上已经不再是简单的屠杀，而是更多地表现为一种控制欲，利用身份地位和性别优势去控制处于弱势地位的群体。这种控制不仅仅涉及家庭，也涉及民族和国家的种种问题，极大地损害了人与人之间正常的关系。因此欧文·豪认为，如果我们把《丹尼尔·德龙达》看成是有关英国文化的寓言，那么可以说这部小说是对英国文化"一个全面的道德—社会批评"（a sweeping moral-social criticism），格温德琳在亲戚朋友的敦促之下，也在她自己的半推半就的情况下"屈从于格朗古特的世界"，这是个"恐惧帝国"（an empire of fear），在这里，精神被权力欲望彻底摧毁了。（Howe，1996：Ⅲ，531）

正如麦科布指出的，《丹尼尔·德龙达》的核心问题就是在思考英国文化从道德上来讲有没有未来，在思考"这个明显冥顽不化的社会可否被救赎？值不值得救赎？"（McCobb，1985：543）爱略特试图在这部小说中为英国文化提供一条出路——那就是英国文化与犹太文化的融合。从莫迪凯等人的身上，

第四章 "自然选择"观照下爱略特的道德观

我们看到了犹太文化中的坚韧、对责任的虔诚态度、荣誉感以及人道主义。犹太复国主义是"一种把生命视为命运的概念，这种命运超越了个人的雄心和愿望，把人类生活视为一种被非常长远的历史目标所控制的生活"，这与把生活看成是被偶然因素决定的观念形成了鲜明的对比。（New，1985：197）

"犹太人坚忍执著，天生就有责任心，看重名节，有人道主义精神，这些品质为他们赢得了赞誉。"现代英国文化的核心被认为是"一片道德真空和精神真空"，爱略特的叙述"试图把这种真空吸纳进犹太人有机的理想之中"。（McCaw，2000：105）爱略特并不认为犹太文化将取代英国文化，而是希望两种文化能够有机地结合，犹太文化帮助英国文化走出困境。"每个民族都有自己的工作，都是世界的一员，并因彼此的工作而充实。"（Eliot，2003：439）在这部小说里，爱略特塑造了颇有真知灼见的混血儿音乐家克莱斯默。在他身上，德国血统、斯拉夫血统和犹太人血统恰如其分地融为一体，他与英国人阿罗波因特小姐的结合冲破了阶级和种族的樊篱，是真正的爱情的结合。更重要的融合发生在主人公丹尼尔·德龙达身上。他是犹太人，但又受到了良好的英式教育，在决定继承犹太文化的同时，并没有抛弃英国文明。他称自己为犹太人，但是他接着指出，他并不会和先辈们有完全相同的信仰。实际上他认为向其他文明和文化学习是犹太民族一贯坚持的做法，是个人和民族开阔视野、取得进步的重要路径之一。（Eliot，2003：602）"德龙达身上有双重的'民族'身份及遗产，它们超越了地区界限乃至国界，也超越了现在自私的、偏狭的视角，而是指向了整个世界，指向了可能会包容所有人的未来。"（Brantlinger，1992：272）在他身上体现了爱略特文化融合的理想，也为深陷赌博和自我中心的欧洲文明带来了希望。

第五章　爱略特对"性选择"理论的超越

达尔文进化论的一个重要组成部分是"性选择"理论。这一理论在《物种起源》中只占极小的篇幅,但是主要观点已经确定。此后12年,达尔文一直在进行相关研究,并于1871年出版了《人类的由来及性选择》,系统阐述了人类的进化问题。在达尔文看来,人类的由来和性选择是两个相互关联又相对独立的问题。除了将生物进化论的观点应用到人类起源和发展的问题上,达尔文还重点谈到了"性选择"理论。他从动物的性选择谈起,进而将这一理论推广到人类社会,认为性选择对人类的起源和发展意义重大。达尔文注意到,有些生物的某些特征只存在于一个性别当中,而且只在这个性别中遗传。他推断,这是在争夺交配机会的过程中一性(通常是雌性)对另一性(通常是雄性)的选择而产生的。自然选择的结果是适者生存,而性选择的结果则是胜者得到交配的机会,得以留下自己的后代。

达尔文从鸟类的求偶过程中发现了声音所起到的独特作用。在研究与生殖没有直接关系的第二性征(鲜艳的羽毛、悦耳的鸣叫或是利用摩擦羽毛而发出声音的行为等)时,达尔文得出了这样的结论:这些特征都与雄鸟试图吸引雌鸟有关,是性选择的结果。拥有漂亮羽毛,能发出动听声音的雄鸟获得了更多的繁衍机会,它们的特殊特征得以遗传和放大,形成物种稳定的第二性征。依此类推,达尔文认为音乐在人类的择偶中也起到了类似的作用,音乐也曾经是人类用来吸引异性的"武器"之一。

在爱略特研究中,常被忽视的一点是她对音乐的运用。爱略特本人是水平相当高的业余钢琴家,不仅频繁出入音乐会,与当时一些著名音乐家有交往,而且也撰写很有见地的音乐评论。珀西·扬甚至宣称,"如果没有乔治·爱略特,我们就会错过维多利亚时代的音乐生活"(Young,1943:99)。格雷在《乔治·爱略特与音乐》一书中详尽叙述了爱略特对音乐的热爱。在伦敦，她与斯宾塞一同聆听了多场音乐会，被《威廉·退尔》和《创世纪》所深深地打动。(Gray, 1989: 2-8) 蜜月期间，她与刘易斯在魏玛度过了生命中最愉快的时光，不但欣赏了李斯特的演奏，还与这位音乐家共进早餐。二人还倾听了克拉拉·舒曼的演奏，结识了鲁宾斯坦，接触到了瓦格纳的音乐，并且在第二年见到了瓦格纳本人。尽管不是专业的乐评人士，爱略特的《李斯特、瓦格纳和魏玛》("Liszt, Wagner and Weimar", 1855) 一文却很可能是英国媒体对瓦格纳音乐最早的正面评介，向英国公众展示了德国音乐的最新发展和理论研究。(Sousa Correa, 2003: 45) 在爱略特与刘易斯的生活中，音乐是不可或缺的一部分，二人常常演唱二重唱，举办音乐社交聚会，也一同兴致勃勃地聆听音乐会和歌剧，他们非常欣赏亨德尔、贝多芬和门德尔松的音乐。爱略特还常常与刘易斯的儿子查尔斯共同弹奏。

从科学思潮的角度来讲，音乐，或者动听的声音与性选择之间的紧密联系对了解进化论的爱略特而言并不陌生；从维多利亚时代中产阶级生活现实的角度来讲，音乐更是青年男女们谈情说爱和互诉衷肠时不可或缺的媒介。音乐在爱略特小说中绝不是点缀，而是在刻画人物、深化主题等方面都发挥着重要作用。因此本章以音乐为切入点，讨论爱略特对"性选择"理论的认识与超越。音乐反复出现在爱略特的小说中，质朴的亚当常常放声歌唱，麦琪对音乐天生敏感，罗莎蒙德善于模仿老师的钢琴演奏。在《丹尼尔·德龙达》里音乐家更是占据了很重要的位置，德龙达也反复拿音乐做例子给格温德琳阐述生活的真谛。通过音乐，爱略特把自己的创作同维多利亚时代最新科学发展和中产阶级的文化生活联系了起来，巧妙地使小说与当时的科学理论和文化现象产生了交集，形成了深刻的互文关系。

第一节 维多利亚时代的音乐进化理论

进化论最初不过是研究生物演变的科学，但它很快超越了生物学的范畴，不但在科学领域建立了新的范式，而且影响了人们对文化现象的研究。1857

年10月，斯宾塞发表了《音乐的起源与功能》（"The Origin and Function of Music"），从生理学的角度研究了人类对音乐的反应，并从进化论的角度考察音乐的发展史及其未来的发展趋势。斯宾塞认为，音乐起源于情绪激昂的语言，后来在使用过程中逐渐发展成了一种独立的表达方式。他将语言分为"意义符号"（signs of ideas）和"感情符号"（signs of feelings），认为音乐是"感情符号"的升华。在斯宾塞看来，音乐最重要的功能就是反过来影响语言，促进对人与人之间的和谐关系而言至关重要的情感交流，并最终改变社会。音乐的起源和功能在斯宾塞的社会进化理论中占有特殊地位。他认为人类对音乐的自然反应（或者说是人类从远古祖先那里继承来的对音乐的反应）对增进同情有重大意义，而同情正是社会进步的要素。（Sousa Correa, 2003: 13-31）斯宾塞有关音乐进化的理论构思于他和爱略特交往最密切的时期，我们有理由认为，在二人频繁出入音乐会时，音乐的社会功能也是他们谈话的重要内容之一。对于有着深切人文关怀的爱略特来说，音乐的这种表达感情、促进社会进步的功能无疑具有重要意义，这应该也是音乐在她的小说中反复出现的原因之一。

　　斯宾塞的音乐理论引起了不少争议。在《人类的由来及性选择》的"声音和音乐能力"一节，达尔文专门在注释里对斯宾塞较早提出的音乐起源理论进行了讨论。达尔文指出："斯宾塞所做的结论同我的结论正相反。他的结论正如狄德罗（Diderot）以前所做的那样，认为激情言语所使用的抑扬顿挫的声调提供了音乐所赖以发达的基础；而我的结论则是，音乐的调子和节奏是最初人类男女为了取悦异性而得到的。音乐的调子同一种动物所能感到的最强烈的激情是牢固地联系在一起的。因此人类就会本能地使用音乐调子，或在言辞中表达强烈情绪时通过联想也会使用音乐调子。"（达尔文，2009: 381 笔者略有改动）

　　达尔文的这一结论是在研究动物，尤其是鸟类发出的声音的基础上得出的。在《物种起源》的"性选择"一节，达尔文简要地谈到，"许多鸟类的雄性间最激烈的斗争，就是用歌唱去吸引雌鸟"。他以岩鸫、极乐鸟和孔雀为例，说明鸟类鲜艳的羽毛和动听的歌喉如何在求爱过程中起着至关重要的作用："毫无疑问，在数千代的相传中，雌鸟一定会根据它们的审美标准，选择出声调最动听、羽毛最美丽的雄鸟。"（达尔文，2010：59）这一节虽然简短，但是有关歌唱的功能，以及雌鸟具有选择权等重要理论已经非常明确。尽管有人提出鸟类发出的声音不过是"敌对和竞赛的结果"，达尔文却认为，"雄性鸟类因竞争而鸣唱，也因献媚雌者而鸣唱，二者完全不矛盾，也许可以期待这两种习性会同时发生作用……"（达尔文，2009：248-249）达尔文用拟人的语言把鸟类发出的声音称为"爱情之歌""爱情的呼唤"，（达尔文，2009：253）推测鸟类发声所经历的步骤："它们的声调最初仅仅是作为一种召唤或用于某种其他目的，继而可能改进成为一种有旋律的爱情歌唱。"（达尔文，2009：255）从鸟类研究扩大到哺乳动物和人类研究，达尔文坚持认为人类的音乐来源于求偶。他写道，"歌唱和演奏音乐的能力及其爱好，虽然不是人类的一种性征，却不可置之不论。所有种类的动物发出的声音虽然有许多用途，但有一个强有力的事例可以说明，发音器官的最初使用及其完善化是同物种的繁殖有关联的"（达尔文，2009：377）。在阐明了从低等动物到高等哺乳动物发声的原理和原因之后，达尔文大胆地假设，鸟类的歌唱，"其感情同人类所表现的大概差不多是相同的，不过远远不及人类感情那样强烈，那样复杂而已"。他认为音乐的调子和节奏最初是为了取悦异性而得到的，在强烈感情的驱使下，人类会本能地使用音乐的调子，然后才逐渐发展出了语言。音乐先于语言在求爱中发挥重要作用："人类的祖先，或男或女，或男女双方，在获得用有音节的语言来表达彼此爱慕之情的能力以前，大概会用音乐的声调和韵律来彼此献媚的。"（达尔文，2009：381）

性选择理论的一个重要观点是认为，在求偶过程中雌性几乎总是拥有选择权。在鸟类的求偶过程中，雌鸟几乎总是被许多雄鸟所追求，"所以她至少有实行选择的机会"（达尔文，2009：278）。达尔文承认当时的欧洲社会是男性主导的，妇女很少能够自由地挑选伴侣，但他同时也发现，"在极端野蛮的部落中，妇女在选择、拒绝和引诱其情人方面，以及此后在更换其丈夫方面，所拥有的权力之大可能超出了我们的预料"（达尔文，2009：398）。女性选择配偶的标准也与雌性动物大同小异："雌者最容易受那些装饰较美的，或鸣唱最动听的，或表演最出色的雄者所挑逗，或者喜欢与之配对。""虽然雌者们也许不会总是选择最强壮的或武装最好的对象，但她们将会选择那些精力充沛的、武装良好的、并在其他方面最有魅力的对象。"（达尔文，2009：143）将这一理论运用到人类身上，达尔文认为，"雌者选择雄者，而且只接受那些最能使她们激动或魅力最强的雄者，我们有理由相信这种性选择的方式以前曾对我们的祖先发生过作用"（达尔文，2009：398）。

不管音乐的起源到底是什么，在维多利亚时代，它实际上既有道德教化的功能，同时也在求爱过程中起到了重要作用。虽然英国本土缺乏真正享誉世界的伟大音乐家，但由于生活水平的提高和乐器的不断改进，维多利亚时代的音乐教育逐渐得到普及，变成了大众生活的重要部分。尤其是到了19世纪中后期，工人阶级的经济状况有了很大改善，连他们也开始参与音乐活动，听音乐会。音乐被认为可以提高工人素质，尤其是道德素养，因此受到政府和社会的大力提倡。在各种音乐形式中，与器乐相比，歌唱被认为与社会改良联系更加紧密。填上赞美诗或其他富有宗教意味的词，歌曲就可以被用来纠正产业工人"低下的习惯"。音乐与灵魂相联系，被用来改造思想。（Weliver，2000：30）卡莱尔曾评论说，音乐是一种"无法言说，深不可测的语言"，将人引向上帝的国度。（Clapp-Itnyre，2002：4）爱略特热爱音乐，从音乐中获得了极大的乐趣，并且相信音乐能够造福社会。评论家格雷用爱略特和刘易斯的幸福生活来诠释爱略特何以会那么重视音乐：他们两人是生活的伴侣，意气相投，对音乐的理解与鉴赏也是高水准的。对爱略特而言，她自身的音乐才华，丰富的音乐生活，以及和刘易斯心灵相通的生活经验，所有这一切都让她意识到了音乐在自己的生命过程当中所扮演的重要角色，并将之推及他人。在格雷看来，这就是"为什么音乐与她对渴望、满足感和人类同情的文学表现密不可分"（Gray，1989：13）。在小说里，爱略特常常用音乐来表现重要人物的道德敏感性。（Gray，1989：7）

在维多利亚时代，音乐教育在不同社会阶层和不同性别之中是不一样的。比如工人阶级中的音乐教育并没有刻意强调性别问题，男性也被鼓励学习音乐。一个人音乐水准的高低被认为与他的道德情操直接相关。这在多部哈代小说中的男主人公身上都有所体现。（Weliver，2000：28-31）然而在中产阶级和上流社会，音乐教育主要是针对女性的，男性这方面教育倒是可有可无。对英国绅士而言，是否懂得音乐不是衡量其身份的重要指标。在富裕的中产阶级家庭里，男性提供经济保障，女性虽然无所事事，但其行为举止、外貌、语言和各种技能，如绘画、音乐等却从各方面展示了各自家庭的经济状况和文化水平。一个家庭能否跻身受尊敬的阶层，这在很大程度上是由这个家庭中女性的举止显示出来的。在各种社交场合，参与家庭表演以娱乐来宾的女性中，未婚女性最受欢迎。很多女性在婚后放弃了练习音乐，这从一个侧面说明小姐们的音乐（水平往往比较业余）最大的用处就是寻到一门好亲事。"为什么那么多妇女在婚后，或者在最终放弃了结婚的希望后都放弃了音乐，这其中一个最重要的原因就是，对她们来说，音乐就只有一个最终目的，在那个目的——在社会上受人瞩目——已经达到，或是被完全放弃的时候，音乐就像一件破衣服似地被弃在一边了。"对于维多利亚妇女来说，最重要的事情就是要嫁得门当户对。音乐的一个重要作用就是吸引男性。在客厅中演奏或歌唱能够向可能的追求者展示女性优美的风姿和她的家庭状况，尤其是经济状况。而在婚后音乐的这种作用自然也就消失了。已婚妇女的任务是照顾家庭，如果她过多地表演音乐，那么人们就要怀疑她是否很好地履行了作为妻子和母亲的责任。（Weliver, 2000: 33）

作为一种装饰性的才能，太太、小姐们的音乐水平就不必太过专业，要让在座的男士们能够听懂，他们的音乐欣赏水平往往可能相当低。克莱斯默与阿罗波因特小姐的专业演奏就让听者有些云里雾里，他们转而奉承格温德琳，纷纷表示愿意听她业余水平的歌唱而不是大师的演奏。当然，如果水平差得让听者如坐针毡，那也会使自己的家庭蒙羞。太太、小姐们的表演要恰到好处，既要展示自己的修养而又不致过于专业。（Weliver, 2000: 37）在当时，甚至连什么乐器适合女性也有一定的限制。钢琴、竖琴和吉他被认为在演奏时能充分展示演奏者的美好身姿，因此受到大力提倡。而小提琴、长笛等乐器直到19世纪中后期才慢慢成为上流社会女性可以演奏的乐器。（Weliver, 2000: 48）

第二节 《弗洛斯河上的磨坊》里麦琪的困境与抉择[1]

尽管达尔文有关音乐与性选择的具体理论出现在《人类的由来及性选择》中，但这并不意味着在这之前爱略特对这一理论是完全陌生的。在《物种起源》里达尔文已经提出了基本观点，而斯宾塞的音乐进化理论所引起的争论是对音乐有相当认识和研究，且与斯宾塞交往密切的爱略特不可能不熟悉。爱略特可能对各种意见都有过思考，并在自己的作品中从不同的侧面进行了探讨。"从《弗洛斯河上的磨坊》开始，一直到《丹尼尔·德龙达》，爱略特的作品都暗示出，就性选择理论的基本观念而言，爱略特是对其持肯定态度的。她的这种态度经过了深思熟虑。"（Kaye，2002：118）成熟的性选择理论虽然出现得较晚，但用这一理论来阐释《弗洛斯河上的磨坊》是有一定合理性的。

《弗洛斯河上的磨坊》问世以来，评论界几乎一致认为，爱略特对麦琪的童年生活描绘得真实细腻，然而对于麦琪爱上斯蒂芬·盖司特的情节，很多批评家则颇不以为然。1860年在致爱略特的出版商的信中，布尔沃-利顿指出，小说最大的缺陷就在于让麦琪爱上了斯蒂芬，这一情节安排与麦琪的性格不符。（Bulwer-Lytton，1996：Ⅰ，450）这种看法在当时很有代表性。20世纪初，莱斯利·斯蒂芬把斯蒂芬称作"理发师的头模"，认为其形象呆板肤浅，根本不足以诱惑冰清玉洁的麦琪。（Stephen，1996：Ⅱ，21-22）及至20世纪中叶，利维斯也仍然认为麦琪爱上斯蒂芬不太恰当，这些情节显示出作家的"不成熟"。因为爱略特不但没有暗示麦琪最终会发现斯蒂芬并非"意气相投的理想伴侣"，甚至她自己也被斯蒂芬的魅力所吸引。（利维斯，2009：59-62）然而爱略特早已明确回应了人们对麦琪与斯蒂芬关系的质疑。她针

---

[1] 本节中的部分内容参见：罗灿. 麦琪的困境与抉择[J]. 外国文学，2011，6：55-60.

第五章 爱略特对"性选择"理论的超越

对布尔沃-利顿的信指出,麦琪与斯蒂芬的爱情大有深意,是小说的重要组成部分。(Haight,1954—1956:Ⅲ,317-318)这些来自评论家和作家本人的观点提醒我们,有必要去重新审视麦琪的爱情和内心冲突。细读小说的相关章节,我们会发现一个容易被忽略的细节,那就是斯蒂芬的出场往往伴随着音乐,而音乐对麦琪的重要性在小说中被反复强调。要解读斯蒂芬对麦琪的吸引力,如果从音乐的功能入手可能会有新的发现。

《弗洛斯河上的磨坊》向我们展示了两个"伊甸园",音乐始终贯穿其中。第一个"伊甸园"是麦琪金色的童年❶。麦琪自小就对音乐有种天然的感受。和母亲闹别扭之后,麦琪的情绪很快就因为磨坊里传来的富有乐感的声音而好转了。后来我们读到,富有节拍的桨声对麦琪也很有吸引力。在姨妈家,当音乐盒奏起《嘘,可爱的颤音合唱队》的时候,麦琪"脸上放出幸福的光芒",完全沉浸在音乐之中。(爱略特,2008:83)父亲的破产结束了麦琪快乐的童年。但是在红苑第一次和费利浦散步时,麦琪"又充满了童年时期感情的回忆""又感到自己是个小孩子了"(爱略特,2008:277)。她请费利浦唱儿时听过的歌,"唱你在劳顿的时候,星期六下午起居室里只有我们俩人,我把围裙蒙住头听的那支歌"(爱略特,2008:304)。费利浦唱起了《爱神坐在她的眼中玩》。这首歌与姨父音乐盒里的音乐都出自亨德尔的《埃阿斯与伽拉忒亚》,都带有麦琪童年最快乐时光的回忆。成年的费利浦爱上了麦琪,唱起这首埃阿斯咏叹伽拉忒亚的眼睛、嘴唇和乳房的小夜曲来别有深意,但麦琪的感情仍然停留在纯真的童年,她感受到的是童年的无忧无虑。

音乐让麦琪快乐,但也给她带来麻烦。在前面提到的姨妈家的场景里,音乐一停,麦琪就激动地向汤姆跑去,结果打翻了汤姆的酒,让他十分恼怒,最后兄妹俩不欢而散。不过真正给麦琪带来欢乐但也带来痛苦的音乐出现在第二个"伊甸园"——露西家中。在小说的第六部,麦琪进入了一个全新的

---

❶ 关于童年也是某种意义上的伊甸园,参见:Shuttleworth S. George Eliot and Nineteenth-Century Science:The Make-Believe of a Beginning [M]. Cambridge:Cambridge UP, 1984:65-66.

世界。在这个世界里，年轻男子把时间消磨在心仪女子的闺房中，日子过得悠闲自在。这一部第一章的标题就是《乐园中的二重唱》（"A Duet in Paradise"），一开始即是斯蒂芬与露西谈情说爱。露西和斯蒂芬仿佛生活在伊甸园中，而他们也自比为亚当和夏娃。（Gray, 1989: 15）斯蒂芬说，费利浦是"被打入人间的亚当，性情怪僻。我们却是乐园中的亚当和夏娃"（爱略特，2008: 341）。紧接着，斯蒂芬和露西合唱了《创世纪》（海顿基于弥尔顿诗歌创作的作品）中的宣叙调，分别扮演亚当和夏娃。尽管露西调侃斯蒂芬喜欢任意拉长拍子，但她仍然弹起了这支二重唱。这种合唱使露西和斯蒂芬琴瑟相合，在欣赏音乐的同时也欣赏到了对方的魅力，增进了二人的感情："从这一切中涌出了互相调和的感觉，这种感觉足以使人不再需要任何一种没这样热情的和谐。"作家在此将音乐和爱情紧密联系在一起，"真的，在那遥远的年代，在较偏僻的地区是那么缺少音乐，爱好音乐的人怎么能避免彼此相爱呢？"（爱略特，2008: 342）

麦琪到来后，这种恋爱男女的默契合唱并没有停止。露西深知音乐即使在麦琪最伤心的时候也能使她快乐，因此总是尽可能地让麦琪多一些机会接触音乐。除了自己和斯蒂芬唱歌，她还把费利浦也拉了进来。不过虽然麦琪对音乐具有天生的感受能力，但她没有机会接受好的音乐教育，不会唱那些复杂的宣叙调、咏叹调，只能充当听众。

斯蒂芬和露西的合唱体现了二者的心心相印，而随着麦琪的出现以及费利浦的登场，歌唱则变成了斯蒂芬和费利浦用来吸引麦琪的一种竞争工具。麦琪对音乐"欣赏力强，抵抗力弱"（爱略特，2008: 384），斯蒂芬和费利浦都抓住了麦琪的这个特点，争相利用音乐表达难以用语言直接表达的感情。这一场景与达尔文的性选择理论中有关求偶环节的描述有相当的一致性。斯蒂芬和费利浦不自觉地成为追求麦琪的竞争对手，仿佛《人类的由来及性选择》中所描述的雄鸟对雌鸟鸣叫一样，争相用音乐吸引麦琪。见到麦琪以后，斯蒂芬歌唱的目的除了自我欣赏和与露西调情外，更重要的是在麦琪面前卖弄自己的歌喉，展示自己的魅力，把音乐当成与麦琪调情的前奏，俘获麦琪的芳心。费利浦同样地也用音乐向麦琪吐露衷肠，表达自己的诉求。不过二人的歌声对麦琪产生的效果是不同的。

第五章 爱略特对"性选择"理论的超越

斯蒂芬演唱的歌曲让麦琪十分激动,无法入睡。斯蒂芬的歌唱水平并不算高,但却深深地打动了麦琪纯洁的心,唤起了她丰富的情感。此时麦琪首先感到的还不是斯蒂芬的个人魅力,而是他的歌声带来的欲望的释放。(Sousa Correa, 2003:112)她并不认为斯蒂芬有什么出众之处,甚至也不在意斯蒂芬钦慕的目光,但在他的歌声的诱导下,麦琪"觉得由她从诗歌和传奇中读到的、在梦幻中想象出来的一些模糊混杂的形象构成的世界——爱情、美丽和愉快的世界,隐约地出现了"。父亲破产后,麦琪曾经长时间地压制自己的欲望,并获得了一种心灵的平静。然而正如费利浦所指出的,人只要是真正活着就不可能放弃对美好事物的追求。这些生命中的美丽图景在斯蒂芬的歌声中出现了,对天性热情的麦琪有一种不可抗拒的吸引力。麦琪曾经以为自己已经放弃了自我的需求,然而在斯蒂芬的歌声中她意识到自己一生的斗争还将继续。"歌声依然荡漾在她的心头,——那是普赛尔的充满奔放的热情和幻想的曲子,——她不能老是回想空虚寂寞的往日。她又踏进了明亮的空中楼阁了。"麦琪承认,"我沉醉在音乐中的时候,就觉得生活很轻松。而在别的时候呢,总觉得心头沉重"(爱略特,2008:357)。但是这种轻松感却可能是致命的诱惑。麦琪提到她总是想听更多的乐器合奏,这可以在一定意义上解读为麦琪的诸多欲望。这些被压制的欲望在斯蒂芬的歌声中被唤醒,再加上露西家的生活闲适安逸,充满花香和音乐,这让麦琪一时几乎忘记了一切痛苦。在这种沉醉的状态中,她慢慢地也爱上了带来这种感觉的斯蒂芬。

费利浦的歌声带给麦琪的却是另一种感受。当费利浦别有用心地弹起柏利尼的《梦游女》中的《啊!我为什么不能恨你》时,他急于对不懂意大利语的麦琪解释歌剧的意思(虽然话是对露西说的):"看上去好像是里面的男高音是在对女主角说:虽然她可能会遗弃她,但他却永远爱她。"他甚至说出了这首歌的英文版本名字:《我仍然爱你》。作者指出,"费利浦唱这支歌并不是完全出于无意,他可能是想间接传达他所不能直接向麦琪诉说的情意"。麦琪虽然听不懂歌词,却听清了费利浦的话,并且推断出了歌曲大意:"他的话麦琪听得很清楚,当他开始唱这支歌的时候,她领略了这支歌里的哀怨气氛。"这"不太陌生"的声音唤起了麦琪对二人在红苑中度过的时光的回忆,她听出"歌词中包含着责问的意思",想起了自己对费利浦的爱情承诺,更忆起了美好的童年生活。她对费利浦的所有感情都建立在童年时就抱有的同情和怜悯的基础上。尽管麦琪被费利浦的歌曲所感动,"但这并不是激动;这种歌声勾起了她清晰的回忆和思潮,它勾起的不是兴奋,而是默默地惋惜"(爱略特,2008:385)。这种感觉与麦琪对费利浦一贯的感情相一致,是一种"平静、温柔的感情,在童年时代就根深蒂固了"。这种感情被比作"圣地"和"庇护所",代表着友谊、怜悯和自我牺牲的精神,帮助麦琪"躲避她的良心所必须抗拒的诱惑"。(爱略特,2008:379)

费利浦意识到了斯蒂芬的魅力对麦琪的吸引力,因此在斯蒂芬歌唱时变得焦躁不安。这时斯蒂芬的歌声对他而言不再动听,而是"好像铁片的叮当声,震撼着他那过敏的神经"。嫉妒和猜疑使费利浦本能地有了破坏斯蒂芬歌声的欲望,"他恨不得弄得钢琴砰砰乱响,弹出完全不调和的音调来"。(爱略特,2008:386)而斯蒂芬在猜到了费利浦对麦琪的情意后,也不知不觉地将自己置于费利浦的情敌的境地。尽管他告诫自己要控制对麦琪的感情,"但是一想到费利浦,有几次他就感到了一种说不出的、野蛮的反抗力量,有时候又有一种毛骨悚然的厌恶的感觉,这几乎是一种新的刺激,叫他恨不得立刻奔到麦琪身边去求爱"(爱略特,2008:404)。

对于斯蒂芬和费利浦来说,他们是争夺麦琪爱情的情敌。而他们的矛盾对于麦琪来说,在很大程度上代表了她生活的两个"伊甸园"的冲突。正如上文所提到的,虽然在红苑里费利浦唱起《爱神坐在她的眼中玩》来别有意味,但麦琪并没有明确的感受,她对费利浦的情感始终都是一种对过去的责任。费利浦演唱《我仍然爱你》时,麦琪想到了自己对哥哥的承诺,也想到了在红苑里对费利浦说过的话,因为没法同时履行两个承诺而感到惋惜。费利浦的存在、费利浦的歌声都在时时提醒麦琪要去压制自己的欲望,不能为了自己的欢乐而引起他人的痛苦;斯蒂芬的歌声却诱惑麦琪忘掉责任和义务,撇开克己的思想,尽情享受生活。

与斯蒂芬的爱情使麦琪面临两难的抉择,答应斯蒂芬的追求就意味着背叛过去,伤害露西和费利浦;而拒绝斯蒂芬就等于放弃了对爱情的渴望,可能永远也过不上安逸舒适的生活。斯蒂芬低沉的嗓音富有诱惑力,诱惑麦琪

第五章 爱略特对"性选择"理论的超越

放弃一切，与他相爱、结合，费利浦的歌声却不断地向麦琪提醒着过去的岁月。显然，斯蒂芬的歌声唤起的是对爱情的憧憬，而费利浦的歌声则只是引起了回忆。费利浦和斯蒂芬相互竞争的声音构成了有社会意识的责任和无社会意识的自然欲望之间的斗争。这也是整部小说中一对不可调和的矛盾。(Sousa Correa, 2003：117) 麦琪的选择必须舍弃其一，要么放弃心中对道德的坚持，要么压制自己的自然感情。一方面是过去的联系对麦琪提出的要求，另一方面是麦琪与斯蒂芬不可遏制的相互吸引。

值得注意的是，麦琪的形象似乎始终和动物或者所谓的低等人种有一定的联系。和他们一样，麦琪对外部世界的很多反应都是基于本能之上的。她从小就野性十足，黑皮肤，"活像个黑白种的混血儿"(爱略特，2008：8)。麦琪和哥哥闹别扭，作家评论说他们"还很像幼小的动物"，和好后又像"两匹相亲相爱的小马"。(爱略特，2008：33-34) 音乐对于麦琪来说是一种内在的体验，她对音乐的爱是"自然的"和"本能的"。麦琪的感受"丝毫不受演奏技巧、社会等级以及来自别人的关注等外在的世俗观念的影响，而对她周围的那些人而言，这些世俗观念是构成他们审美体验的要素"(Clapp-Itnyre, 2002：106-107)。露西、斯蒂芬等人惯于把客厅音乐当作调情的工具而有意识地使用，但麦琪对音乐的反应则更接近生物本能。她喜欢反复弹奏简单的小曲子，"直到她能把这些曲调弹得在她听来好像是一种意味深长、热情洋溢的语言。仅仅是八度的和声，就能使麦琪感到愉快"。在这些看似没有复杂意义的"抽象的练习曲"中，麦琪能更深刻地领略音程的"更原始的感情""感受音乐所引起的极度兴奋"(爱略特，2008：371)。她对音乐的反应自然而热烈，甚至有一种生物本能的肌肉反应(Sousa Correa, 2003：115)："当旋律转低的时候，她险些儿因为突然变调而跳了起来""你可以看到她全身微微颤动"，同时，麦琪的"眼睛睁大了，闪闪发光"，带着"孩子似的迷惑不解的愉快表情"。(爱略特，2008：384) 这些都说明，麦琪往往很容易单纯地为美妙的音乐所深深打动。

尽管很多批评家认为斯蒂芬是个花花公子，配不上麦琪，但在这部"到处都影射达尔文会在自己的科学研究中考察的自然对象"的小说中(Kaye, 2002：126)，从生物学角度看，麦琪被斯蒂芬吸引是再正常不过的一件事。达尔文指出，和雌性动物被强壮、漂亮、歌喉动听的雄性动物吸引一样，女性对男性的选择往往由男性的魅力所决定。叔本华曾经说，"所有的恋爱，不管所呈现的外观是如何神圣、灵妙，实则它的根柢只是存在性本能之中"（李瑜青，庞小玲，1997：34）。这意味着"不论费利浦在智力和精神层面上与麦琪是多么的般配，麦琪同时也拥有费利浦所无法满足的性需求"。（Barrett，1989：61）与费利浦相比，斯蒂芬拥有更健康的体魄和更吸引人的嗓音，其行为举止也更引人注目。费利浦不但身有残疾，而且在嗓音上也不足以与斯蒂芬竞争。在费利浦演唱过后，斯蒂芬也不甘示弱，他一边笑谈像费利浦那样的男高音老是歌颂自己的多情，一边用他悦耳的、洪亮低沉的嗓音唱起威瑟的《牧羊人的决心》，在与费利浦的对决中显然占了上风："费利浦看到活泼、结实的斯蒂芬在跟前，听到他的洪亮的声音，不禁有点窒息的感觉。"（爱略特，2008：382－383）在《埃阿斯与伽拉忒亚》中，埃阿斯的情敌就是一位男低音。斯蒂芬的声音使"屋子里充满了生气"，这使得麦琪虽然竭力抗拒歌声的诱惑，但却"被一种无形的力量把握住了，动摇了——被一阵她无法抗拒的浪涛冲走了"。（爱略特，2008：386）

在达尔文的性选择理论中，在绝大多数情况下雌性动物拥有最后的选择权。他的研究表明，原始部落的女性还保有选择或更换配偶的权利，这可以证明在自然的情况下，女性在求偶过程中同样拥有选择的权利。尽管生活在19世纪这个男性在婚姻市场上占主导地位的时代，爱略特依然赋予了她的女主人公们在婚姻问题上选择的自由，而且她们的选择对整部小说至关重要。《激进派菲尼克斯·霍尔特》中的埃丝特、《米德尔马契》中的多萝西娅都自主选择了自己的婚姻并勇敢地承担了相应的后果。《丹尼尔·德龙达》中有一章就名为《格温德琳得到了她的选择》，格温德琳在这一章中选择了结婚而不是去当家庭教师。麦琪像其后爱略特作品中的女性一样，拥有选择的自由，但是麦琪最终的选择却并不是遵循性选择理论中所揭示的"自然规律"来进行的。如果说她对斯蒂芬的感情的确符合性选择理论所揭示的某些规律的话，那么她最后的选择却是超越了生物本能的反应之上的。"麦琪得对自己的人生做出选择，一种可能是去选择被独立于个人欲望之外的道德律所激励的生活，这是神圣的生活；另一种可能是去选择只受盲目的冲动引导的生活，这是毫

第五章 爱略特对"性选择"理论的超越

无意义的生活。"(Paris, 1965: 165) 经历了挣扎和痛苦之后,她放弃了对她极富吸引力的斯蒂芬,选择维护露西的利益,忠实于费利浦。

麦琪做出这种选择并不偶然。在1867年致友人莫里(John Morley)的信中,爱略特说:

> 我从未想过要去鼓吹"自然本性的意图"(intention of nature)这种论调,因为这种论调在我看来是个可鄙的谬误。我的意思是说,如果我们把人仅仅看作是动物进化的结果,那么在我看来,女人作为一种存在是处于劣势的。然而也正是因为这个原因,在道德进化方面,我们拥有"一种修补自然本性的艺术",这种艺术"本身就是自然本性"。从最宽泛的意义上来说,爱的功能就是要去减轻所有灾祸的残酷性。(Haight, 1985: 331-332) ❶

这番话出现在这部小说出版七年之后,很好地为麦琪的道德选择做出了注解。斯蒂芬认为,他们的爱情体现了自然人性,"已经强烈到无法克制的地步。自然法则超过一切;我们无法顾及它和什么相抵触"(爱略特,2008:434)。但是麦琪早已意识到,人生必须要承担各种责任,自己"不应该,不能够为了追求自己的幸福而牺牲别人"。与斯蒂芬强调自私的爱情不同,麦琪看重的是另一些"自然法则":"爱情是出于自然的,但是无疑,怜悯、忠诚和回忆也是出于自然的。"(爱略特,2008:413) 麦琪眼中有关责任的"自然法则"就是爱略特后来谈到的"道德进化"中那种可以修补我们的自然本性的"艺术"。对爱略特来说,这种道德"艺术"其实也是一种"自然本性",它是在人类世世代代的生活中积累、遗传下来的,是对不可改变的规律

---

❶ Eliot G. Selections from George Eliot's Letters [M] // Haight G S. Selections from George Eliot's Letters. New Haven: Yale UP, 1985: 331-332. 这里使用的是《爱略特书信选集》而不是本书在其他地方引用的全集。全集中收录的文字是 I mean to urge the "intention of Nature" argument,从上下文来看,似乎与爱略特要表达的意思恰好相反。因此笔者认为,这应该属于打印错误。另外,全集也省略了 an art which "itself is nature",而这句话对本书的论述是比较关键的。

的认识。麦琪没有放任生物的法则凌驾于道德的法则之上，对她来说，与斯蒂芬结婚就等于背叛感情和期望，是不忠诚的表现。麦琪的抉择是痛苦的，但这是"她心灵走向崇高的标志"（杜隽，2006：185）。也正是通过这种对痛苦的体验，对个人幸福和他人福祉的清醒的选择，我们感受到了作家所要歌颂的友爱、同情与责任的伟大的道德力量。

第三节 《米德尔马契》中的两种音乐

在研究人类社会的性选择时，达尔文不能确定原始人类到底是男性歌唱还是女性歌唱，或者是双方都歌唱来博得对方的青睐。爱略特的小说为读者呈现了多种可能性。（Weliver，2000：206）在《弗洛斯河上的磨坊》中是男性向女性歌唱以表达爱意，在《米德尔马契》中则主要是男性从音乐中发现了女性的魅力。能否欣赏音乐，欣赏何种音乐，这些都与人物自身的特点相联系，也是爱情产生和发展的重要因素，并最终决定了男性对终身伴侣的选择。

说到《米德尔马契》中的女性与音乐，首先让人联想到的是市长文西先生家的小姐罗莎蒙德。她是维多利亚时代女性教育最典型的产物，是"公认的高才生"。"按照1870年代进化理论最先进的科学原则"，罗莎蒙德是"完美的伴侣"。（Paxton，1991：176）她衣着"特别讲究"，"总是恰到好处"，言谈举止无不符合淑女规范，"音乐技能更是大家望尘莫及"。（爱略特，2006：94）罗莎蒙德的音乐技能主要是弹钢琴和歌唱，其中以弹钢琴尤为突出。初听她的演奏，听者往往会惊叹于她的音乐才能。由于罗莎蒙德能忠实地模仿老师雄浑有力的节奏，因此听者会感到"仿佛一颗隐藏的心灵正从罗莎蒙德的手指下向外流动"。罗莎蒙德还善于唱歌，尽管不如钢琴演奏那么突出，但她"受过很好的训练，歌声婉转，像一组十分和谐的钟声"（爱略特，2006：155）。作为高才生，罗莎蒙德深谙用华丽的外表和动听的音乐取悦男性的技巧，与小说女主人公多萝西娅形成了鲜明的对比。多萝西娅始终衣着朴素、式样大方，她也从不弹琴唱歌。多萝西娅并非没有受过音乐教育，但是她对

第五章　爱略特对"性选择"理论的超越

这类装饰性的技巧没有多大兴趣。遗憾的是，正如达尔文性选择理论中的那些为雄性漂亮的外貌和动听的歌喉所打动的雌性动物一样，维多利亚时代的绅士们更欣赏罗莎蒙德这类华丽但浅薄的女性。布鲁克反对多萝西娅学习拉丁文，认为这些学问对女人来说"太费气力"，因为"女人的头脑总显得浮泛一些——灵敏，但是肤浅，只适合学学音乐、美术，以及诸如此类的东西。这些方面，她们在一定程度上还可以，但也只限于轻松的玩意儿，你知道。一个女人能够坐在钢琴旁边，给你唱一支古老美妙的英国歌曲，这就成了"。（爱略特，2006：62）奇吉利先生对多萝西娅的打扮不以为然："我喜欢一个女人多少随俗一些，这样才讨人喜欢，一个女孩子应该穿得华丽一些，带些脂粉气。男人喜欢她们争妍斗胜，卖弄风情。他越是无法招架，就越觉得有趣。""我喜欢那种金发女郎，雪白的皮肤，窈窕的身材，生着天鹅的脖子。"（爱略特，2006：87）用这种标准来衡量女性，罗莎蒙德当然是典范。利德盖特也持同样的观点。他认为如果要再次坠入爱河，他爱的不会是多萝西娅那一类型的女子，而是罗莎蒙德，"那么优美、文雅、温顺，这种气质可以满足生活中一切美好的需要"。如果他要结婚，"他的妻子必须具有那种女性的魅力，那种可以与花朵和音乐媲美的女性的气质，那种专为纯洁高尚的幸福生活创造的天性贞洁的美"。（爱略特，2006：158）

然而小说情节的发展告诉我们，隐藏在罗莎蒙德光鲜外表之下的是自私浅薄的心灵，使她无法成为利德盖特理想的伴侣。罗莎蒙德整天思考的，就是如何打扮入时，惹人称赞。对于她拿手的音乐，她实际上也没有太多体会。她手指下流淌出来的音符不过是对老师的高超模仿，她并没有理解音乐本身的意义，而只是把它当成了炫耀的工具。她演唱的歌曲既有流行歌曲，也有18世纪戏剧中的插曲和海顿的古典音乐以及意大利歌曲。她的歌曲也只是她取悦他人、展示自己魅力的工具。罗莎蒙德对歌曲的选择取决于在场的听众的喜好，"反正听的人喜欢什么，她就唱什么"（爱略特，2006：155）。为了哄姨父费瑟斯通高兴，罗莎蒙德会卖力地唱起《家，甜蜜的家》，哪怕自己非常讨厌这首歌。罗莎蒙德并不在意自己的家人，费瑟斯通更是对家人冷酷无情，甚至以捉弄他们为乐，这首歌本身就是对演唱者和听者的极大讽刺。虽然费厄布拉泽没有被罗莎蒙德所打动，但他还是非常敏锐地发现了她的特点，将她恰当地比作诱惑水手的海妖塞壬。看到利德盖特有些为恋爱烦恼，费厄布拉泽问利德盖特："怎么，你是给逼得走投无路，只好把耳朵塞起来啦？"要抵御罗莎蒙德的诱惑，最应当做的不是去闭眼不看她的美貌，而是不去听她有蛊惑力的音乐："那也好，如果你不想给海妖（siren）吃掉，趁早悬崖勒马还是对的。"（爱略特，2006：285）罗莎蒙德好像在海上用音乐诱惑来往船只的女妖塞壬，会给听者带来灾难。利德盖特在婚后对这个比喻有了深刻的体会。在第四十三章中，利德盖特对罗莎蒙德说，威尔如果爱上了卡苏朋夫人就是"可怜的小家伙"，因为"一个人迷上了你们这种美人鱼，他还能做什么呢？"（爱略特，2006：415）美人鱼在神话中也常常用歌声迷惑水手，与塞壬的比喻同义。表面上利德盖特是在说威尔，实际上他是在自嘲，因为他心目中的卡苏朋夫人并不是美人鱼，他已经被她对丈夫深深的同情所感动。真正会摧毁丈夫的雄心壮志的，是罗莎蒙德这类整天无所事事，只为自我活着的女人。无论是模仿老师的演奏还是喜欢打扮得花枝招展，这两个特点"既暴露了罗莎蒙德的空虚，也暴露了这些进化标准的浅薄特征：因为在评估一个女人对社会的价值高低以及她对自己的种族的作用大小的时候，这些标准忽略了她内在的生命"（Paxton, 1991：176）。爱略特用罗莎蒙德的例子警告那些只凭外表判断女性的男性，如果人类的爱情和动物的情欲一样，建立在这种较低层次的欣赏之上，那往往意味着未来生活的悲剧。

在利德盖特和罗莎蒙德的关系中，还有一点值得注意：利德盖特用"严格的科学观点"来挑选自己的伴侣，并最终选择了罗莎蒙德，一个似乎最符合进化论的理想妻子。然而事实是，利德盖特从一开始就落入了罗莎蒙德的陷阱，真正掌控局面，做出选择的人是罗莎蒙德而不是利德盖特。罗莎蒙德从听说利德盖特那一刻起，就下定决心要攀上这门亲事来提高自己的社会地位。在第三卷《期待中的死亡》中，罗莎蒙德处心积虑地得到了利德盖特，然而表面上仍然是被动的。她利用弟弟弗莱德生病的机会想尽办法与利德盖特独处，又假装关心弗莱德的病情来获得利德盖特的好感。俩人的关系迅速发展，此后在聚会中利德盖特总是坐在罗莎蒙德身边，为她的歌声"流连忘返，把自己称作她的俘虏"，尽管心里想的是自己不会成为她的俘虏。（爱略特，2006：254）然而在这场求爱游戏中，意味深长的是，他最终成了罗莎蒙

第五章 爱略特对"性选择"理论的超越

德"细腻的女性风情的猎物"。(Kaye, 2002: 134) 利德盖特认为自己和罗莎蒙德不过是调笑逗乐，自己完全可以保持清醒的头脑。而事实是罗莎蒙德只用几滴眼泪就俘虏了自己心仪的男子，使此前抱定暂不考虑婚姻问题的利德盖特在保护弱者的冲动下向她求婚。女性选择了男性，却让男性蒙在鼓里，以为自己掌控全局，占据主动地位，这是一幅带有反讽意味的图景。在《生物学原理》("The Principles of Biology", 1864 – 1867) 中，斯宾塞宣称女性不如男性进化得好：女人个头小，大脑发育不完整，这些都"让她们无法像男人那样，在心灵最新、最复杂的官能方面达到成熟"(Paxton, 1991: 171)，女性因此理所当然只能服从男性的统治。受到这些理论的影响，达尔文也写道："男女智力的主要差别在于男子无论干什么事，都比女人干得好——无论需要深思、理性的，还是需要想象的，或者仅仅使用感觉和双手的，都是如此。"(达尔文, 2009: 376) 爱略特显然并不这样认为。她借罗莎蒙德和利德盖特的故事"嘲笑达尔文的性选择理论"(Graver, 1984: 205 note)，对那些自以为是的男子进行了讽刺。他们错误地将女性当作自己的附庸，当作生活的点缀，却不知他们眼中弱不禁风、腼腆被动的女子却可以轻易地将他们玩弄于股掌之上。利德盖特的悲剧因此也不仅仅是他的"平庸的斑点"所致，也是"历史对利德盖特那样，或者说对赫伯特·斯宾塞那样的科学探路者的报复"。(Paxton, 1991: 174)

利德盖特出身名门，但并没有学过音乐，这一点他自己完全承认："我能辨别许多种鸟声，我也听得懂各种旋律，但是音乐，我一点也不懂，我完全是外行，然而它使我高兴——使我动情。"(爱略特, 2006: 153) 正如上文所提到的，维多利亚时代的男性对音乐教育不太在意（《弗洛斯河上的磨坊》中斯蒂芬就曾抱怨说，全城也找不出像样的男高音），男性这种音乐教育的缺失直接导致他们绝大多数并不能很好地欣赏音乐，体会音乐的内涵，而只是肤浅地理解音乐。尽管被音乐所吸引，利德盖特却"缺乏足够的训练和直觉"(Weliver, 2000: 209) 来听出罗莎蒙德的音乐中隐藏的秘密。因此他完全被罗莎蒙德的演奏征服了，相信罗莎蒙德有非凡的才能，甚至把罗莎蒙德和她的音乐等同起来。听到罗莎蒙德的演奏，他的第一反应是："文西小姐是音乐家？"(爱略特, 2006: 115) 罗莎蒙德给他的印象"像一支美妙的乐曲"，是

"真正美的旋律"。(爱略特,2006:92)"对利德盖特来说,罗莎蒙德的音乐就是罗莎蒙德。"在评论者看来这是一个极具反讽意味的错误。罗莎蒙德没有她所模仿的音乐的伟大灵魂。但她实际上确实与她表演的音乐一样,是浅薄的,从这个角度上来说利德盖特又是正确的。(Weliver, 2000:208)

细心的读者会发现,在小说的第三十一章,即罗莎蒙德诱惑利德盖特求婚的那一章的格言里谈到了大钟和笛子,罗莎蒙德好比精巧的笛子,在她发出的声音中利德盖特这口大钟也开始振动,产生共鸣。但是这种共鸣最终证明是不和谐的。利德盖特雄心勃勃的事业规划得不到见识浅薄狭隘的罗莎蒙德的支持,他们婚前各自幻想着对方的脾气秉性,这决定了他们在婚后不可能有真正的共鸣。利德盖特对音乐一窍不通,不懂得什么是真正的音乐。他自以为保持了科学的客观,实际上却落入了别人的陷阱。反观麦琪,她虽然在音乐声中暂时地迷失了自己,无力反抗,但她最后却能够战胜这种诱惑,按照自己的人生观去做出最后的选择。麦琪可以有意识地去抵制音乐带给她的心理上和生理上的反应,而利德盖特则没有这种能力。

可以说,《米德尔马契》在一定程度上是一部关于如何理解音乐的小说。错误的理解会带来错误的择偶,最终引发灾难性的后果。利德盖特看不出罗莎蒙德不像她所演奏的音乐那样具有伟大的灵魂,幻想着从她那里得到家庭的温情和事业的支持,最后只落得一场空。在利德盖特一帆风顺的时候,罗莎蒙德的琴声的确带来了他意想之中的效果:"罗莎蒙德坐在钢琴前面,演奏了一支又一支曲子,这些曲子,她的丈夫只知道(他是一只懂得感情的象!)跟他的情绪很对劲,好像它们是从海上吹来的一阵阵节奏分明的清风。"(爱略特,2006:432)这个比喻和把罗莎蒙德比作女妖塞壬、美人鱼的比喻遥相呼应,表现了这种音乐的欺骗性。隐藏在罗莎蒙德温柔的音乐背后的,是她自私的心灵,她固执地按照自己的意愿破坏利德盖特的职业理想。

罗莎蒙德处心积虑地利用音乐吸引追求者,时时用音乐展现自己的魅力,而多萝西娅则似乎与音乐没有任何关联。作家很早就告诉我们,多萝西娅受过一般淑女都会接受的教育,妹妹西莉亚的演奏水平也不错,但多萝西娅不喜欢弹琴。在小说中她也从未唱歌。然而正是这个不喜欢趣味不高的客厅音乐,也不用它来取悦男性的女性却完全在无意识中用自己的"音乐"征服了威尔先生、高思先生和后来的利德盖特。"虽然她自己不是音乐家，但是她的热忱却是用她声音的音质和给人留下的深刻印象来衡量的。"（Gray，1989：79）多萝西娅的音乐与罗莎蒙德的属于完全不同的类型。对音乐不在行的利德盖特错将肤浅浮华的表演当成了伟大心灵的象征，醉心于罗莎蒙德空洞虚伪的"鸟叫"（罗莎蒙德多次被比作"善鸣的小鸟"）而错过了真正深沉博大的音乐——多萝西娅，不像威尔和高思先生对多萝西娅坦诚的嗓音印象深刻，联想起思想深邃的伟大作品。

多萝西娅的丈夫卡苏朋并不在乎多萝西娅是否弹钢琴或者唱歌。这不是因为他有什么特别的鉴赏趣味，而是因为他对身边的一切事物都不感兴趣，只埋头于故纸堆里。不明就里的多萝西娅还因为卡苏朋不要求她弹唱歌曲而感到高兴，她不知道卡苏朋那堆满了书的老式钢琴就是他们婚后生活的隐喻。与不懂音乐但至少还爱听音乐的利德盖特不同，卡苏朋毫无乐感。他不能忍受一般的流行音乐："我的耳朵受不了那种带节奏的噪音""一种音调一再重复，只是造成滑稽的效果，使我头脑里的字不得不合着它的节拍跳舞，我想，除非是一个孩子，谁也受不了。"至于崇高的音乐，卡苏朋也并无鉴赏能力，只是说它们可以用在庄严的场合，"按照古人的认识，甚至还能起到一定的教育作用"。（爱略特，2006：63）这句评论与他对罗马的评论如出一辙。在罗马，他在向多萝西娅推荐景点时，永远也只会引述别人的观点，从没有自己的感受，让多萝西娅又失望又恼火。我们注意到，虽然多萝西娅自己的弹奏水平不高，但她对音乐不是没有感受。她喜爱的是严肃崇高的音乐，在弗赖堡与伯父一起听大管风琴演奏时，她"甚至哭了"（爱略特，2006：63）。这种感受有些类似于麦琪对音乐的自然反应，是一种发自内心的感动，是懂得音乐内涵的表现。

卡苏朋对音乐麻木迟钝，而多萝西娅则与庄严崇高的音乐之间有诸多相似之处，这在一定程度上预示着二人在婚后将会出现隔膜。卡苏朋追求多萝西娅只是因为觉得她可以成为百依百顺的妻子，他从未注意过多萝西娅打动威尔的嗓音。威尔在第一次见到多萝西娅时对她不以为然，认为她不过是个枯燥乏味的女子，但她的声音却给他留下了深刻的印象。他认为这声音好比仙乐，"像是曾经生活在风弦琴中的灵魂的声音"（爱略特，2006：78，有改动)。威尔听出了声音背后真挚的感情,只是此时他还完全不了解多萝西娅,以为这是"大自然的错误安排",因为他认为卡苏朋的妻子应该和卡苏朋一样不懂感情。威尔喜欢唱歌,对音乐颇为敏感。他有好几个民族的血统,继承了祖父和父亲的音乐天分,与《丹尼尔·德龙达》中的音乐家克莱斯默有几分相似。"威尔也是由敏感的材料构成的,一只手提琴在他身边巧妙地响一下,就可以使世界的面貌在他眼中顿时改观。"(爱略特,2006:368)多萝西娅就是这只"手提琴"。威尔被多萝西娅的内在美打动了,他不喜欢朋友瑙曼绘制多萝西娅肖像的主意。因为绘画画不出声音,而多萝西娅的声音"比你看到的她的任何方面都神圣得多"(爱略特,2006:185)。虽然多萝西娅没有歌唱或者弹奏,但她带有真挚情感的声音却比任何刻意演奏的家庭音乐都更动人,吸引了真正懂得音乐的威尔,促使他去进一步了解多萝西娅。他拜访了卡苏朋夫人,发现她不是聪明而冷酷的女人,而是"单纯得可爱,而且富有同情心"。这种印象在威尔心中化成了音乐:"她的心和灵魂都那么坦率,那么真诚,它们是由一些旋律优美的材料组成的,在它们旁边静听它们的演奏,那将是无上的乐事。风弦琴的意象又来到了他心头。"(爱略特,2006:201,笔者略有改动)将多萝西娅比作风弦琴,一种由风来自然演奏的弦乐器是对她天生就具有的乐感的一种恰当的比喻。而且作家指出,即使只是去读地图上的地名,多萝西娅也能读得"像乐声一样悦耳"(爱略特,2006:752)。多萝西娅本身就好像是"自然的音乐"(Weliver,2000:218),她不是罗莎蒙德矫揉造作、为吸引男士而特别演奏的音乐。正因为如此,多萝西娅的音乐也只有那些和她一样有开阔的视野,能为他人着想,不把上流社会那些虚伪的仪式放在眼里的人能够敏锐地感觉到。例如高思在接触过多萝西娅后也对她的声音留下了深刻美好的印象。"你听到她讲话一定喜欢,苏珊。她的话通俗易懂,声音像唱歌似的。真是好极了!它使我想起《弥赛亚》中的一些词句:'……于是众天使纷纷出现,齐声赞美上帝道……'你只觉得这声调听起来非常悦耳。"(爱略特,2006:523)多萝西娅和她所喜爱的崇高音乐具有同样的特质,而这种音乐正是高思这类愿意脚踏实地干实事的人所推崇的。

和利德盖特一样,威尔也把心爱的女人和美妙的音乐等同起来,但与利德盖特不同,威尔富有艺术气质,确实懂得欣赏音乐。他能够分辨不同的音乐,不会把没有真情实感而只是模仿的罗莎蒙德等同为天使,她所演奏的也不是仙乐。威尔也喜欢与罗莎蒙德一起唱歌,但那只是在无聊时打发时间的消遣罢了,他从没有被罗莎蒙德打动过。面对威尔,多萝西娅不需要歌唱,她本身就是最美妙的音乐,值得威尔用一生的时间欣赏。多萝西娅的音乐不只是一种声调,更是"她的内心和灵魂"(Weliver,2000:218)。

多萝西娅不把音乐作为恋爱的工具,她的音乐在与人交流的过程中自然地流露了出来。她深沉的心灵最终连不懂音乐的利德盖特也感受到了。他沉浸在对多萝西娅声音的回忆中,"现在那声音像仙乐一样,带着他离开了眼前的一切","它像潜伏在人们身上的一种可以统辖全局的精神力量",给利德盖特以启示。不幸的是这短暂的梦境很快被罗莎蒙德那"清脆而不带感情的声音"所打断:"泰第乌斯,这是你的茶。"(爱略特,2006:560)罗莎蒙德的行为一如既往的无可挑剔,但却冷漠无情,她好听的嗓音也绝不是美妙的音乐。多萝西娅以坦诚的胸怀听了利德盖特的叙述后,决定替他在朋友中进行辩护,维护他的声誉。"多萝西娅像孩子似的,描绘着她的打算,她的声音是那么真诚,它几乎可以作为她必然成功的保证。这种无限仁慈的女性的声调,哪怕在最爱挑剔的人面前,也可以构成一道坚固的防线。"(爱略特,2006:714)多萝西娅的无私和善解人意促使利德盖特打开心扉,谈到了事情的始末。多萝西娅的胸怀不仅对喜爱音乐的男性有特殊的吸引力,而且连最自私的罗莎蒙德也感受到了其中的力量。多萝西娅在劝说罗莎蒙德信任丈夫时,"她的话越来越充满感情,终于那音调变得像受伤的动物从黑暗中发出的低声哀鸣,可以渗入人的心灵"。(爱略特,2006:742)这种声音最终感动了罗莎蒙德,使她暂时放下私心,解释了她与威尔的真实关系。

多萝西娅声音的力量来自她的坦率和真诚,更来自她的利他主义精神。她光明磊落,乐于助人,哪怕自己受到伤害也会想到他人的需求。她目睹威尔和罗莎蒙德亲密地私语,也感到愤怒和嫉妒,但她很快就战胜了自己,仍然决定去拜访罗莎蒙德,全力以赴为利德盖特辩护。在多萝西娅动听的嗓音背后是一颗深沉博大的心灵,她用发自内心的语言而不是空洞的模仿征服了他人,并且最终获得了真正的爱情。如果我们认可达尔文的研究,承认音乐是本能,是语言的源头的话,那么罗莎蒙德比起多萝西娅来说,无疑处在进化阶梯较低的等级。（Weliver，2000：219-220）除了被比作美人鱼，罗莎蒙德还多次被称为"天鹅"或者"善鸣的小鸟"。达尔文发现鸟类能够学习养父母或者邻居的叫声，而罗莎蒙德就正像一只聪明的小鸟，能够模仿演奏的技巧，但却无法体会音乐的真正内涵。在吸引异性方面，她依然停留在较原始的阶段，用更原始的工具——音乐——来魅惑异性而不是较高级的语言来交流思想，表达更深邃的感情。

在《米德尔马契》中，爱略特用文学的方式表现了音乐的两种功能。对于罗莎蒙德来说，音乐是用来炫耀的技巧，更是吸引异性的工具。她与利德盖特的关系集中体现了达尔文性选择理论的基本模式。爱略特承认这种模式的有效性，但却认为人类的爱情不能简单地建立在这种性本能的冲动之上。吸引威尔进一步了解并爱上多萝西娅的也是音乐。但是这种音乐不是矫揉造作的客厅音乐，而是通过多萝西娅的嗓音流淌出来的真挚情感。多萝西娅的音乐是利他主义精神的自然流露，是庄严崇高的音乐，能够增进人与人之间的同情和了解。爱略特对音乐的这种理解无疑带有斯宾塞理论的影子。显然爱略特并不反对达尔文的观点，不过人们会被哪类音乐打动却不仅仅是生物学的问题。在《米德尔马契》中，音乐品位的不同实际上暗示了人物道德水平的高低。

第四节　《丹尼尔·德龙达》里格温德琳的领悟

《丹尼尔·德龙达》可以说是爱略特最富有"音乐性"的小说。（Sousa Correa，2003：130）主人公德龙达的母亲是一位著名的歌唱演员，后来成为他妻子的米拉也是一位专业歌手。小说中还有一个起到重要作用的著名音乐家克莱斯默先生。故事的另一条线索中的女主人公格温德琳也对音乐颇感兴趣，甚至一度梦想成为舞台上的明星。珀西·扬在评论这部小说时说："可以说整部书，其人物、情节及场景都是舞台剧式的，而不是文学风格的。"（Young，1943：98）比起之前的任何一部小说，这部小说里音乐对小说的形式、主题等都有更多的贡献。韦尔什评论道，音乐在小说中发挥了非常重要的作用，

第五章 爱略特对"性选择"理论的超越

不同人物的幸福感,乃至他们的社会地位,这些都可以从他们对音乐的理解中看出来。(Welsh, 1985: 267 – 268)这部小说对音乐的讨论也表达了爱略特对当时艺术标准的看法,以及对女性职业的看法。

在小说中,爱略特赋予了音乐多重的功能。音乐能够传达父母对子女的爱——米拉对母亲哼唱的记忆即是如此。成年米拉或许已经记不太清楚母亲和哥哥的外貌,却始终记着母亲呼唤哥哥和哥哥回答母亲的声调,能哼唱母亲的歌谣。她还说:"我认为声音能比其他东西更深地进入我们的内心。我经常幻想天堂是由各种声音构成的。"(Eliot, 2003: 307)爱略特还刻意将音乐家的作用提升到了很高的位置,强调音乐的形而上的功能。政客布尔特略带讽刺地评论克莱斯默说:"我相信他有太多的才能而不能只当一个区区的音乐家。"克莱斯默立即反唇相讥:"啊,先生,这一点你说得不对。"

> 就做音乐家而言,没有谁的天才是太多了。绝大多数人的天才都太少。一个有创造力的艺术家绝不仅仅是音乐家,就像一个伟大的治国安邦之才绝不仅仅是个政客一样。我们不是制作精巧的木偶,先生,不是生活在一个盒子里,只在盒子打开娱乐大众时才看到外面的世界。我们和任何公众人物一样都在统治国家和创造时代中起作用。我们认为,我们和立法者平起平坐。要在议会中用自己的雄辩去说服别人不是件容易的事,而要用音乐来卓有成效地表达自己则更是难上加难。(Eliot, 2003: 201)

爱略特借克莱斯默之口表明,音乐家是非常严肃的职业,不仅创作、表演音乐,而且在社会生活中也起到重要作用。

在《丹尼尔·德龙达》中,音乐贯穿了始终,不过被音乐触动最大的或许不是那些职业音乐家们,而是小说的女主人公格温德琳。起初,对于格温德琳来说,音乐不过是吸引异性、博取赞扬的工具。高雅的音乐得不到欣赏,反倒是她卖弄风情的歌唱很受绅士们的欢迎。克莱斯默和阿罗波因特小姐高水平的四手联弹被认为"太长"(Eliot, 2003: 37),克莱斯默的独奏居然被小克林托克称为"一罐水蛭"(Eliot, 2003: 39),因为他闹不清哪里是头,哪里是尾。他只想听格温德琳业余水平的歌唱。格温德琳可以说是深谙利用客厅音乐取悦异性之道，也懂得利用音乐来撒娇：在求姨父同意她养马以前，她先弹奏了钢琴，甚至和姨父一起唱了二重唱，让姨父在这种氛围中无法拒绝她奢侈的要求。(Eliot, 2003：27) 公允地说，格温德琳的音乐教育不比一般富裕家庭的小姐差，她也有音乐感知力，知道自己与阿罗波因特小姐的差距，能够听出外表平庸的阿罗波因特演奏钢琴的水平远在自己之上。当然，这并不意味着格温德琳从此对自己失去了信心。尽管在聚会当晚她不会去弹琴，但她对自己的弹奏还是很有把握的，惯于得到称赞。至于唱歌，她更是相当自信（阿罗波因特小姐不唱歌）。她的嗓音属于中等强度的女高音，奉承她的人说她的声音接近当时比较有名的花腔女高音珍妮·林德的嗓音。格温德琳的演唱一向能讨好一般听众，她也听惯了各种赞美之词。而且她知道自己唱歌的时候比平时显得更美，这更让她喜欢唱歌。评论指出，男人们懂得怎样去欣赏歌唱的女性，包括把音乐生涯看作至高无上的事业的克莱斯默也要刻意站在"能够看到她"的地方欣赏她唱歌。(Eliot, 2003：37) 对格温德琳的评价克莱斯默也是从视觉角度出发的：尽管音乐无足称道，但是"看着你唱歌总是可以接受的"(Eliot, 2003：38)。(Clapp-Itnyre, 2002：142)

事实上，在这一点上连爱略特也未能免俗。她笔下的德龙达第一次聆听米拉的演唱时也站在能够看到米拉的地方听她演唱，并且在接下来的段落里作家对米拉身体描写的篇幅超过了对米拉歌声的描写。她提醒读者注意米拉"可爱的身体"(bodily loveliness)，并详细描写米拉黑色的头发，优美的脖颈，黑珍珠般的眼睛，漂亮的耳朵，线条优美的下巴，甚至米拉精巧的鼻孔。在此后的情节中，梅里克夫人也认为克莱斯默如果看到米拉唱歌就会更欣赏米拉，作家对此似乎是持赞成态度的。(Eliot, 2003：401) 评论者认为，德龙达之所以与那些只知欣赏女性外貌的浅薄男子不同，就在于他最终沉浸在歌声之中而不再去注意米拉的外表。在贝多芬的《怜惜我，不要和我说再见》中，德龙达忍不住闭上了眼睛，真正进入了歌声的世界。(Clapp-Itnyre, 2002：129)

在没有留声设备的年代，欣赏音乐和观赏表演者是不可分的。19世纪许多男性音乐家获得成功的秘诀之一是在听觉与视觉合一的音乐表演中充分发挥男性的魅力。贝多芬、肖邦、鲁宾斯坦、帕格尼尼、瓦格纳和李斯特都以富有男性魅力著称，其中一些人在私生活上甚至声名狼藉（从反面印证其对女性的吸引力）。（Clapp-Itnyre, 2002：129）有评论者认为，可以将李斯特比作拜伦，李斯特在公众中的印象就好比"音乐界的唐·璜"。（Perenyi, 1974：3）一般认为，李斯特是第一个在舞台上弱化钢琴，突出演奏者形象的钢琴家，使听众/观众为之疯狂。一位年轻的美国妇女曾谈到，她"像欣赏艺术作品一样欣赏李斯特"。（Hueffer, 1977：109）爱略特本人在1854年聆听李斯特的演奏时，也陶醉于观看李斯特本人和他的双手及面部表情。（Haight, 1954—1956：Ⅵ, 170）爱略特将他比作"沙龙里的拿破仑"，认为他对上流社会的女性有致命的吸引力。当然，她同时辩护说，李斯特是富有思想和道德感的严肃音乐家。（Eliot, 1963b：97）

克莱斯默在小说中被拿来比作李斯特（Eliot, 2003：197），门德尔松（Eliot, 2003：199）和舒伯特（Eliot, 2003：201），同样富有男性魅力。尽管他的打扮有时显得古怪，不协调，乃至有点滑稽，但这并不能掩盖他的男性魅力。海特认为："外貌上……克莱斯默给人留下了深刻的印象""他有一张'大脸庞'，'魁梧的身材'和'漂亮的轮廓'，棕色的头发'不羁地飘着'，金边眼镜后面是大而有神的棕色眼睛，让人肃然起敬。"（Haight, 1968b：206）作家还花了不少笔墨描绘克莱斯默的手，从另一侧面表现了其作为男性的吸引力：演奏时，克莱斯默的手有一种"专横的魔力"（imperious magic）。（Clapp-Itnyre, 2002：130）不管克莱斯默如何重视高雅的音乐，鄙视哗众取宠的"流行"音乐，说到底说他的身体依然是他推销音乐不可缺少的工具之一，而且他同样会利用音乐向意中人表达爱意。（Clapp-Itnyre, 2002：146）他爱上了阿罗波因特小姐，却碍于社会地位不能向其求婚，只好常常通过弹奏钢琴来曲折地表达自己的感情。在阿罗波因特小姐感谢他的到访时，克莱斯默终于忍不住坦白了自己的爱，同时下意识地弹奏了舒伯特的《我已经爱上过你并且仍然爱着你》。很早时候格温德琳就开玩笑说阿罗波因特小姐会嫁给一个穷困的音乐家。这句玩笑后来成为事实，说明音乐和性的确很难分开，不管是高雅音乐还是低俗音乐，它们都难免与爱情、婚姻相联系。

德龙达与米拉相爱的过程也在很大程度上体现了这一点。（Clapp-Itnyre,

2002：138）德龙达在水上一边划船一边唱起罗西尼歌剧中船夫的歌，这吸引了米拉的注意。德龙达的歌声仿佛"洞穿了米拉的失望之情，也表达了她的失望之情"，不知不觉中获取了米拉的信任。尽管德龙达的歌声实属无意，但无疑为二人的关系起到了推波助澜的作用。后来在梅里克家中聆听米拉的歌声时，德龙达爱上了米拉。作家对米拉身体的描写似乎在提醒读者，对于德龙达来说，米拉作为女性的魅力超过了其音乐的魅力。（Clapp-Itnyre，2002：140）音乐最引人注目的功能之一仍然是作为调情的工具和婚姻的前奏。

格温德琳在聚会上自信地演唱了拿手歌曲，照例博得了绅士们的赞美，唯独克莱斯默毫不客气地提出了批评，他从心底瞧不起这种通俗音乐。这与后来米拉所唱的贝多芬、舒伯特等人的音乐形成了对比。米拉在音乐的选择上显然比绅士淑女们更有品位，也暗示她有更高尚的追求。（Sousa Correa，2003：143）克莱斯默承认格温德琳能跟上曲调，嗓子也不错，但是唱法糟糕，关键是她选的曲目不值一提。在克莱斯默看来，那种曲目表现的是"文化的一种幼稚状态"，表现的是"视野极为狭窄的人的激情和想法"。在这种曲子中，"每个乐句都有一种沾沾自喜的坏习气"，而丝毫没有"深沉的、令人好奇的热情所发出的呐喊"，也"没有冲突"。克莱斯默毫不客气地指出，听这种乐曲"使人渺小"。（Eliot，2003：38-39）这不仅是对格温德琳趣味的批评，也是对当时整个英国上流社会艺术品位的批评。

克莱斯默的评价给了格温德琳很大刺激，她第一次从狭隘的自我中意识到，"在她小格局的音乐表演"之外还有更广阔的世界。值得注意的是，作家不止一次地强调了格温德琳对音乐的欣赏能力。尽管自尊心受了伤害，她还是深深感受到了克莱斯默的音乐的力量。聆听着克莱斯默的演奏，格温德琳渐渐地平抚了"受到屈辱后自己内心深处的抽泣"（Eliot，2003：39），甚至感到激动，这提升了她的音乐鉴赏力乃至人品，让她在那一刻超脱了小格局的自我。格温德琳也明显地从阿罗波因特小姐的音乐中感受到了演奏者的一种"智力的优越感"（Eliot，2003：41），使她无法小觑相貌平庸的阿罗波因特小姐。格温德琳的音乐感受力将她与其他人区别开来，预示着她有改变的可能。

不过克莱斯默并不时时出现，格温德琳也就难免在男士们的爱慕中暂时忘却与这位音乐家不愉快的交谈。她一向认为自己与众不同，还怀揣着登台

第五章 爱略特对"性选择"理论的超越

表演的梦想，认为自己会和最耀眼的明星一样闪亮。但这一梦想很快被克莱斯默打碎了。格温德琳不愿嫁给有情妇的格朗古特，也不愿当家庭教师，而是幻想依靠自己的美貌，通过短期训练即成为职业歌手或演员。为此她专门向克莱斯默请教，但后者完全否定了这个想法，理由有很多，其中最重要的是格温德琳的动机在克莱斯默看来大有问题。格温德琳以为抱着名利之心随便就可以获得成功，而克莱斯默却认为真正的艺术家应该全心投入艺术，发自内心地真正热爱艺术，懂得忍耐和等待。（Eliot, 2003：211）这些话让格温德琳痛苦，但却是新生的开始，尽管这也将是个痛苦煎熬的过程。克莱斯默毫不留情地否定了客厅音乐的价值，认为格温德琳如果真的决定从事演艺事业，那就必须抛弃功利的想法，要为艺术奉献自己的身心，追求艺术上的完美，否则不过是想利用美貌得到如意郎君而已。这些话虽然刺耳，但却为格温德琳打开了生活的一扇门，从那里格温德琳得以跳出自己的小圈子，看到别人的生活，把"她自己放在普通的地位"，意识到自己并不特殊，没有什么理由不被当作一个"拿着三等舱票的乘客"，被看轻、被推撞。作家议论道，这番话在格温德琳的生活中有"划时代"的作用。（Eliot, 2003：218）

格温德琳受到打击，决定不再唱歌，但德龙达却认为她没有必要因为自己做得不够专业而放弃音乐："如果你喜爱音乐，那总是值得私下里为了你自己而练习的。在我看来，对自身的平庸感到满足是一种美德。"这不是说平庸是优点，而是说意识到自己在很多方面是平庸的，"不要求他人高看自己"（Eliot, 2003：340），这是一种美德。个人必须意识到自己的不足，同时能够坦然地接受这些不足，并且坦然欣赏他人的成就，这才是正确的生活态度。格温德琳的问题不在于她唱得好不好，而在于她唱歌是为了博得赞扬，这种态度是德龙达所不赞成的。反观米拉，她虽然可以说是在舞台上长大，却天生厌恶那些虚伪的、别有用心的奉承，不为其所动，只是用心去演唱，才能唱出完美的歌曲。在另一次谈话中，德龙达对这个话题做了进一步解释。格温德琳抱怨说无法接受自己的平庸，德龙达回应道：

> 看到别人能很好地做完一件事情，这总是激励我也去试一试。我不是说他们让我相信我可以和他们做得一样好。但是他们让那些

事情，不管是什么，看起来值得做。我可以容忍我自己的音乐不值得称道，但是要是我认为音乐本身不值一提，世界就会变得更阴暗。任何完美都在普遍意义上给人以生活上的激励，它显示了这个世界的精神财富。

看到格温德琳仍然提不起精神，德龙达鼓励她从另一个角度看问题："要是我们让所有的乐趣都来自于我们自己的表演，我们就会有一种可怜的生活。私下里对好的东西的小小模仿是一种个人的奉献。"他认为学习艺术不是为了向他人展示，而是为了"理解和欣赏极少数专家能为我们做的事情做准备"。（Eliot, 2003: 362）格温德琳与德龙达有关音乐的交谈没有引向浪漫的爱情，而是使格温德琳的思想境界得到了很大提高。面对格温德琳的求助，德龙达鼓励她走出自我，并且再一次提到音乐，认为从格温德琳对音乐的态度可以看出她对生活的态度。（Sousa Correa, 2003: 145）她一度沉迷于自我欣赏，一旦被外界否定即失去对事物的兴趣，对音乐就是如此。德龙达认为格温德琳需要的避难所是"更高的、宗教般的生活，能够对我们的趣味和虚荣之外的东西抱有热情"（Eliot, 2003: 375）。不能因为自己的平庸而对生活本身失去信心，而是要依然怀着热情投入生活，理解和欣赏他人的成就。

从性选择的角度看，格温德琳似乎是最佳候选女性。她拥有姣好的外貌和足以娱乐一般听众的音乐教育，极有可能吸引异性的追求。但这种择偶标准却完全无视爱略特最重视的女性特质："爱、利他主义、合作和女性的团结。"（Paxton, 1991: 206）因此格温德琳虽然不乏追求者，也很快攀了一门看似相当不错的婚姻，但建立在这种基础上的婚姻生活是不可能幸福的。发人深省的是，格温德琳最终跳出了一般小说中的女主人公的结局：她没有如有些读者所期望的那样和德龙达结合，也没有取得任何事业的成功。她与德龙达的交流与恋爱和婚姻都没有关系，而是为她提供了更广阔和更独立的生活道路。（Sousa Correa, 2003: 168）在这部小说中，女主角对音乐的感知没有如《弗洛斯河上的磨坊》中一样指向诱惑和毁灭，而是指向重生。格温德琳没有足够的艺术天赋去成为音乐家和歌唱家，但也不是循规蹈矩按照社会习俗生活的女性。不管她有多少缺点，她对音乐的感知力却意味着她在未来会

第五章 爱略特对"性选择"理论的超越

有所进步。(Sousa Correa,2003:166)尽管她没有明确的职业可以为之奋斗,但通过与克莱斯默和德龙达的交流,对音乐的讨论使她有了更多的同情心和独立生活下去的勇气。从这个意义上说,爱略特让她的女主人公在一定程度上逃脱了性选择的限制(Beer,1989:131),拥有了某种虽不确定但却有意义的未来。

结　语

1883年，库克（George Willis Cooke）评论道："任何人如果想要理解当时的不可知论和进化论哲学对人和对人的社会生活、道德义务以及宗教信仰等都教了些什么，那么他最应该参阅的是乔治·爱略特的作品，而不是其他任何人的作品。"他认为爱略特吸收了实证科学和进化论的思想，并且"彻底遵照它们的精神对生活做了描绘"。（Paris, 1965：114）的确，即使是在最后一部作品《西奥弗拉斯特斯·萨奇的印象》（"The Impressions of Theophrastus Such", 1879）这部散文集里，让爱略特深感忧虑的问题之一依然是进化问题。在《未来种族的阴影》（"Shadows of the Coming Race"）一章中，牧师萨奇对朋友特罗斯特的进化论观点提出了质疑。特罗斯特认为，机器很快能够在很多方面取代人类。萨奇对这幅图景表示了担忧：

> 我是不是已经处于机器这种未来种族的阴影里？将会超越并最终取代我们的生命会是个钢铁做的有机体吗？它会散发出实验室特有的气味，把我们只能笨拙地凑合完成的所有事情分毫不差地完成，把我们因毫厘之差而引起的千里之谬能够彻底排除吗？（Eliot, 1879：195）

面对即将到来的机器自动化时代，萨奇认为，每一项发明创造都会带来发明者不可预知的后果。机器可能会利用自身高度发达的机械结构和复杂的化学结构实现自给自足，甚至进一步进化，能够用自己的方式繁殖后代。那么按照自然选择的理论，这些由人类创造的，用来弥补人类的不足的机器将最终淘汰人类："自然选择过程一定会把人类彻底地驱逐离场。"（Eliot,

结　语

1879：199）在这样的情形下，

> 随着对我们的能力的要求越来越低，我们人类的种族随之也会萎缩……除了为数不多几个从事发明、计算以及思考的人之外，其他所有人都会因为肥胖或其他的蜕变而变成苍白无力、胖乎乎肉墩墩的弱智，周围稀稀拉拉地围着些脑子积水的后代。（Eliot, 1879：200）

这是一幅可怕的图景，人类最终将从地球上消失，取而代之的是没有生命和感觉的机器：

> 因此，地球上将会充满像最冰冷的石头那样的生命，它们毫无视听知觉，但却能够操控像人类的语言（以及语言所产生的千头万绪般繁复的情感效果）一样细微复杂的变化，其间不带任何情感的印记，也没有任何情感的冲动。可以说，也许有无声的演说，无声的赞美，无声的讨论，但却甚至连欣赏沉默的意识都没有。（Eliot, 1879：201）

这样的图景是爱略特不愿意看到的。如果科学的发展最终会淘汰人类，社会最终会"进化"成没有感情的机器的社会，对于爱略特来说，科学研究、技术发展也就失去了全部的意义。在完成了《亚当·贝德》后爱略特曾说："我对过去有种信仰，而对未来则没有。"（Haight, 1954—1956：Ⅲ, 66）在之后的写作生涯中，她所探寻的正是对未来的信仰。要获得这种信仰并不容易。维多利亚时代是一个充满了希望和乐观主义精神，同时又被失望和焦虑所困扰的时代。在这之前，没有哪个时代取得了如此大的物质方面的成就，也没有哪个时代面临过如此深刻的精神层面上的危机。面对这样一个希望与危机并存的年代，像爱略特这样目光锐利、思想深刻的智者很难对未来抱有简单乐观的信心。或许正是对进化论的深入理解使爱略特意识到，"必须得用未知的开放性去代替确定性所带来的慰藉"（Shuttleworth, 1984：176）。

· 177 ·

相比于其他很多依靠复杂的数学演算才得以证明的理论来说，进化论显得惊人的简单明了，但同时又有很强的说服力。《物种起源》事实上本身就是为科学的门外汉写的。然而这个理论却是人类历史上最伟大的科学成就之一，达尔文也被称为"生物界的牛顿"，这种赞誉一点也不为过。进化论不仅对科学，还对我们的哲学和世界观都产生了深远的影响。它证明人类的存在不是上帝的创造，也动摇了人类在宇宙中独一无二的地位。虽然它最初不过是研究生物演变的科学，却深深改变了人们对自然、人和社会的看法，使人们对人的本性、社会的本性乃至宇宙的性质都有了新的认识。进化论在研究生物的过程中得出"物种是变的"的结论，在改变静态的世界观上起到了重要作用。动态的世界观在19世纪最终确立起来，进化论功不可没。生物进化论虽然最开始并没有明确地将人作为研究对象，但它对人的指涉是毋庸置疑的，这注定了生物进化论会很快融入社会理论中。然而值得注意的是达尔文并不认为"进化"所带来的变化即是"进步"，因此他的进化论并不能为人类预测一个确定的、令人满意的未来，这在很大程度上破坏了人们对社会发展的信心。进化论还使维多利亚人意识到，人类与动物的区别只是程度上的，不是本质上的，人类生活的一部分是由人的动物性决定的，人类社会也与动物世界有相当多的相似之处。当"自然选择""竞争""机会"和"适应"等进化论的关键词应用到人类社会时，道德似乎被排挤在一边了。这当然并非达尔文的本意，他和很多进化论者都认为道德在人类进化中起到了很重要的作用。但是他们的观点不能阻挡人们用自己的方式运用进化论来理解社会竞争和伦理道德问题。在研究第二性征的过程中，达尔文还发展了"性选择"理论。与盲目的、生物意志不起作用的"自然选择"不同，在"性选择"的过程中，个人的意愿和社会的价值观起着至关重要的作用。这一理论不但使进化论与社会学、心理学有了更紧密的联系，社会含义更加明显，也给求爱、女性的美貌、男性的统治等传统的小说主题赋予了新的含义。

进化论是19世纪最有影响力的科学思潮，任何身处其中的人都不可避免地受到这种思想的影响。爱略特有着开阔的科学视野，对自然科学和社会科学广泛深入的了解决定了她从一开始就是进化论的支持者。但是这并不意味着爱略特对种种进化学说只是被动地接受，完全赞同拉马克或者达尔文或者其他进化论者的观点。对爱略特的进化思想的研究因此也不仅仅是影响研究，而是在看到进化论在爱略特的哲理思想上打下烙印的同时，也要看到作家在自己的小说中是怎样通过文学的方式检验进化论的基本观点的。爱略特吸收、消化了进化论的"渐变"变化观，将其纳入了自己的有机发展观的体系，也清醒地从达尔文的进化论中看到了"进化"与"进步"的区别，对人类社会的未来有着比斯宾塞等人更冷静、更客观的分析。比起同时代的很多人，爱略特对达尔文理论中对"联系"的强调体会可能要更深一些，这与她本身就深受有机论影响有很大关联。这种对"联系"的深刻认识也促使爱略特更加严厉地批判那些用进化论为自己的自私、利己和投机行为辩护的人。爱略特并不是一个一般意义上的女权主义者，她保守的观念使她对当时的女权运动基本持观望态度，但这并不意味着爱略特对女性问题没有自己独特的思考。这种思考是多方面的，仅从与进化论有联系的方面来说，爱略特笔下的女主人公在处理两性关系时都拥有相当大的选择权，黛娜、麦琪、爱蓓、罗摩拉、埃丝特、多萝西娅、罗莎蒙德、格温德琳和米拉等都不是完全被动的角色，她们的情感生活部分地反映了"性选择"理论的要点，同时也在一定意义上超越了这一理论某些狭隘的、对女性带有偏见的看法。关于爱略特与进化论的关系还有许多值得探讨的方面，本论文更多的是从小说的主题和人物形象等方面进行了讨论，进化论对爱略特小说形式与结构的影响，进化论对心理学等学科的作用在爱略特小说中的反映等话题还有待进一步的深入研究。爱略特只是众多受到进化论深刻影响的维多利亚作家之一，事实上运用进化论我们可以试图去分析整个维多利亚时代的文学现象，这种跨学科的研究能够极大地开阔文学研究的视野，为文学解读提供新思路和新见解。

　　爱略特在自己一生的写作生涯里不断探索社会发展的模式、速度和方向，研究社会道德在社会发展中面临的挑战，也研究关乎人类未来的婚姻和家庭模式，希望找到能够使社会良性发展的道路。综观爱略特的小说，这条道路最终仍然只能在道德上寻找突破口。爱略特是坚定的改良主义者，反对激烈的社会变革，认为社会的变化应该是缓慢渐进的，过去与现在有着千丝万缕的联系。在这样的有机社会中，只有人的综合素质达到了相当高的水平，种种令人不满意的社会现象的改善才会自然而然地到来。要想达到这个目标，人们要克服利己主义的思想，不能寄希望于"机会"，更不能盲目遵从"弱肉强食"的丛林法则，而是应该怀有更高层次的理想和追求。在她的笔下，那些怀有理想和信仰的男女主人公们都经历了思想上的变化，并且在小说的结尾都能不同程度地获得更高的思想境界。尽管《丹尼尔·德龙达》的结尾相当含糊，格温德琳的生活将会怎样，德龙达将如何领导犹太人民复兴，读者都无从得知，不过德龙达最终是否能够完成犹太复国的理想对于爱略特来说也许并不重要。重要的是，他自觉地继承了英国文明和犹太文明的遗产，并勇敢地承担起了领导人民的重任，这种理想的光辉给人类的未来带来了不可磨灭的希望。

参考文献

[1] 爱略特. 仇与情 [M]. 王央乐, 译. 北京: 人民文学出版社, 1988.

[2] 爱略特. 织工马南 [M]. 曹庸, 译. 上海: 上海译文出版社, 1995.

[3] 爱略特. 亚当·贝德 [M]. 周定之, 译. 长沙: 湖南人民出版社, 1984.

[4] 爱略特. 米德尔马契 [M]. 项星耀, 译. 北京: 人民文学出版社, 2006.

[5] 爱略特. 弗洛斯河上的磨坊 [M]. 祝庆英, 郑淑贞, 方乐颜, 译. 上海: 上海译文出版社, 2008.

[6] 伯瑞. 进步的观念 [M]. 范祥涛, 译. 上海: 三联书店, 2005.

[7] 达尔文. 人类的由来及性选择 [M]. 叶笃庄, 杨习之, 译. 北京: 北京大学出版社, 2009.

[8] 达尔文. 物种起源 [M]. 增订版. 舒德干, 等译. 北京: 北京大学出版社, 2005.

[9] 达尔文. 达尔文回忆录 [M]. 白马, 张雷, 译. 杭州: 浙江文艺出版社, 2011.

[10] 杜隽. 乔治·爱略特小说的伦理批评 [M]. 上海: 学林出版社, 2006.

[11] 福柯. 临床医学的诞生 [M]. 刘北成, 译. 南京: 译林出版社, 2001.

[12] 李瑜青, 庞小玲. 叔本华哲理美文集 [M]. 合肥: 安徽文艺出版社, 1997.

[13] 廖昌胤. 悖论叙事——乔治·爱略特后期三部小说中的政治现代化悖论 [M]. 北京: 中国社会科学出版社, 2007.

[14] 利维斯. 伟大的传统附录 [M]. 袁伟, 译. 北京: 三联书店, 2009.

[15] 罗灿. 《米德尔马契中》的科学思想: 从利德盖特的科学研究看乔治·爱略特的创作 [J]. 外国文学评论, 2010, (4): 92-100.

[16] 罗灿. 麦琪的困境与抉择 [J]. 外国文学, 2011, (6): 55-60.

[17] 罗灿. 乔治·爱略特小说中的铁路意象 [J]. 外国文学, 2016, (1): 37-44.

[18] 米尔斯. 进化论传奇——一个理论的传记 [M]. 李虎, 译. 北京: 海洋出版社, 2010.

[19] 尼采. 偶像的黄昏（又名: 怎样用铁锤作哲学思考）[M]. 周国平, 译. 长沙: 湖南人民出版社, 1987.

[20] 钱乘旦, 许洁明. 英国通史 [M]. 上海: 上海社会科学院出版社, 2002.

[21] 斯宾塞. 社会静力学（节略修订本）[M]. 张雄武, 译. 北京: 商务印书馆, 2007.

[22] 舒德干. 《物种起源》导读 [M]. // 达尔文. 物种起源. 增订版. 舒德干, 等译. 北京: 北京大学出版社, 2005.

[23] 威廉斯. 文化与社会 [M]. 吴松江, 张文定, 译. 北京: 北京大学出版社, 1991.

[24] 殷企平. 推敲"进步"话语——新型小说在19世纪的英国 [M]. 北京: 商务印书馆, 2009.

[25] 詹姆斯. 丹尼尔·狄龙达: 一场对话. 转引自利维斯. 伟大的传统附录 [M]. 袁伟, 译. 北京: 三联书店, 2009.

[26] ALLEN W. The mill on the floss [C]. // Bloom H. George Eliot. New York & Philadelphia: Chelsea House Publishers, 1986: 55-63.

[27] Anon. Review of Adam Bede [C]. // Hutchinson S. George Eliot: critical assessments. Mountfield, East Sussex: Helm Information Ltd., 1996a, 73-76.

[28] Anon. Review of the mill on the floss [C]. // Hutchinson S. George Eliot: critical assessments. Mountfield, East Sussex: Helm Information Ltd., 1996b: 113-117.

[29] ASHTON R. George Eliot [M]. Oxford: Oxford UP, 1983.

[30] BAKER E A. The history of the English novel, 10vols. [M]. London: Witherby, 1924—1939.

[31] BAKER W. The George Eliot-George Henry Lewes library: an annotated catalogue of their books at Dr. Williams's library, London [M]. London: Gar-

land, 1977.

[32] BARLOW N. The autobiography of Charles Darwin [M]. London: Pickering, 1989.

[33] BARRETT D. Vocation and desire: George Eliot's heroines [M]. London & New York: Routledge, 1989.

[34] BEALES D. From Castlereagh to Gladstone, 1815—1885 [M]. New York: Norton, 1969.

[35] BEER G. Darwin's plots: evolutionary narrative in Darwin, George Eliot, and nineteenth-century fiction [M]. 2nd ed. Cambridge: Cambridge UP, 2000.

[36] BEER G. Arguing with the past: essays in narrative from Woolf to Sidney [M]. London: Routledge, 1989.

[37] BLAKE K. George Eliot: the critical heritage [C]. // Levine G. The Cambridge companion to George Eliot. Cambridge: Cambridge UP, 2001: 202-225.

[38] BOOTH A. Greatness engendered: George Eliot and Virginia Woolf [M]. Ithaca & London: Cornell UP, 1992.

[39] BOWLER P J. The invention of progress: the Victorians and the past [M]. Oxford: Basil Blackwell, 1989.

[40] BOWLER P J. Evolution, the history of an idea, 25th anniversary ed. [M]. Berkeley & London: U of California P, 2009.

[41] BRANTLINGER P. Rule of darkness: British literature and imperialism, 1830—1913 [M]. London: Cornell UP, 1988.

[42] BRANTLINGER P. Nations and novels: Disraeli, George Eliot, and Orientalism [J]. Victorian Studies, 1992, 35 (3): 255-275.

[43] BRATCHELL D F. The Impact of Darwinism: texts and commentary illustrating nineteenth century religious, scientific and literary attitudes [M]. Trowbridge & Esther: Avebury, 1981.

[44] BUCKLAND W. Geology and mineralogy considered with reference to natural Theology, 2 vols. [M]. London: Pickering, 1836.

[45] BULWER-LYTTON E. Letter to John Blackwood [C]. // Hutchinson S.

George Eliot: critical assessments. Mountfield, East Sussex: Helm Information Ltd. , 1996: I , 449 – 51.

[46] BURROW J W. Editor's introduction to Darwin's the origin of species [M]. Harmondsworth: Penguin Books, 1968.

[47] BYATT A S, WARREN N. Selected essays, poems and other writings [M]. London: Penguin, 1990.

[48] CARROL A. The Giaour's campaign: desire and the other in "Felix Holt, the Radical" [J]. NOVEL: A Forum on Fiction, 1997, 30 (2): 237 – 258.

[49] CHAPPLE J A V. Science and literature in the nineteenth century [M]. Basingstoke & London: Macmillan Education Ltd. , 1986.

[50] CLAPP-ITNYRE A. Angelic airs, subversive songs: music as social discourse in the Victorian novel [M]. Athens: Ohio UP, 2002.

[51] COLVIN S. Review [C]. // Karen L P. The critical response to George Eliot. Westport, Connecticut & London: Greenwood Press, 1994: 12 – 13.

[52] COLVIN S. Review of Middlemarch [C]. // Hutchinson S. George Eliot: critical assessments. Mountfield, East Sussex: Helm Information Ltd. , 1996: I , 314 – 320.

[53] COSSLETT T. The "scientific movement" and Victorian literature [M]. Brighton: Harvester Press, 1982.

[54] CRAIG D. Fiction and the rising industrial classes [J]. Essays in Criticism, 1967, 17: 64 – 73.

[55] CROSS J W. George Eliot's life: as related in her letters and journals [M]. Edinburgh: William Blackwood, 1885.

[56] DALLAS E S. Adam Bede [C]. // Hutchinson S. George Eliot: critical assessments. Mountfield, East Sussex: Helm Information Ltd. , 1996: I, 77 – 83.

[57] DARWIN C. The origin of species, by means of natural selection or the preservation of favoured racesin the struggle for life [M]. Harmondsworth: Penguin Books, 1968.

[58] DARWIN F. The life and letters of Charles Darwin [M]. New York: Apple-

ton, 1888.

[59] DENNETT D C. Darwin's dangerous idea: evolution and the meanings of life [M]. London: Penguin, 1995.

[60] DOLIN T. George Eliot [M]. Oxford: Oxford UP, 2009.

[61] EAGLETON T. The English novel [M]. Malden: Blackwell Publishing, 2005.

[62] EDEL L. Henry James: selected letters [M]. Cambridge, Mass. and London: Hart-Davis, 1956.

[63] ELIOT G. Impressions of Theophrastus Such [M]. New York: Harper & Brothers, 1879.

[64] ELIOT G. The progress of the intellect [C]. // Pinney T. Essays of George Eliot. London: Routledge and Kegan Paul Ltd., 1963a: 27 - 45.

[65] ELIOT G. Liszt, Wagner, and Weimar [C]. // Pinney T. Essays of George Eliot. London: Routledge and Kegan Paul Ltd., 1963b: 96 - 122.

[66] ELIOT G. Evangelical teaching: Dr. Cummings [C]. // Pinney T. Essays of George Eliot. London: Routledge and Kegan Paul Ltd., 1963c: 158 - 189.

[67] ELIOT G. The natural history of German life [C]. // Pinney T. Essays of George Eliot. London: Routledge and Kegan Paul Ltd., 1963d: 266 - 299.

[68] ELIOT G. Felix Holt, the radical [M]. Ware: Wordsworth Editions Ltd., 1997.

[69] ELIOT G. Daniel Deronda [M]. Ware: Wordsworth Editions Ltd., 2003.

[70] ELIOT G. Scenes of clerical life [M]. Ware: Wordsworth Editions Ltd., 2007.

[71] ELLEGARD A. Darwin and the general reader: the reception of Darwin's theory of evolution in the British periodical press, 1859—1872 [M]. Göteborg: Elanders Boktryckeri Aktiebolag, 1958.

[72] FURST L R. Struggling for medical reform in Middlemarch [J]. Nineteenth-Century Literature, 1993, 48 (3): 341 - 361.

[73] GALLAGHER C. The Industrial reformation of English fiction: social discourse and narrative form, 1832—1867 [M]. Chicago: U of Chicago

P, 1985.

[74] GILMOUR R. The Victorian period: the intellectual and cultural context of English literature, 1830—1890 [M]. London & New York: Longman, 1996.

[75] GRAHAM W. The Creed of science: religious, moral, and social ideas [M]. London: Kegan Paul & Co., 1881.

[76] GRAVER S. George Eliot and community: a study in social theory and fictional form [M]. Berkeley: U of California P, 1984.

[77] GRAY B. George Eliot and music [M]. New York: St. Martin's Press, 1989.

[78] GREENBERG R A. Plexuses and ganglia: scientific allusion in Middlemarch [J]. Nineteenth-Century Fiction, 1975, 30 (1): 33 -52.

[79] GREENE J C. Science, ideology, and world view: essays in the history of evolutionary ideas [M]. Berkeley: U of California P, 1981.

[80] HAECKEL E H. The evolution of man. 2 vols. [M]. London: C. Kegan Paul & Co., 1879.

[81] HAIGHT G S. The George Eliot letters. 9vols [M]. London: Oxford UP, 1954 -1956.

[82] HAIGHT G S. George Eliot, a biography [M]. Oxford: Oxford UP, 1968a.

[83] HAIGHT G S. George Eliot's Klesmer [C]. // Mack M, Gregor I. Imagined worlds: essays on some English novels and novelists in honour of John Butt. London: Methuen, 1968b: 205 -214.

[84] HAIGHT G S. Selections from George Eliot's letters [M]. New Haven: Yale UP, 1985.

[85] HARDY B. The novels of George Eliot: a study in form [M]. Bristle: Western Printing Services Ltd., 1959.

[86] HARDY F E. The early life of Thomas Hardy, 1840—1891 [M]. London: Macmillan, 1928.

[87] HARVEY W J. Idea and image in the novels of George Eliot [C]. // Hardy B. Critical essays on George Eliot. London: Routledge & Kegan Paul, 1970:

151 - 198.

[88] HAYLES K. Information or noise? Economy of explanation in Barthes' S/Z and Shannon's information theory [C]. // Levine G. One culture: essays in science and literature. Madison: U of Wisconsin P, 1987: 119 - 142.

[89] HINKLEY L. Ladies of literature [M]. New York: Hastings House, 1946.

[90] HOROWITZ L W. George Eliot's vision of society in Felix Holt, the radical [C]. // Karen L P. The critical response to George Eliot. Westport, Connecticut & London: Greenwood Press, 1994: 175 - 191.

[91] HOUGHTON W E. The Victorian frame of mind, 1830—1870 [M]. New Haven & London: Yale UP, 1963.

[92] HOWE I. George Eliot and the Jews [C]. // Hutchinson S. George Eliot: critical assessments. Mountfield, East Sussex: Helm Information Ltd., 1996: III, 519 - 533.

[93] HUEFFER F. Half a century of music in England, 1837—1887 [M]. Boston: Longwood, 1977.

[94] HULME H M. Middlemarch as science-fiction: notes on language and imagery [J]. NOVEL: A Forum on Fiction, 1968, 2 (1): 36 - 45.

[95] HUTTON R H. Middlemarch. Part III [C]. // Hutchinson S. George Eliot: critical assessments. Mountfield, East Sussex: Helm Information Ltd., 1996a: I, 277 - 279.

[96] HUTTON R H. The Melancholy of Middlemarch [C]. // Hutchinson S. George Eliot: critical assessments. Mountfield, East Sussex: Helm Information Ltd., 1996b: 280 - 284.

[97] HUTTON R H. Daniel Deronda [C]. // Hutchinson S. George Eliot: critical assessments. Mountfield, East Sussex: Helm Information Ltd., 1996c: 360 - 364.

[98] HUXLEY T H. On the physical basis of Life [J]. Fortnightly Review, 1869, 26: 129 - 45.

[99] HUXLEY T H. The advisableness of improving natural knowledge [M] //

Huxley T H. Collected essays, 9 vols. London: Macmillan, 1893 – 1894.

[100] HUXLEY T H. Evolution and ethics and other essays [M]. London: Macmillan, 1894.

[101] IRVINE W. The influence of Darwin on literature [J]. Proceedings of the American Philosophical Society, 1959: 616 – 628.

[102] IRVINE W. Apes, angels, and Victorians: Darwin, Huxley, and evolution [M]. Cleveland and New York: The World Publishing Company, 1966.

[103] JACOBS J. Literary studies [M]. London: D. Nutt, 1895.

[104] JAMES H. The novels of George Eliot [C]. // Hutchinson S. George Eliot: critical assessments. Mountfield, East Sussex: Helm Information Ltd. , 1996a: I, 465 – 475.

[105] JAMES H. Middlemarch [C]. // Hutchinson S. George Eliot: critical assessments. Mountfield, East Sussex: Helm Information Ltd. , 1996b: I, 485 – 491.

[106] JAMES H. Review of Cross's George Eliot's life [C]. // Hutchinson S. George Eliot: critical assessments. Mountfield, East Sussex: Helm Information Ltd. , 1996c: I, 522 – 534.

[107] KAYE R A. The flirt's tragedy: desire without end in Victorian and Edwardian fiction [M]. Charlottesville and London: UP of Virginia, 2002.

[108] KURICH J. Intellectual debate in the Victorian novel: religion, science, and the professional [C]. // David D. The Cambridge companion to the Victorian novel. Cambridge: Cambridge UP, 2001: 212 – 233.

[109] LEATHERDALE W. The influence of Darwinism on English literature and literary ideas [C]. // Oldroyd D, Langham I. The wider domain of evolutionary thought. Dordrecht: D. Reidel Publishing Company, 1983: 1 – 26.

[110] LESJAK C. A modern Odyssey: realism, the masses, and Nationalism in George Eliot's "Felix Holt" [J]. NOVEL: A Forum on Fiction, 1996, 30 (1): 78 – 97.

[111] LEVINE G. George Eliot's hypothesis of reality [J]. Nineteenth-Century Fiction, 1980, 35 (1): 1 – 28.

［112］ LEVINE G. Darwin and the novelists: patterns of science in Victorian fiction ［M］. Cambridge, Mass. & London: Harvard UP, 1988.

［113］ LEVINE G. Novel as scientific discourse: the example of Conrad ［J］. NOVEL: A Forum on Fiction, Why the Novel Matters: A Postmodern Perplex Conference Issue, 1988, 21 (2/3): 220 – 227.

［114］ LEVINE G. Darwin loves you ［M］. Princeton & Oxford: Princeton UP, 2006.

［115］ LEWES G H. Comte's philosophy of the sciences ［M］. London: Henry G. Bohun, 1853.

［116］ LEWES G H. Problems of life and mind ［M］. London: Trübner & Co. , 1874 – 1879.

［117］ LOVEJOY A O. The great chain of being ［M］. Cambridge, Mass. : Harvard UP, 1942.

［118］ MASON M Y. Middlemarch and history ［J］. Nineteenth-Century Fiction, 1971, 25 (4): 417 – 431.

［119］ MASON M Y. Middlemarch and science: problems of life and mind ［J］. The Review of English Studies. New Series, 1971, 22 (86): 151 – 169.

［120］ McCARTHY P J. Lydgate, "the new, young surgeon" of Middlemarch ［J］. Studies in English Literature, 1500—1900, 1970, 10 (4): 805 – 816.

［121］ McCAW N. George Eliot and Victorian historiography: imagining the national past ［M］. Basingstoke & London: Macmillan Press Ltd. , 2000.

［122］ McCOBB E A. Daniel Deronda as will and representation: George Eliot and Schopenhauer ［J］. Modern Language Review, 1985, 80: 535 – 545.

［123］ McDONAGH J. The early novels ［C］. // David D. The Cambridge companion to the Victorian novel. Cambridge: Cambridge UP, 2001: 38 – 56.

［124］ McKAY B. George Eliot and Victorian attitudes to racial diversity, colonialism, Darwinism, class, gender and Jewish culture and prophecy ［M］. Lewistown: The Edwin Mellen Press, 2003.

［125］ MEYER S. Imperialism at home: race and Victorian women's fiction ［M］.

Ithaca & London: Cornell UP, 1996.

[126] MOORE J R. Why Darwin "give up Christianity" [C]. // Moore J R. History, Humanity and Evolution. Cambridge: Cambridge UP, 1989: 195 - 229.

[127] NEW P. Chance, providence and destiny in George Eliot's fiction [J]. Journal of the English Association, 1985, 34: 191 - 208.

[128] NEWTON K M. George Eliot, George Henry Lewes and Darwinism [J]. Durham University Journal, n. s. 1974, 35: 278 - 293.

[129] NEWTON K M. George Eliot: Romantic humanist [M]. Totowa: Barnes & Noble Books, 1981.

[130] PARIS B J. Experiments in life: George Eliot's quest for values [M]. Detroit: Wayne State UP, 1965.

[131] PAXTON N L. George Eliot and Herbert Spencer: feminism, evolutionism, and the reconstruction of gender [M]. Princeton: Princeton UP, 1991.

[132] PECKHAM M. Darwinism and Darwinisticism [J]. Victorian Studies, 1959. 3 (1): 19 - 40.

[133] PERENYI E. Liszt: the artist as romantic hero [M]. Boston: Little Brown, 1974.

[134] PINNEY T. The authority of the past in George Eliot's novels [J]. Nineteenth-Century Fiction, 1966a, 21 (2): 131 - 147.

[135] PINNEY T. More leaves from George Eliot's notebook [J]. Huntington Library Quarterly, 1966b: 353 - 376.

[136] POSTLETHWAITE D. George Eliot and science [C]. // David D. The Cambridge companion to the Victorian novel. Cambridge: Cambridge UP, 2001: 98 - 118.

[137] ROBSON J M. The collected works of John Stuart Mill, 26vols [M]. Toronto: U of Toronto P, 1963—1991.

[138] ROBERTS N. George Eliot, her believes and her art [M]. London: Elek Books Ltd. , 1975.

[139] ROPPEN G. Evolution and poetic belief: a study in some Victorian and

modern writers [M]. Oslo: Oslo UP, 1956.

[140] ROSENMAN E. The house and the home: money, women, and the family in the Banker's Magazine and Daniel Deronda [J]. Women's Studies, 1990, 17: 179 – 192.

[141] RUBIN L. River imagery as a means of foreshadowing in The mill on the Floss [C]. Modern Language Notes, 1956, 71 (1): 18 – 22.

[142] SAINTSBURY G. Review [C]. // Hutchinson S. George Eliot: critical assessments. Mountfield, East Sussex: Helm Information Ltd., 1996: I, 365 – 379.

[143] SCOTT J. George Eliot, positivism, and the social vision of Middlemarch [J]. Victorian Studies, 1972, 16 (1): 59 – 76.

[144] SHUTTLEWORTH S. George Eliot and nineteenth-Century science: the make-believe of a beginning [M]. Cambridge: Cambridge UP, 1984.

[145] SMITH J. Fact and feeling: Baconian science and the nineteenth-century literary imagination [M]. Madison: The U of Wisconsin P, 1994.

[146] SOUSA CORREA D D. George Eliot, music and Victorian culture [M]. Basingstoke: Macmillan, 2003.

[147] STATEN H. Is Middlemarch ahistorical? [J]. PMLA, 2000, 115 (5): 991 – 1005.

[148] STEINMETZ A. The gaming table: its votaries and victims, in all times and countries, especially in England and in France, 2 vols. [M]. Nontclair, New Jersey: Patterson Smith, 1969.

[149] STEPHEN L. George Eliot [C]. // Hutchinson S. George Eliot: critical assessments. Mountfield, East Sussex: Helm Information Ltd., 1996: II, 1 – 52.

[150] STONE W. The play of chance and ego in Daniel Deronda [J]. Nineteenth-Century Literature, 1998, 53 (1): 25 – 55.

[151] SULLY J. Pessimism: a history and a criticism [M]. London: Henry S. King, 1877.

[152] TAMBLING J. Middlemarch, realism and the birth of the clinic [J]. ELH, 1990, 57 (4): 939 – 960.

[153] TRACY R. Introduction to Anthony Trollope, the way we live now [M]. // Tracy R, Anthony Trollope. The way we live now. Indianapolis: Bobbs-Merrill, 1974.

[154] TROMP M. Gwendolen's madness [J]. Victorian Literature and Culture, 2000, 28 (2): 451-467.

[155] WEBB B. My apprenticeship [M]. London: Longmans, Green & Co., 1926.

[156] WEBER C J. Hardy of Wessex: his life and literary career [M]. New York: Columbia UP, 1965.

[157] WELIVER P. Women musicians in Victorian fiction, 1860—1900: representations of music, science and gender in the leisured home [M]. Aldershot: Ashgate Publishing Company, 2000.

[158] WELSH A. George Eliot and blackmail [M]. Cambridge, Mass. & London: Harvard UP, 1985.

[159] WHARTON E. A review of Leslie Stephen [C]. // Hutchinson S. George Eliot: critical assessments. Mountfield, East Sussex: Helm Information Ltd., 1996: II, 53-59.

[160] WHEWELL W. On astronomy and general physics considered with reference to natural Theology [M]. London: H. G. Bohn, 1852.

[161] WIESENFARTH J. Demythologizing Silas Marner [J]. ELH, 1970, 37 (2): 226-244.

[162] WRIGHT T R. From bumps to morals: the phrenological background to George Eliot's moral framework [J]. The Review of English Studies, New Series, 1982, 33 (129): 34-46.

[163] YOUNG P M. George Eliot and music [J]. Music and Letters, 1943, 24 (2): 92-100.

[164] YOUNG R. Darwin's metaphor: nature's place in Victorian culture [M]. Cambridge: Cambridge UP, 1985.

后　记

本书是在博士论文的基础上修改而成的。在论文的准备和写作期间，我得到了许多师长、同事和家人的帮助与支持，在此我对他们表示诚挚的谢意。

首先要感谢的是我的导师马海良教授。马老师指导我阅读了大量重要的书籍文献，与我反复讨论相关理论问题，高屋建瓴地提出了很多建议，不仅对这篇论文，也对我今后的学术研究具有指导作用。马老师儒雅谦和的风度、严谨求实的学术态度也为我树立了做人和学习的榜样。

感谢所有为我授业解惑的老师，他们的课程使我开阔了思路，提高了理论水平，为论文的选题打下了良好基础。他们还对我的论文提出了宝贵的建议和意见，帮助我完善写作思路，使我的论证更加严谨。

感谢我的家人，他们理解我对文学研究的热情，在我读书期间分担了很多家务，给我鼓励和支持，使我能够顺利完成论文。

我还要感谢北京林业大学外语学院的史宝辉院长和同事们，他们承担了很多本该由我承担的教学任务，鼓励我出国进修，为我的学习和论文写作提供了最大的方便。

最后，我也要感谢知识产权出版社的编辑，他们的细心工作和辛勤汗水，才使我的论文得以付梓。

罗　灿

2018 年 1 月